Gunda und das strahlende Erbe
Roman
Reinhard Staubach

AF194529

Gunda und das strahlende Erbe

Roman

Reinhard Staubach

Umschlaggestaltung vom Autor

Korrektorat: Walter Haberl

Reinhard Staubach
Gunda und das strahlende Erbe
Roman

1. Auflage

© Copyright by Reinhard Staubach
Ebersbach-Musbach, 2022

Herstellung und Verlag:
BoD – Books on Demand, Norderstedt

www.staubach.biz

ISBN 978-3-7557-7352-8

Es gibt mehr Ding' im Himmel und auf Erden,
als Eure Schulweisheit sich träumt.

William Shakespeare (1564-1616)

Prolog

Pferdehufe ließen den Boden unter dem Studenten und seiner Freundin erzittern. Beide sahen sich erschrocken an, drehten die Köpfe und schauten rückwärts. Hinter ihnen galoppierten fünf Reiter auf ihren Pferden zwischen den Zuschauerreihen. Schnell verschwand die Gruppe inmitten von Felsen neben der Zuschauertribüne und tauchten auf einem Felsenpfad über der Spielfläche wieder auf. Auch dort waren die Reiter nur kurz zu sehen, bis sie durch ein steinernes Tor in die Arena ritten und ihre Pferde zügelten.

»Boah, nicht schlecht«, sagte der Student zu seiner Freundin. »Damit hatte ich nicht gerechnet.«

»Ich auch nicht. Mitten durch die Zuschauer.«

Die beiden saßen in der vorletzten Reihe des Sperrsitz-Abschnitts im Kalkbergstadion in Bad Segeberg. Ein breiter Gang hinter ihnen trennte sie von den Zuschauern in der oberen Hälfte, den Platzgruppen I und II. Auf jenem Weg waren die weißen Reiter ins Freilichttheater galoppiert. Unten auf der Bühne angekommen redeten sie von einem Schatz, der hier verborgen sein solle. Ein alter Indianer kam langsam zu Fuß einen Pfad zwischen den Felsen herunter und begrüßte die weißen Reiter.

»Willkommen im Land der Apachen!«

Die abgestiegenen Reiter umkreisten den Indianer und fragten ihn nach dem Weg zum Schatz. Als er nicht gleich antwortete, stießen sie ihn umher. Einer der Männer packte ihn an der Kleidung und schüttelte ihn. Der Indianer schubste ihn zurück. Darauf zog der Weiße einen Revolver und schoss auf den alten Indianer. Er brach zusammen und blieb auf dem sandigen Boden liegen.

»Du Idiot!«, brüllte der Anführer der Weißen. »Du

machst nichts als Dummheiten. Er sollte uns zum Schatz im Silbersee führen.«

Aus Furcht, weitere Indianer könnten den Schuss gehört haben und herbeieilen, saßen die fünf Weißen schnell wieder auf und ritten davon. Sie verschwanden hinter den Felsen am rechten Bühnenrand.

Eine Melodie ertönte aus den Lautsprechern und Winnetou ritt langsam einen Pfad hinunter. Die Zuschauer applaudierten dem französischen Schauspieler Pierre Brice, der in der Rolle des Häuptlings der Apachen majestätisch auf die Bühne ritt.

*

Nach der Vorstellung des Karl-May-Spiels *Der Schatz im Silbersee* lud der Student seine Freundin zu einer Bratwurst ein. Beide teilten ihre Begeisterung über die gelungene Aufführung mit echten Pferden und der prächtigen Reitkunst der Schauspieler. Anschließend saßen sie im VW-Käfer und fuhren Richtung Hamburg. Es war dunkel geworden und die Scheinwerfer der entgegenkommenden Autos blendeten den Studenten am Lenkrad. Aber er hielt sein Fahrzeug sicher auf der rechten Straßenseite. Ohne Vorwarnung schoss ein Auto aus der Dunkelheit direkt auf ihn zu. Der Student riss das Lenkrad nach rechts, um auszuweichen.

Das war das Letzte, an das er sich nach dem Aufwachen im Krankenhaus erinnern konnte. Vom Unfall und der Rettungsaktion hatte er nichts mitbekommen, weil er durch den Aufprall gegen einen kräftigen Straßenbaum sofort das Bewusstsein verloren hatte. Ein Arzt berichtete ihm, dass ein alkoholisierter Autofahrer offenbar die Kontrolle über sein Fahrzeug eingebüßt hätte. Er sei mit seinem Auto auf die Gegenfahrbahn gerast, habe den

VW-Käfer des Studenten an der linken Seite touchiert und sei in den Straßengraben geschossen. Das Fahrzeug habe sich überschlagen und war auf dem angrenzenden Feld auf dem Dach liegengeblieben. Der Unfallverursacher habe noch einige Stunden gelebt und sei dann an seinen schweren inneren Verletzungen gestorben. Zum Unfallhergang habe er keine Angaben mehr machen können, weil er das Bewusstsein nicht wieder erlangte. Doch aufgrund der gesicherten Spuren hätte man den Unfall eindeutig rekonstruieren können. Wenn der Student nicht reaktionsschnell ausgewichen wäre, sei der Frontalzusammenstoß unausweichlich gewesen, den er vermutlich nicht überlebt hätte.

»Was ist mit Elisabeth? Wo ist sie?«, fragte der Student.

Der Arzt senkte den Blick. »Herr Drömer, Ihre Freundin war auf der Stelle tot.«

1

Drei Jahrzehnte später schlenderte der inzwischen erfolgreiche Student und nun Dipl.-Ing. Roy Drömer, an einem frühen Sommermorgen am Strand der bretonischen Küste durch den weißen Sand. Seine Stirn hatte sich in den letzten Jahren vergrößert und den grauen Haaransatz um etwa zwei Zentimeter nach hinten verschoben. Der ebenfalls graue und struppige Schnurrbart wirkte wie angeklebt, war aber echt. Der Mann hatte Schuhe und Socken ausgezogen. An jeder Hand hing eine Fußbekleidung, während er durch das warme Wasser der an den Strand laufenden Wellen schlenderte. Der Atlantik war nahezu spiegelglatt. Dennoch erhoben sich winzige Wellen aus der blanken Fläche und schwappten auf den feinen Sand. Die wärmende Sonne spürte er deutlich im Rücken, obwohl es noch früh am Morgen war. Der Diplomingenieur im besten Mannesalter von zweiundfünfzig Jahren versuchte, an nichts zu denken. Er wollte einfach nur den noch menschenleeren Strand, das Meer und die frische Luft genießen. Doch sobald man sich bemüht, an nichts zu denken, tauchen die kuriosesten Ideen auf. Eine etwas größere Wasserwelle glitzerte im Sonnenschein und traf wie ein Blitz in sein Denkorgan, während das Wasser seelenruhig zurückströmte und im Sand versank. Abrupt blieb der Mann stehen, sah aufs Meer und anschließend auf den Strand. Wenige Schritte entfernt ragte ein schwarzer Stein aus dem weißen Sand wie ein Hocker. Roy Drömer stapfte durch den feinen und weichen Untergrund, setzte sich auf den Felsbrocken und sah abwechselnd aufs Meer und auf die winzigen Wellen, die sich an der Wasserkante aus ihm erhoben.

»Ja, das ist es!«, rief er laut und erschrak fast vor seiner eigenen Stimme in der Stille der kaum wahrnehmbaren Meeresbrise. Hatte es ein Echo gegeben? Scheu sah er sich um. Weit und breit keine Menschenseele. Die Bretonen gingen wohl nicht in aller Frühe am Strand spazieren. Außerdem würde man eher nach einem Sturm Strandgut finden. Doch es hatte in den letzten Tagen nicht gestürmt. Und die wenigen Urlauber kämen sicher erst am Nachmittag.

Roy Drömer richtete sich auf, atmete tief ein und brüllte: »Heureka!«

Er fühlte sich wie Archimedes von Syrakus, der vor zweitausend Jahren unbekleidet und laut *heureka!* rufend durch die Stadt gelaufen sein soll, nachdem er in der Badewanne das nach ihm benannte Archimedische Prinzip entdeckt hatte.

»Heureka!«, rief der deutsche Diplomingenieur erneut, setzte sich und sprang gleich wieder auf, tänzelte einmal um den schwarzen Stein und lief Richtung Dorf. Als er auf die Grassoden und die Wiese am Rande des Sandstrandes trat und einige Schritte zurückgelegt hatte, blieb er mit schmerzverzerrtem Gesicht stehen und sah auf seine nackten Füße. Sein linker Fuß stand in einer Distel, aus der er sofort sein Bein hob. Das kleine Gewächs mit den zugespitzten Verteidigungselementen war kaum im grünen Gras zu erkennen, hatte aber schon gut ausgebildete harte Spitzen. Nachdem er sich sorgfältig umgesehen hatte, setzte Roy Drömer sich ins Gras, wo keine stachligen Pflanzen wuchsen. Dort zog er zwei spitze Stacheln aus der weichen Haut zwischen Zehen und Fußballen. Anschließend rannte er zum schwarzen Stein zurück und ergriff seine Schuhe, die er dort vergessen hatte.

2

»Sein Auto steht aber noch da«, sagte Gustav Maurer zu seiner Frau, während er langsam die drei Betonstufen aus der Garage des Ferienhauses zur Wohnküche hinaufstieg. Mit seinen zweiundfünfzig Jahren war er im imposanten Mannesalter und sein Gesicht strahlte stets etwas Beruhigendes aus. Eine Wesensart, die seine Frau an ihm schätzte.

»Hoffentlich isch ihm nix zugeschdoßa«, erwiderte Wanda Maurer, seine Frau, die stirnrunzelnd am Fenster stand, auf die Straße sah und mit jenen Worten ihre schwäbische Herkunft offenbarte. Sie bemühte sich stets, *Schriftdeutsch* zu sprechen, was aber nicht immer gelang. Mit der Hand strich sie über ihren flachen Bauch und den Verschluss der hellblauen Jeans, als wolle sie Fettpölsterchen wegdrücken, die es gar nicht gab.

»Was soll ihm denn zugestoßen sein? Roy ist ein erwachsener Mann in den besten Jahren.« Gustav furchte mit den Fingern, an den bescheidenen Geheimratsecken beginnend, durch sein schwarzes und kurz geschnittenes Haar. Es war nicht zu übersehen, dass einige graue Einzelgänger sich anschickten, die Herrschaft auf dem Haupt zu übernehmen, welches auf einem stabilen Körper ruhte. Der kleine Bauchansatz störte nicht im Geringsten und unterstrich seine stattliche Figur, die vom Boden bis zum Scheitel einen Meter achtzig maß.

»Am Strand liegen doch diese dunklen Steine überall umher. Wenn er nun übr einen gschdolberd isch ond sich die Fias gbrocha had?« Wanda bedeckte mit der rechten Hand ihren Mund und richtete sich zu ihrer vollen Größe von einem Meter siebzig auf.

»Wenn er tatsächlich über einen gestolpert sein sollte, was ich stark bezweifle, dann wäre er in den weichen, weißen Sand gefallen und hätte nur gelacht. Denn, wie sagte schon der weise Goethe: *Auch aus Steinen, die in den Weg gelegt werden, kann man Schönes bauen.«*

»Du immer mit deinen Sprüchen. Manchmal liegen die Steine ganz nahe beieinander. Wenn er auf einen gefallen ist und sich die Schulter gebrochen hat?«, ließ Wanda Maurer nicht locker, wandte sich vom Fenster ab und strich die blonden Haare ihres Pagenkopfes hinter die Ohren.

»Mit gebrochener Schulter kann man noch prima laufen«, konterte Gustav trocken und setzte sich an den Esstisch. »Außerdem kann er recht gut französisch und hat sein Handy mitgenommen. Falls er Hilfe braucht ... Ach, was rede ich da. Hör schon mit der Schwarzseherei auf.«

Doch das Wort von der *Schwarzseherei* wirkte wie ein inspirierendes Stichwort auf die neunundvierzigjährige Wanda. Erneut schoss sie ihre Befürchtungen ab. Eine abgründiger als die andere. »Wer weiß, vielleicht ist er im Meer ertrunken und liegt nun tot am Strand.«

»Er hat keine Badehose mitgenommen.«

»Man kann au ohne Badehose ins Wassr geha«, verteidigte Wanda stur ihr Argument.

Gustav zog seine Augenbrauen in die Höhe, sah zur Zimmerdecke und sagte nüchtern. »Nicht auszudenken, wie er daliegt, und die Möwen picken ihm die Augen aus. Aber vielleicht beherzigt er den Ratschlag Ciceros: *Wenn der Tod dich nach dem Weg fragt, weise ihn zur Tür des Nachbarn.«*

»Spotte du nur«, funkelte Wanda aus ihren stahlgrauen Augen. »Du hättest ihn begleiten sollen!«

»Er wollte allein sein. Außerdem war er schon mal hier in der Bretagne und kennt sich bestens aus. Vielleicht hat er die Gelegenheit seines Lebens getroffen«, versuchte Gustav zu scherzen.

»Und du kennst ihn wirklich von der Uni in Hamburg?«

»Ja, das ist schon eine Ewigkeit her«, begann Gustav zu erzählen. »Er hatte einen Studentenjob in einer Fachbibliothek ergattert, in die ich auch öfter musste. Wie ich hatte er gerade sein Studium begonnen und brauchte etwas Geld. Seine Eltern waren und sind wohl immer noch nicht sehr wohlhabend, falls sie noch leben. Und du weißt ja, mit dem BAföG kommt man nicht weit. Ich war auch scharf auf die Position einer Hilfskraft, fand aber erst im zweiten Semester einen Job. Wir studierten beide Elektrotechnik. Nach der Diplomarbeit verloren wir uns aus den Augen. Er ging nach Hannover und ich nach Süddeutschland, wie du weißt. Denn *die Angelegenheiten unseres Lebens haben einen geheimnisvollen Gang, der sich nicht berechnen lässt.* Auch von Johann Wolfgang.«

»Welcher?«

»Goethe«

»Aha. Seid ihr euch persönlich näher gekommen?«, wollte Wanda wissen.

»Ich und Goethe?«

»Ha, ha«, machte Wanda, ohne zu lachen.

»Glaubst du, ich sei früher mal schwul gewesen?«

»Du weißt schon, wie ich das meine«, funkelte Wanda ihren Mann an.

»Nein.«

»Was, nein?«

»Du nervst. Nein, wir sind uns nicht besonders nahegekommen. Gelegentlich sprachen wir über seine Religion. Er ist Mormone.«

»Das sind doch die mit den vielen Frauen. Und den

hast du uns ins Haus geholt?« Wanda sah ihren Mann mit offenem Mund an.

»Aha, das hast du dir gemerkt. Vergiss es. Das ist doch ein alter Hut. Das war einmal, vor über hundert Jahren. Heute müssen die ganz brav und treu sein.« Gustav grinste vor sich hin.

»Und du glaubst, er hält sich noch an die alten Regeln?«

»Ist denn etwas zwischen euch passiert? Warst du mir untreu?«

»Ich bitte dich!«

»Verstehe, du hast deine Treuepunkte im Schuhladen eingelöst.«

Wanda warf Gustav einen grimmigen Blick zu und schwieg.

»Beim Essen gestern trank er keinen Alkohol«, sagte Gustav. »Ohne ihn darauf anzusprechen schließe ich daraus, dass er immer noch ein treuer Heiliger der Letzten Tage ist. Die trinken nämlich ...«

»Was? Ein Heiliger?«, Wanda riss die Augen auf.

»Nicht, was du im Hinterkopf hast«, sagte Gustav ruhig. »Offiziell heißt seine Religionsgemeinschaft *Kirche Jesu Christi der Heiligen der Letzten Tage*. Deshalb werden die Mitglieder auch Heilige genannt. Das hat aber nichts mit der Heiligsprechung in der katholischen Kirche zu tun. Roy hat mir mal erklärt, dass Paulus die Christen seiner Zeit, also die Mitglieder der Kirche Jesu, als Heilige bezeichnete, was man im Neuen Testament nachlesen kann. Seine Briefe beginnen manchmal mit der Formulierung ‚*an die Heiligen in Ephesus*‘ oder wo auch immer. Damit waren keine besonderen Leute gemeint, die der Papst heiliggesprochen hat, sondern einfach nur die Anhänger Jesu, also die christlichen Mitglieder in den Gemeinden.«

»Den Papst gab es zu Paulus' Zeiten doch noch gar nicht«, warf Wanda ein.

»Genau. Die Mormonen beziehen sich auf die ursprüngliche Lehre Jesu und nicht auf das, was heute in der Christenheit gängig ist.«

»Und weshalb nennen sie sich dann Mormonen?«

»Tun sie nicht wirklich. So werden sie überwiegend von den Nichtmormonen genannt. Sie haben eine heilige Schrift, das ‚*Buch Mormon*'. Daher kommt der Name.«

»Aha.« Wanda trat wieder ans Küchenfenster und sah hinaus. »Können die heiligen Mormonen über Wasser laufen?«

Gustav lachte auf. »Davon hab ich noch nie etwas gehört. Mit Roy war ich damals gelegentlich schwimmen. Der lief nie über Wasser. Er schwamm ganz normal, wie alle anderen auch.«

»Dann könnte er also im Meer ertrinken.«

Gustav stöhnte leise auf und begann ein neues Thema: »Ohne ihn wären wir gestern nicht auf die Idee gekommen in St. Pol-de-Léon, zum Essen in die Crêperie zu gehen. Es hat dir doch bestens geschmeckt, oder?«

Gustavs Ablenkungsmanöver gelang. Seine Frau befeuchtete ihre Lippen und rief den Restaurantbesuch lobend in Erinnerung.

»Ja, bis gestern dachte ich bei Crêpe immer nur an die mit Zimt und Zucker bestreuten dünnen Fladen. Die oft auf deutschen Jahrmärkten angeboten werden. Dass es die auch herzhaft und dick belegt gibt, war mir neu. Fast wie schwäbische Dinnete. Nur mit dünnerem Teig.«

»Und man wird richtig satt davon«, fügte Gustav hinzu. »Der Fisch auf meinem Crêpe war vorzüglich.«

»Die Crêpe wurden übrigens in der Bretagne erfunden«, tönte es aus der geöffneten Tür zur Garage, in der Roys Kopf erschien. Er hatte offenbar den letzten

Satz gehört und hüpfte die Stufen zur Wohnküche hinauf. Mit seinen zweiundfünfzig Jahren wirkte er noch recht jung und sportlich, obwohl sein Haar hinter der Stirnglatze total ergraut war. »Und genau genommen habt ihr eine Galette gegessen.«

»Also gar keine Crêpe?«, fragte Gustav.

»Doch, doch«, sagte Roy. »Die herzhaften Crêpe nennen die Bretonen Galette. Der Fladenteig ist bei beiden der gleiche. Die mit süßem Belag nennen sie Crêpe. Ich hoffe, ihr musstet mit dem Frühstück nicht auf mich warten?«

»Nein, alles gut«, sagte Wanda schnell. »Jeden Augenblick müsste Gunda zurück sein. Sie ist zum Bäcker, um frisches Brot zu holen.«

»Mit dem von gestern kann man Einbrecher niederknüppeln, so hart ist das über Nacht geworden«, ergänzte Gustav. »So gut wie ein Baseballschläger, eine brauchbare Waffe.«

»Ja, in Frankreich muss man das Brot jeden Morgen frisch kaufen«, fügte Roy hinzu und sagte dann: »Herrlich am Stand. Die frische Brise, das blanke Meer. Ich fühle mich wie neu geboren. Im August reist ja ganz Frankreich in den Süden. Aber ich liebe den kühleren Norden.«

Er streckte beide Arme aus, als wolle er die ganze Welt umarmen. Im Gegensatz zu Gustav maß er lediglich einen Meter siebzig, wirkte aber größer, weil er total schlank war und sich bei ihm kein einziges Gramm Fett unter die Haut schmuggelte. Ein sportlicher Typ, wie ein Fußballer. Dabei hatte er nie in einer Mannschaft gespielt. Auch täglicher Waldlauf oder Nordic Walking vermied er. Allein gemütliches Wandern lag ihm. Da konnte er stundenlang unterwegs sein und seinen Gedanken freien Lauf lassen.

Von der Grundstückseinfahrt hörte man ein knirschendes Geräusch. Wanda sah zum Fenster hinaus. »Ah, Gunda ist zurück. Wunderbar, da können wir alle zusammen frühstücken.«

Kurz darauf betrat die dreißigjährige Gunda die Wohnküche. Schwungvoll legte sie zwei große Stangenbrote auf den Esstisch und stellte eine Tüte mit Croissants auf die Anrichte.

»Noch warm«, sagte sie und strich ihr lockiges und schulterlanges Haar aus dem Gesicht.

Allgemein bezeichneten die Menschen ihr Haar als rot. Im Sonnenschein glänzte es jedoch wie superdünne Kupferdrähte, die man einem flexiblen Elektrokabel entnommen und verwirbelt hatte. Oft mühte Gunda sich ab, ihre Locken zu bändigen. Gelegentlich band sie die Mähne zu einem Pferdeschwanz zusammen, aber am liebsten trug sie sie offen. Lockenwickler hatte sie noch nie eingedreht. Ihre Haarwellen wuchsen ganz natürlich aus der Kopfhaut. Wenn sie zu lange in der Sonne badete, zeigten sich winzige Sommersprossen in ihrem faltenfreien und hellen Gesicht. Ihre dunkelblauen Augen strahlten jeden an, als würde sie sagen, *schön, dass es dich gibt.*

Alle setzten sich zu Tisch und speisten beschwingt. Nachdem die ersten Happen hinuntergeschluckt waren, fragte Roy die ihm gegenüber sitzende Gunda:

»Und, hast du schon etwas gefunden, für deine Reportage?«

»Nee. Alles ziemlich langweilig hier. Es ist zwar eine recht schön Gegend, das Grün, das Meer, die frische Luft und die verträumten Häuschen. Aber darüber haben schon tausend andere berichtet. So etwas kann man heutzutage nicht mehr bringen.«

»Gunda ist auch Texterin«, meldete sich Wanda zu Wort. »Und erfindet Slogans.«

»Ja, aber nur freiberuflich für eine kleine Werbeagentur in Singen« stöhnte Gunda. »Der letzte Auftrag liegt schon zwei Wochen zurück. Da muss ich wohl mal wieder anklopfen, sonst rutsch mein Konto in's Minus. Ich bräuchte halt eine supercoole Story. Etwas, was die Welt noch nie gehört hat und was jede Zeitung und Nachrichtenagentur mir aus den Fingern reißt. Am besten noch mit TV-Interviews. Das bringt Kohle.«

»Wer weiß«, sagte Roy und zwinkerte ihr mit dem rechten Auge zu. »Vielleicht ist die coole Story ganz in der Nähe.«

Gunda schaute irritiert auf. Flirtete er mit ihr? Oder hatte er etwas bemerkt, was ihr entgangen war?

»*Das Geheimnis zu langweilen besteht darin, alles zu sagen*«, kommentierte Gustav mit einem Zitat von Voltaire Roys nebulöse Andeutung.

»Bevor ich es vergesse,« Roy sah in die Runde, »nach dem Frühstück reise ich ab. Ich bedanke mich herzlichst für Eure Gastfreundschaft und dass Ihr mich gestern aus dem mickrigen Hotel entführt habt. Aber ich muss heim.«

»Isch was bassierd, bei dir dahoim?«, fragte Wanda und mochte den Mund nicht wieder schließen.

»Hoffentlich verstehst du meine Mutter, wenn sie schwäbisch redet?«, mischte Gunda sich ein.

»Kein Problem, ich war oft in Schwaben«, erwiderte Roy. »Es hat nichts mit euch zu tun. Und ich wäre auch gerne noch geblieben. Wie soll ich es sagen, damit ihr mich nicht für einen durchgedrehten Spinner haltet?«

»Spuck's schon aus«, schaltete Gustav sich in die entstandene Pause ein. »*Das Schönste, was wir erleben können, ist das Geheimnisvolle*, behauptet Albert Einstein. Bin gespannt auf deine Offenbarung.«

»Papa«, sagte Gunda fast vorwurfsvoll. »Hast du für jede Situation einen Spruch auf Lager?«

»Selbstverständlich«, er sah Roy grienend an: »*Ein Mensch, der nichts als Wasser trinkt, hat vor seinen Mitmenschen ein Geheimnis zu verbergen.*« Er hob beschwichtigend beide Hände. »Ist nicht von mir, sondern von Charles Baudelaire.«

»Ja, das kenne ich«, sagte Roy. »Gustav hat gute Sprüche drauf.« Er ging aber nicht auf die Anspielung zu seiner Alkoholabstinenz ein, sondern begann zu erzählen. »Schon seit einiger Zeit denke ich über ein Problem nach. Nein, offen gesagt über die Lösung eines Problems. Und heute Morgen, beim Strandspaziergang, ich dachte an nichts Böses und auch nicht an das Problem, da sprang aus heiterem Himmel eine Idee in mein Hirn. Einfach so, ohne Vorankündigung. Der Strand hier gefällt mir immer mehr.«

»Die Lösung?«, fragte Gustav. »*Was vom Himmel fällt, schadet keinem.* - Nun ja, dieses Sprichwort entstand wohl zu einer Zeit, als es noch keine Flugzeuge, Raketen und Drohnen gab.«

»Nein, die Lösung fiel nicht vom Himmel«, antwortete Roy. »Aber eine völlig neue Idee zur Lösung blitzte auf. Und deshalb muss ich nun heim.«

»Du forscht also doch beim CERN«, Wanda wich erschrocken zurück. »Wehe, du jagschd die ganze Weld in die Lufd. Dann schwätz i koi Word mehr mid dir.«

Roy schmunzelte. »Wie kommst du denn darauf?«

»Das hab ich gelesen«, sagte Wanda mit aufgerissenen Augen. »Ihr jagd doch da Atome durch den riesigen Tunnel des CERN. Oder Elektronen oder Neutronen oder alles zusammen. Und wenn die so richtig in Fahrt kommen, dann entsteht ein schwarzes Loch. Erst ist es nur ganz klein. Aber schwarze Löcher werden immer größer, weil sie alles in sich hinein schlucken und deshalb immer mächtiger werden. Das passiert superschnell. Es ist ihre Natur. Zum Schluss verschwindet die ganze Erde darin. So gefährlich ist das, was die Wissenschaftler da treiben bei Genf. I hab's glesa.«

Roy hatte sanft die Hand gehoben und senkte sie rhythmisch, als drücke er ein Kissen platt, als Wanda weitere Weisheiten verkünden wollte. »Nun mal langsam. Das ist esoterischer Unfug ...«

»Von wegen, schwarz auf weiß habe ich es gelesen. Es gehört zur Eigenart von Schwarzen Löchern, alles zu ...«

»Nun lass Roy doch mal ausreden«, schaltete sich Gustav ein und legte seine Hand auf Wandas Unterarm.

»Also«, begann Roy erneut. »Ich habe mit den Versuchsreihen, die im CERN gefahren werden nichts zu tun. Wie ich schon gestern sagte, ich habe eine leitende Funktion in der Abteilung, die für die Stromversorgung zuständig ist. Ohne elektrischen Strom keine Experimente. Bei jedem Gewitter in der Nähe ist höchste Alarmstufe. Denn da schlägt der Blitz gerne in die Überlandleitungen ein und stört die Stromversorgung im CERN. Es gibt zwar etliche Sicherheitsmaßnahmen, aber ... Pardon, ich will euch nicht mit technischen Details langweilen.«

Er machte eine Pause, in die Wanda fragte: »Und was drciba die Wissenschafdlr?«

»Am CERN wird physikalische Grundlagenforschung betrieben, insbesondere wird mit Hilfe großer Teilchenbeschleuniger der Aufbau der Materie erforscht. Wissenschaftler aus der ganzen Welt kommen zu uns. Glaubst du wirklich, die würden kommen, um in einem schwarzen Loch zu verschwinden?«

»Und nun zu deiner Idee, oder sollte ich sagen zu deiner Inspiration heute Morgen am Strand. Was hat das mit dem CERN zu tun?«, nahm Gunda das ursprüngliche Thema wieder auf.

»Eigentlich nichts«, antwortete Gustav leise. »Vielleicht doch, indirekt. Weil ich für die Stromversorgung im CERN mitverantwortlich bin, habe ich über Energiequellen im Allgemeinen nachgedacht. Atomreaktoren sind ja out, jedenfalls in Deutschland. Die Menschheit braucht aber immer mehr Energie für ihren Lebensstil. Mit Windrädern und Sonnenkollektoren stößt man an Grenzen. Und da kam ich auf eine Idee, wusste aber nicht, wie man sie umsetzen könnte. Bis heute Morgen. Und deshalb muss ich nun heim, nicht zum CERN, sondern an meinen Computer zu Hause. Ich muss einiges Ermitteln und Berechnungen anstellen. Wenn meine Lösung aufgeht, gibt es eine neue und unerschöpfliche Energiequelle, an die vermutlich noch niemand gedacht hat.«

Roy machte wieder eine Pause, nahm sein angebissenes Schinkenbrot vom Teller und biss lächelnd hinein.

»Das ist ja unglaublich«, sagte Gunda. »Eine neue und unerschöpfliche Energiequelle? Das ist die Story für mich. Du musst mir alles erzählen.«

»Die Sache muss noch ein wenig reifen. Wie ich schon sagte, ich komme nicht umhin, einige Berechnungen anzustellen. Und erst wenn auch erste Versuche positiv sind und ein Prototyp leistet, was ich erwarte, dann, ja dann gehe ich damit an die Öffentlichkeit.«

»Aber mit elektrischem Strom hat es etwas zu tun?«, hakte Gustav nach.

»Nun, jede Energiequelle lässt sich in Elektrizität umwandeln. Denken wir an Wind, Wasser, Licht, chemische Elemente wie in Batterien, und so weiter.« Roy wollte offensichtlich nichts Konkretes offenbaren und ließ die Tischgemeinschaft im Ungewissen.

»Mit deiner Erfindung willst du also Strom erzeugen«, mutmaßte Gustav lächelnd.

»Es könnte auch eine Seifenblase sein, meine Inspiration«, lenkte Roy mit rollenden Augen ab. »Wir werden sehen. Wie gesagt, wenn es funktioniert, wird die Welt es erfahren.«

»Wehe du vergisst mich«, sagte Gunda und fingerte eine Visitenkarte aus ihrer Handtasche. »Hier! Schließlich war ich dabei, als du die bahnbrechende Idee hattest, oder wenigstens in der Nähe.«

»Gunda Schönwetter«, las Roy hörbar von der Karte ab. »Wieso heißt du nicht Maurer wie deine Eltern? – Oh, Pardon, das geht mich eigentlich nichts an«, fügte er schnell entschuldigend hinzu.

»Sie ist meine Tochter aus erster Ehe mit Egon Schönwetter«, antwortete Wanda rasch. »Von ihm hat sie auch die roten Haare und den Hang zum Journalismus. Egon wurde seinerzeit der rasende Reporter genannt. Von einer Reise nach Afrika brachte er einen Krankheitserreger mit, an dem er nach kurzem Leiden gestorben ist. Gunda war da erst ein Jahr alt. Ich habe dann Gustav geheiratet, der sie wie sein eigen Fleisch und Blut angenommen hat. Ich bin so glücklich mit Gustav.«

3

Am Abend desselben Tages, an dem Roy sich auf den Heimweg machte, tagte in Kegelbergen, dem Heimatort des Ehepaars Maurer, der Stadtrat. Alle Punkte der Tagesordnung waren abgearbeitet worden, als es bereits dunkelte und Bürgermeister Simon Wächter das Wort erneut ergriff.

»Kommen wir nun zu *Sonstiges*«. Er strich mit abgespreiztem Daumen und aneinander liegenden Fingern sanft über seinen grauen und kurz geschnittenen Vollbart von den Wangen zur Kinnspitze. Gleichzeitig sah er über den Brillenrand in die Runde und dann auf das Papier vor sich auf dem Sitzungstisch. »Es wurde nur ein Punkt eingereicht: *Status der Höhle*. Inzwischen pfeifen es die Spatzen von den Dächern. Kegelbergen hat eine Felsenhöhle. Aber niemand weiß wo. Den Eingang haben wir versucht, geheim zu halten, was auch weitgehend gelungen zu sein scheint. Denn das Betreten unbekannter Hohlräume birgt Gefahren. Darüber wird unser örtlicher Historiker, Herr Karl Müller, berichten. Bitteschön, Karl, du hast das Wort.«

Bürgermeister Wächter lehnte sich zurück und lockerte seine rot-weiß-blau gestreifte Krawatte ein wenig, während er gleichzeitig den Hemdkragen öffnete. Der breite Schlips verbarg die Knopfleiste des weißen Hemdes total, jedoch nicht das deutliche Bäuchlein über dem Hosenbund. Seine dunkelbraunen Augen unter den fast schwarzen und kräftigen Brauen strahlten eine väterliche und abgeklärte Ruhe aus. Aber er wirkte nicht alt und senil, was durch sein vollständiges und kurzes Kopfhaar unterstrichen wurde. Seine Worte verließen meist überlegt und klar die Lippen. Nur selten wurde er laut. Wenn es geschah, dann erzitterte das Rathaus.

Der angesprochene Stadthistoriker Karl Müller räusperte sich gründlich und hörbar. Er nestelte auf seinem Stuhl, als könne er durch die Bewegungen seine weit über sechzig Jahre aus dem Nest werfen. Dann strich der kleine, schmächtige Mann mit der Hand über seine Vollglatze, womit er offenbar die drei verbliebenen Härchen zu ordnen versuchte. Zunächst sah es aus, als wolle er sich erheben, doch dann blieb er auf seiner Sitzgelegenheit hocken, zwang sich sichtbar zur Ruhe, indem er sorgsam beide Hände flach auf den Tisch legte und schließlich den Schnellhefter vor ihm aufklappte. Wie üblich saß er an der dem Bürgermeister gegenüber liegenden Tischreihe. Zu einem Rechteck geformt, füllten die weißen Tische fast den gesamten Sitzungssaal, in der Mitte ein Freiraum. Dort saß niemand. Es gab auch keinen Zugang, außer man kroch unter einem Tisch hindurch oder man setzte sich auf einen Tisch und schwang die erhobenen Beine in die Mitte. Die Stadträte saßen am äußeren Rechteck und hatte einander achtsam im Blick, besonders die von der Gegenfraktion. Alle Augen richteten sich auf den Stadthistoriker.

»Ich will es kurz machen«, sagte Karl Müller mit kräftiger und erstaunlich lauter Stimme, dabei über seine randlose Brille schauend. »Vor etwa einer Woche tauchte hier im Rathaus ein Tourist auf, der behauptete, den Eingang zu einer Höhle gefunden zu haben. Ich wurde dann beauftragt, der Sache nachzugehen, obwohl Höhlen nicht mein Fachgebiet sind. Aber als Historiker muss man über alles in der Stadt informiert sein. Ich war misstrauisch. Denn bisher hatte noch nie jemand eine Höhle in Kegelbergen und auf unserem Stadtgebiet entdeckt. Ich bin dann mit Herrn Tiedemann, dem Touristen und Entdecker, zum Hohenhewen. Etwa am Fuß des Berges marschierten wir am Waldrand in nordwestlicher Richtung. Wir machten ein paar Schritte in den Wald, Herr Tiedemann zeigte auf einen unscheinbaren Felsbrocken und sagte: *Da geht's rein.* Er erzählte mir, dass der Boden plötzlich unter seinen Füßen nachgegeben habe, als er an dem Felsen vorbeigehen wollte. Der Waldboden am Stein sei ebenfalls abgerutscht und habe den bis dahin verdeckten Höhleneingang freigelegt. Er schob einen Busch zur Seite, den er vor den Eingang zur Höhle gestellt hatte. Dahinter sah ich ein etwa einen Meter fünfzig hohes und recht schmales Loch in der senkrechten Felswand. Wir hatten Taschenlampen mitgenommen und zwängten uns auf Händen und Knien durch die Öffnung in den Gang, Herr Tiedemann voraus. Es ging leicht abwärts und nach ein paar Metern konnten wir uns aufrichten. Etliche Schritten weiter wurde es dann allerdings wieder so eng, dass wir erneut auf die Knie mussten. Es ging immer noch leicht hinunter. Nach ein paar Metern konnten wir uns dann wieder aufrichten. Ich weiß nicht mehr, wie oft sich der Gang verengte und weitete. Etwa zweihundert Meter, vielleicht waren es auch fünfhundert, in der Dunkelheit verliert man schnell das Gefühl für Distanzen, traten wir in die von Tiedemann angekündigte Überraschung.«

Der Stadthistoriker machte eine Pause, als suche er nach trefflichen Begriffen.

»Jedenfalls standen wir plötzlich in einer riesigen Höhle. Herr Tiedemann nannte sie Dom. Und mich erinnerte der Raum ebenfalls an ein gewaltiges Kirchenschiff, obwohl es keine Fenster gab. Der Boden des Doms war eben, aber nicht so platt wie die Tische hier. Da lagen kleine und große Felsbrocken auf dem leicht gewellten Boden umher. Und am Fuß der einen Wand tat sich eine flache Rinne auf, etwa Handbreit und drei oder vier Meter lang. Wir sind dann wieder umgekehrt und haben draußen noch etwas Totholz vor den Eingang gelegt, damit die Höhle unbemerkt und verborgen bleibt. Ich hatte den Eindruck, dass noch keine Menschenseele jemals in der Höhle war, abgesehen von Tiedemann und mir. Wissenschaftler wären sicher begeistert, die Unterwelt zu erforschen, zumal ich im ganzen Hegau keine derartige Höhle kenne. Wir sollten den Eingang mit einem Tor verschließen und nur Fachleuten Zutritt gewähren. Der Gang ging auch nicht ständig geradeaus, sondern bog immer wieder nach rechts oder links ab. Als wir wieder draußen waren, war ich völlig verdreckt. Tiedemann hatte mich vorgewarnt, weshalb ich in meinen ältesten Klamotten zu der Erkundung angetreten war. Ein Schutzanzug, wie ihn Maler verwenden, wäre sinnvoller gewesen.«

Aufmerksam und fast andächtig hatten alle Stadtratsmitglieder dem Bericht von Karl Müller gelauscht.

»Gibt es Fragen an Karl?«, brach der Bürgermeister das Schweigen.

Sogleich kam Leben in den Sitzungssaal.

»Wenn ich es recht verstanden habe«, sagte Frau Knörle, die Leiterin des Touristikbüros, »dann befindet sich die Höhle auf unserem Stadtgebiet. Wir können also anordnen, was damit zu geschehen hat.«

»Ja«, antwortete der Bürgermeister, »Grund oder Boden über der Höhle gehören der Stadt Kegelbergen. Wenn es sich geologisch jedoch um einen einzigartigen Hohlraum handelt, könnte ich mir vorstellen, dass man auf höherer Ebene, sprich Landes- wenn nicht sogar Bundesebene, ein Mitspracherecht hat. Ich hatte noch nicht die Zeit, mich diesbezüglich schlauzumachen. Wie groß war die Höhle, ich meine der sogenannte Dom.«

»In Metern kann ich das nicht sagen«, begann Karl Müller, der Stadthistoriker. »Mindestens so lang wie der

Innenraum unserer Stadtkirche. Aber wesentlich breiter. Wahrscheinlich so breit wie lang. In der Höhe«, er machte eine Pause und wiegte seinen Kopf, »ja, vermutlich etwas höher als das Kirchenschiff. Vielleicht auch weniger. Die Wände bildeten leichte Bogen, wie bei alten Kellergewölben. Bis auf die eine Wand, die war fast völlig glatt von oben bis unten.«

Ein Raunen ging durch den Sitzungssaal.

»Das ist gewaltig«, betonte der Bürgermeister, der sich bereits zuvor von den Ausmaßen der Höhle berichten ließ. Die Stadträte nickten zustimmend.

»Aber nehmen wir mal an, Land und Bund sind nicht interessiert«, nahm Frau Knörle das Gespräch wieder auf. »Dann sollten wir entscheiden, was mit der Höhle zu geschehen hat. Ich schlage vor, dass wir den Zugang zum sogenannten Dom für Besucher ausbauen und daraus eine Touristenattraktion machen.« Sie projizierte mit dem ausgestreckten Arm und der offenen Hand ein imaginäres Schild in den Sitzungssaal und verkündete gleichzeitig: »Die Höhle von Kegelbergen!«

Ihre grünen Augen leuchteten auf, als sie fortfuhr.

»Das wäre ein Magnet für unsere Stadt. Touristen würden herbeiströmen, unsere lahmende Gastronomie beleben und der Wirtschaft im Allgemeinen einen kräftigen Aufschub geben.«

Frau Knörles Begeisterung wurde gedämpft, als sich der Wirt des *Kappenheimers* mit einer sachlichen Frage an den Stadthistoriker wandte.

»Wie groß sind die Stalaktiten und Stalagmiten, also die Tropfsteine, in der Höhle?«

Alle Augenpaare schauten zum Wirt. Dass der sich mit Höhlen und Topfsteinen auskennt, hatte offenbar niemand erwartet.

»Da muss ich sie enttäuschen«, antwortete Karl

Müller. »Ich habe nicht einen einzigen Tropfstein in der Höhle gesehen. Es war trocken in der Höhle und warm. Je tiefer wir vordrangen, umso wärmer wurde es, aber angenehm, nicht heiß. Außerdem weise ich darauf hin, dass der Entdecker, Herr Tiedemann, Anspruch darauf erhebt, dass die Höhle nach ihm benannt wird: Die Tiedemann-Höhle.«

»Aber sie gehört ihm doch gar nicht«, entrüstete sich die stellvertretende Bürgermeisterin Frau Wendt.

»Das mag schon sein«, gab der Stadthistoriker zu bedenken. »Zum Vergleich. In vielen Orten gibt es eine Marienkirche, obwohl sie nicht der heiligen Maria gehört, das Gebäude auch nicht von ihr errichtet wurde und sie dort niemals zu Besuch war. Man könnte die Höhle also durchaus zum Gedenken an den Entdecker, die Tiedemann-Höhle nennen.«

Frau Wendts stimme erklang darauf in einer höheren Oktave: »Das ist doch nicht dasselbe. Der Tiedemann ist doch kein Heiliger. Ich bitte Sie.«

»Vertagen wir mal die Benennung der neuen Höhle«, sagte Bürgermeister Wächter sachlich und legte seine Hand beruhigend auf Frau Wendts Unterarm neben sich. »Mich interessiert, was es wirklich in der Höhle zu sehen gibt.«

»Eigentlich nichts«, sagte der Stadthistoriker. »Ich habe nur schroffes graues bis schwarzes Gestein gesehen und nehme an, dass es Basalt war.«

»Aber da gibt es doch sicher etliche Gesteinsgrüppchen«, schaltete sich Frau Knörle ein. »Wenn man die geschickt anstrahlt, dann sieht man vielleicht Schneewittchen und die sieben Zwerge oder einen Drachen. Das muss jemand mit Fantasie erkunden.«

»Gab es farbige Stellen im Gestein?«, fragte Erhard Wiese, der Bauunternehmer.

»Nein, wieso?«, antwortete der Stadthistoriker.

»Wenn es braune oder grüne Bereiche gegeben hätte, könnte man auf Eisenerz oder Kupfervorkommen schließen.«

»Nein«, sagte Karl Müller erneut. »Aber wir hatten nur einfache Taschenlampen dabei und haben auch nicht alle Winkel ausgeleuchtet.«

»Haben Sie Fledermäuse gesehen?«, fragte Bettina Schuhmacher von den Grünen. »Fledermäuse müssen geschützt werden. Die dürfen nicht einfach so vertrieben werden.«

Der Stadthistoriker schüttelte den Kopf: »Nein, ich habe weder Fledermäuse noch sonstige Tiere gesehen. Möchte aber nicht ausschließen, dass es in der Höhle irgendwelche Bewohner gab. Einmal hatte ich den Eindruck, dass eine Spinne über den Boden lief, bin mir aber nicht sicher.«

»Wie war die Luft?«, fragte Bürgermeister Wächter.

Karl Müller dachte einen Augenblick nach. »Ja, wie war die Luft? Also es roch nicht unangenehm, auch nicht moderig. Aber nicht so frisch wie im Wald. Eventuell gibt es noch andere Zugänge, Spalten oder Löcher, durch die frische Luft einströmt.«

»Wenn es in der Höhle so trocken ist«, sagte der Bauunternehmer, »dann ist das doch ein idealer Lagerraum.«

Frau Knörle riss den Mund auf, doch der Historiker kam ihr zuvor.

»Ja, daran habe ich auch schon gedacht. In der Höhle könnte man ein Archiv einrichten. Dort wären die historischen Dokumente wahrscheinlich atombombensicher. So etwas gibt es schon an anderer Stelle im Lande. Warum nicht auch bei uns.«

»Die Höhle als verstaubtes Archiv einzurichten!«, empörte sich Frau Knörle. »Ich bitte Sie! Da haben wir die einzigartige Möglichkeit, unser Städtchen um eine Attraktion zu bereichern, und Herr Wiese will dort Steine oder Zement einlagern und Herr Müller sein Antiquariat unterbringen. Also nein. Ich bin entsetzt.«

»Ich habe nichts von Steinen und Zement gesagt«, konterte Erhard Wiese und hob die geballte Faust, als wolle er sie auf den Tisch schlagen.

»Aber gedacht«, fauchte Frau Knörle. »Was sonst!«

Unvermittelt redeten die Stadträte durcheinander und warfen sich allerlei Argumente zur Nutzung der Höhle an den Kopf. Einige wollten sie völlig stilllegen und versiegeln, andere praktisch nutzen und ein paar sie für touristische Zwecke ausschlachten.

Dann geschah, was nur selten vorkam. Bürgermeister Simon Wächter schlug mit der flachen Hand auf den weißen Sitzungstisch, dass es nur so klatschte. Alle Stimmen verstummten und jedes Augenpaar sah zum Stadtoberhaupt.

»Meine Damen und Herren, wir sollten den Rehbock nicht verteilen, bevor er geschossen ist.« Die Metapher hing zwar quer im Raum, aber alle schienen zu verstehen, was gemeint war. »Bevor wir weitere Entscheidungen treffen, brauchen wir mehr Information. Sind alle damit einverstanden?«

Allgemeines Kopfnicken.

»Gut«, fuhr der Bürgermeister fort. »Frau Wendt, darf ich Sie als stellvertretende Bürgermeisterin bitten, Kontakt mit einem geologischen Institut oder wo es Ihnen sinnvoll erscheint, aufzunehmen um herauszufinden, was bei der Erschließung einer Höhle zu beachten ist. Sicherlich will dann ein Fachmann das Objekt besichtigen. Verweisen Sie ihn an Karl. Ich erwarte Ihren ausführlichen Bericht. In der Zwischenzeit möge bitte jeder über eine sinnvolle Nutzung der Höhle nachdenken. Wer einen brauchbaren Vorschlag hat, reiche ihn umgehend bei mir ein, schriftlich! In der nächsten Sitzung werden wir dann ausführlicher die gewonnenen Erkenntnisse und Vorschläge beraten. Gibt es noch Fragen?«

Alle sahen betreten vor sich ins Leere.

»Dann schließe ich die Sitzung und wünsche eine gute Nacht!«

*

Zuhause kochte bei Bürgermeister Wächter der Schlagabtausch um die Höhle noch einmal hoch.

»Elisabeth«, sagte er zu seiner Frau, »es hätte nicht viel gefehlt und die hätten sich geprügelt.«

»Worum ging's denn?«

»Um das Erdloch.«

»Um das Erdloch? Du meinst die Höhle?«

Simon Wächter brummte etwas Unverständliches in seinen Bart, worauf Elisabeth sich verpflichtet fühlte, ihn an sein verantwortungsvolles Amt zu erinnern.

»Du musst die Stadträte ernst nehmen und darfst die Sache nicht so einfach vom Tisch wischen.«

»Hab ich auch nicht. Und ich nehme die Bürger von Kegelbergen immer ernst, besonders die Stadträte.«

»Worum ging es denn genau?« Frau Wächter stellte ihrem Mann seinen heißen Lieblingskräutertee auf den Couchtisch. Den mochte er vor dem zu Bett gehen gerne, weil er dann besser einschlafen konnte.

»Es ging um die künftige Nutzung der Höhle. Dabei wissen wir überhaupt noch nicht genug über den Hohlraum. Karl hat ihn sich als Einziger bisher angesehen.«

»Welche Vorschläge wurden diskutiert?«

Simon Wächter nippte an seinem Tee. »Die Gruppe um die Knörle will eine Attraktion daraus machen, damit mehr Touristen angelockt werden. Dabei gibt es in der Höhle nicht einmal Tropfsteine. Die Grünen wollen darin Fledermäuse ansiedeln, falls es die dort noch nicht gibt. Die Herren von der Baubranche wollen vermutlich Baumaterial dort einlagern, weil es dort so schön trocken sei. Karl will sein Archiv in der angeblich atombombensicheren Höhle unterbringen. Und es ging auch darum, wie die Höhle genannt werden soll.«

Frau Wächter schwieg einen Augenblick. »Also wenn es darin nichts Besonderes zu sehen gibt, ist der Gedanke, etwas einzulagern nicht schlecht. Die Stadt könnte die Höhle vermieten, was der Stadtkasse guttäte.«

»Peanuts. Als erstes müsste eine Straße zu Höhle gebaut und dann der Zugang zum Dom freigesprengt werden. Ich mag gar nicht daran denken, was das alles kostet.« Simon Wächter lehnte sich zurück, als sei das letzte Wort in der Sache gesprochen.

»Es sollte halt etwas eingelagert werden, was richtig Geld bringt«, ließ Elisabeth Wächter nicht locker. »Vor ein paar Tagen las ich einen Artikel darüber, dass man in ganz Deutschland verzweifelt nach Endlagern für Atommüll sucht. Der soll ja unterirdisch deponiert werden. Vielleicht ist die Höhle der ideale Lagerplatz. Das wird doch bestimmt gut bezahlt.«

Herr Wächter sprang auf: »Bist du des Wahnsinns! Atommüll in unserem schönen Hegau. Wie kommst du auf so einen Blödsinn? Alle Touristen würden ausbleiben und die Knörle würde dir persönlich den Hals umdrehen. Lass das bloß keinen hören. Sonst darf ich dich demnächst in der Irrenanstalt besuchen.«

Mit heruntergezogenen Mundwinkeln folgte Elisabeth Wächter schweigend ihrem Mann ins Schlafzimmer.

4

Ursprünglich hatte Roy Drömer die Strecke von der Bretagne zu seinem Heim in Chevry mit dem Auto und ohne Unterbrechung zurücklegen wollen. Doch nachdem er um Paris herumgefahren war und sich auf der Autobahn Richtung Lyon befand, wurden seine Augenlider schwer. Nur unter größter Anstrengung vermochte er das Tempo und die Spur zu halten. Das geöffnete Seitenfenster erfrischte ihn nur kurz. Wieder musste er sich abmühen, die Augen am Lenkrad offen zu behalten. Als er in der Ferne das Schild eines Ibis-Hotels sah, nahm er die nächste Ausfahrt. Er buchte in der Herberge ein Zimmer für eine Nacht und legte sich aufs Ohr, obwohl an diesem späten Nachmittag die Sonne noch nicht den Horizont erreicht hatte. Kurz nach Mitternacht wachte Roy frisch erholt auf. Er war hungrig, zog sich an und ging hinunter. Unentschlossen stand er vor dem dunklen und unbelebten Frühstücksraum. Über ein Restaurant verfügte das Hotel nicht. Es war ihm auch kein Speiselokal aufgefallen, nachdem er die Autobahn verlassen hatte. Die Zeiger seiner Armbanduhr zeigten kurz nach ein Uhr an. Vermutlich würde man ihm nirgendwo um diese Zeit ein leckeres Menü auftischen. Sollte er die Reise fortsetzen, mitten in der Nacht?

Roy zog aus einem Automaten drei Müsliriegel und ein Flasche Cola. Dann ging er wieder aufs Zimmer, legte sich aufs Bett und schaltete den Fernseher ein. Nachdem er durch alle TV-Sender gezappt hatte, blieb er bei einem gerade begonnenen Agententhriller hängen. Eine schlanke Lady, in einem kurzen und engen, schwarzen Kleid machte einem fetten Mann im maßgeschneiderten Anzug schöne Augen und lockte ihn in ein Hotelzimmer. Ein junger Bursche verschwand in der Toilette eines noblen

Hotels und sog weißes Pulver durch einen zusammengerollten Geldschein in die Nase. Ein anderer Mann fuhr Auto und schaute ständig in den Rückspiegel. Er beschleunigte und eine wilde Verfolgungsjagd durch die nächtliche Stadt begann. Die wunderschöne Lady saß plötzlich entkleidet auf dem fetten Mann im Bett. Die Zimmertür wurde aufgestoßen. Weit aufgerissene Augenpaare. Ein Schuss knallte in die Stille. Die Frau sank getroffen mit einer blutenden Wunde im Rücken auf den fetten Mann unter ihr. Unvermittelt rauschende Wellen am Strand mit Palmen im Hintergrund.

Roy hatte zwar auf den Bildschirm gestarrt, aber nicht wahrgenommen, um was es in dem Film ging. Er biss in einen der Müsliriegel aus dem Automaten und trank etwas Cola. Mit den Gedanken war er wieder bei seiner Idee, eine neue Energiequelle zu erschließen. Selbst eine erneute Erotikszene im TV-Film brachte ihn nicht davon ab. Er schaltete den Fernseher aus, erhob sich, trat ans Fenster und öffnete es. Unter ihm lag der Hotelparkplatz im fahlen Laternenlicht. Man hatte ihm ein Zimmer im dritten Stock gegeben. Deutlich erspähte er sein Auto unter den parkenden Fahrzeugen. Soweit er es ausmachen konnte, standen dort alles Benziner. Bis auf den einen, der hatte vermutlich einen Elektromotor und eine große und schwere Batterie unter den Sitzen. Wenn er seine Idee in die Praxis umgesetzt hatte, dann würden künftig alle Autos elektrisch unterwegs sein. Und das bahnbrechende Energiepaket würde kaum größer sein, als die herkömmlichen Autobatterien, um den Motor zu starten. Außerdem würde in dem neuen Energiewürfel Power für tausende Kilometer stecken. Revolutionär.

Roy atmete die kühle Nachtluft ein. Es musste gelingen. Er schloss das Fenster und legte sich wieder ins

Bett. Mit offenen Augen starrte er in die Dunkelheit. Irgendwann schlief er ein.

Am nächsten Tag frühstückte er ausgiebig und setzte dann seine Fahrt fort. Als er sich Bellegard näherte, verließ er die Autobahn und folgte der Nebenstraße in Richtung Norden. Es war noch heller Tag. Nachdem er den Col de la Faucille erreicht hatte, parkte er sein Auto auf dem Pass und ging ein paar Schritte zu Fuß. Nach wenigen Minuten stand er an der steil abfallenden Bruchkante des Jura und blickte in die vor ihm liegende Tiefebene. Die Dämmerung setzte gerade ein. Er liebte diesen Blick ins Tal. In den kleinen französischen Dörfern flammten überall Lichter auf. Drüben lag Genf in einer matten Lichtglocke. Vom Flughafen stieg soeben ein Flugzeug auf, das in südlicher Richtung seinem Blick entschwand. Besonders ergreifend fand Roy es, wenn sich in der Ferne der weiß leuchtende Mont Blanc in den blauen Himmel erhob. Aber an diesem Tag war das Felsenmassiv nicht zu sehen. Grauer Dunst lag auch über dem Genfer See. In der Zeit vor Weihnachten fuhr Roy gerne hier hinauf. Denn dann deckte eine dicke Nebelschicht das Tal zu, während hier oben die Sonne schien. Irgendwo da unten verlief auch der Tunnel des CERN, ein wenig davon in der Schweiz, der überwiegende Teil in Frankreich. Es war günstig, in der Schweiz zu arbeiten und im preiswerteren Frankreich zu wohnen. Auch sein gemietetes Haus stand in Frankreich, von dem er nur wenige Kilometer zum CERN nach Mayrin bei Genf fuhr.

Roy hatte sich auf eine Bank gesetzt und verträumt zugesehen, wie die Nacht hereinbrach. Erst als es dunkel war, ging er zum Auto zurück und fuhr die Serpentinen hinunter nach Gex. Dort bog er Richtung St-Genis-Pulli ab. Kurz vor Chevry verlangsamt er die Geschwindigkeit, um nicht die schmale Zufahrt zum Haus zu verpassen.

Nur drei Gebäude dösten an dem knapp fünfzig Meter langen Weg, links hinten sein Zuhaus.

In der Toreinfahrt stand ein fremdes dunkelblaues Auto mit Schweizer Nummernschild. Davor parkte wie üblich der weiße PKW seiner Frau. Roy stieg aus und sah zum Wohnzimmerfenster hinauf. Kein Licht in der guten Stube. Auch das Fenster seines Arbeitszimmers und das der kleinen Kammer nebenan lag im Dunkeln. War niemand zu Hause? Er stieg die Treppen zum Hauseingang hinauf und schloss auf. Auch das Flurlicht brannte nicht. Er blickte in die Küche, ebenfalls dunkel. Er ging den Flur entlang zum Schlafzimmer und öffnete die Tür. Seine Frau saß nackt mit gespreizten Beinen im Bett, unter ihr ein fremder Mann. Beide drehten erschrocken den Kopf zu ihm. Jetzt sollte ein Schuss fallen, dachte Roy. Doch er besaß keinen Revolver, schloss die Tür und ging ins Wohnzimmer, wo er sich auf die Couch setzte.

5

»Verdammt, ich hab vergessen, mir seine Telefonnummer zu notieren«, fluchte Gunda und schüttelte ihre kupferfarbene Haarpracht. »Habt ihr seine Nummer?«

Gustav Maurer ging ins Wohnzimmer des Ferienhauses, nahm eine kleine Karte vom Sideboard neben dem Kamin und reichte sie Gunda, die ihm gefolgt war. »Bitteschön. *Menschen, die vergessen können, bleiben einem unvergessen.*« Gustav lächelte: »Thornton Wilder.«

»Wow! Super.« Sie legte Roy Drömers Visitenkarte auf den Tisch und fotografierte sie mit ihrem Handy.

»Wir gehen davon aus, dass du mitkommst. Heute gibt es ein Pferderennen in Landivisiau«, sagte Gustav zu Gunda.

»Ein Pferderennen, hier in der Bretagne?« Sie rümpfte die Nase.

»Nun ja«, räumte Gustav ein. »Es ist nicht wirklich ein Pferderennen. Eher eine Pferde-Ausstellung oder ein Wettbewerb. Landivisiau gilt als *Hauptstadt des bretonischen Pferdes*. Die Pferde werden mit Tempo über den Platz gejagt, wenn ich das in der Ankündigung richtig verstanden habe. Die besten Gäule werden ausgezeichnet, mit Urkunde und Pokal. Und verkauft und gekauft werden die Pferdchen wohl auch. Unter Umständen ergibt sich da eine coole Story für dich.«

»Aha«, sagte Gunda. »Na gut ich komme mit. Hier ist ja eh nichts los.«

»Womöglich hast du da deine Erleuchtung. Oder sagt man Inspiration in deinen Kreisen?«

»Pferderennen in der Bretagne? Ich weiß nicht. Was soll mich da inspirieren?«

»Über tausend Besucher aus der ganzen Bretagne werden zu dem Wettbewerb erwartet, las ich beim

Vorbeigehen in einer Zeitung«, versuchte Gustav seine Tochter zu begeistern.

Auf der Autofahrt nach Landivisiau lenkte Gunda das Gespräch auf Roy Drömer. »Und er hat dir wirklich nicht gesagt, woran er forscht, oder was er erfinden will, Papa? Fürchtet er, jemand könnte ihm zuvorkommen, ihm den Ruhm wegschnappen, bevor er mit seinem Produkt auf den Markt kommt?«

»Nein, wir haben nicht darüber gesprochen. Aber er war schon immer ein Tüftler. Sein erstes Radio baute er mit zehn oder elf Jahren, erzählte er mir mal während des Studiums. Vom Taschengeld habe er sich so einen Experimente-Bausatz gekauft. Darin gab es einfache elektronische Teile und Bauanleitungen. Für ein Experiment sollte er sogenannte Elektroden in eine Zitrone stecken. Weil keine Zitrone im Haus gewesen sei, habe er eine Orange genommen. Und, oh Wunder, das Radio habe tatsächlich damit funktioniert. Zwar hätte er im Kopfhörer nur einen einzigen Radiosender reinbekommen, aber wie auch immer. Und das Ganze klappte ohne Batterie.«

»Ohne Batterie?«, fragte Gunda, die auf dem Beifahrersitz saß. Wanda Maurer hatte sich wie gewöhnlich auf den Rücksitz gesetzt, weil ihr Mann und ihre Tochter sich gerne am Lenkrad abwechselten. »Ich kenn kein Radio, das ohne Batterie funktioniert. Ah, ich habs, er verwendete einen Akku.«

Gustav schüttelte den Kopf. »Nein, weder Akku noch Batterie. Solarzellen waren damals noch nicht erfunden, auch kein Kurbelradio, was man ja neuerdings für Notsituationen kaufen kann. Es lief ohne Stromzufuhr. Derartige Radios sind aber extrem leistungsschwach und können nur starke Sender in der Nähe empfangen.«

Gunda sah ihn von der Seite an, als er schwieg. »Nun komm schon, erkläre. Du bist doch Elektroingenieur.«

»Die Radiosender strahlen elektromagnetische Wellen aus. Mit unseren menschlichen Sinnen können wir die nicht wahrnehmen. Dennoch sind sie da und sorgen dafür, dass wir Radio hören, TV sehen und mit dem Handy telefonieren können. Radio und Fernseher sind so konstruiert, dass wir damit nur empfangen können. Mit dem Handy hingegen können wir auch senden. Jedes Handy ist somit ein kleiner Radiosender.«

»Das erklärt aber nicht«, hakte Gunda nach, »wieso man ohne Batterie Radio hören kann.«

»Ich sagte doch, es werden elektromagnetische Wellen ausgesendet. Die schwirren überall um uns herum. Das ist Energie. Die kann man mit entsprechenden Geräten sogar sichtbar machen. An der Uni führte uns ein Professor das vor Jahrzehnten vor. Er brachte eine kleine Glühlampe zum Leuchten, ohne sie an eine Stromquelle anzuschließen. Genau genommen glimmte sie nur schwach. Der Raum wurde abgedunkelt und alle Studenten konnten es sehen. Die Energie aus dem Raum ist aber so gering, dass man sie nicht wirklich verwenden kann, um irgendwelche Geräte damit zu versorgen. Darüber hinaus muss man sich in der Nähe eines starken Senders befinden, um genügend Elektronen für den Effekt einzufangen.«

Gunda schwieg eine Weile und dachte über das Gesagte nach. Dann griff sie das Thema wieder auf. »Um uns gibt es also pausenlos elektromagnetische Energie. Ob Roy doch einen Weg gefunden hat, jene Energie zu nutzen?«

»Sehr unwahrscheinlich«, erwiderte Gustav. »Wie ich schon sagte, die Energie ist zu schwach. Alle Geräte, die sie einfangen, haben einen Verstärker, der mit Strom versorgt werden muss. Man kann aus einem Froschschenkel ja auch keine Wiener Schnitzel machen. Die Naturgesetze muss man schon respektieren.«

»Aber vielleicht hat er ein Gesetz entdeckt, dass bisher nicht beachtet wurde. Lange Zeit glaubten die Menschen, Schiffe müssten immer aus Holz gebaut werden.« Gunda sah neugierig zu ihrem Vater hinüber.

»Ja, denkbar, dass noch nicht alle Naturgesetze entdeckt wurden. Das erinnert mich an eine Diskussion mit Roy während unserer Studienzeit.« Gustav Maurer machte eine Pause.

»Ja und?«

»Die Sache war so abwegig, dass wir nie wieder darüber gesprochen haben. Er hatte eben manchmal spleenige Ideen. Er wollte einen Film produzieren, bei dem man nicht nur sehen und hören konnte, sondern auch riechen. Dafür müsste der Geruch elektronisch aufgezeichnet werden. Ich wandte ein, dass das nicht ginge, was er vom Tisch wischte. Denn in unserem Gehirn sei Geruch ja auch gespeichert, sonst könnten wir den Duft einer Rose beispielsweise nicht wiedererkennen. Alles, was wir wahrnehmen, behauptete er, sei im Gehirn deponiert. Und Hirnnerven glichen elektrischen Leitungen, durch die wirklich Strom fließe.« Gustav sah grinsend zu Gunda hinüber und verdrehte die Augen.

»Ein interessanter Gedanke. Was, wenn es stimmt?«

»Blödsinn. Wir diskutierten dann noch bis zur Erschöpfung, ob Geruch eine Welle sei, wie Radiowellen, oder ob Duft aus Partikeln bestünde. Wenn es eine Welle sei, so sagte ich, dann gäbe es möglicherweise ein Verfahren, ihn elektronisch aufzuzeichnen.«

»Und womit hast du ihn überzeugt?«, fragte Gunda.

»Mit dem Hinweis, dass Hunde beispielsweise noch nach Tagen eine Spur aufnehmen können, wo wir Menschen nichts, absolut nichts riechen. Es muss dort also winzige Partikel geben, die immer noch duften. Eine Welle wäre längst im Weltall, der Ewigkeit oder sonst wo entschwunden. Das hat ihn nicht wirklich überzeugt. Aber er ließ es mal so stehen. Und wir diskutierten nie wieder über Geruch, Gestank und Duft. Stell dir dass mal vor, du sitzt im Kino, die Kamera schwenkt auf einen verwesenden Kadaver und du siehst das nicht nur, sondern du riechst es auch noch. Ich möchte nicht wissen, wie viele Leute dann im Kino zu kotzen beginnen.«

»Aber wenn die Kamera eine Rose zeigt, könnte man den Duft riechen«, wandte Gunda ein.

»Jetzt argumentierst du schon wie Roy«, sagte Gustav und brach in lautstarkes Gelächter aus. »Wir sind da.«

Sie erreichten die Kleinstadt Landivisiau, parkten das Auto und folgten dem Lärm Richtung Zentrum. Das Spektakel war bereits in vollem Gange. Keine schlanken Reitpferde, sondern breite, kraftvolle und gut bemuskelte meistens braune Pferde preschten über den Platz. Hinter sich zogen sie zweirädrige Pferdekutschen mit zwei Mann auf dem Bock. Die Pferdelenker saßen jedoch nicht auf einem filigranen Sulky, wie man sie auf Trabrennbahnen sieht. Die Wagen waren rustikal konstruiert und mit je einem riesigen Wagenrad an der Seite versehen, Räder, wie man sie aus der früheren Landwirtschaft kennt.

»Das sind echte Bretonen«, sagte Gustav mit blanken Augen zu seinen beiden Damen. »So nennt man diese Pferderasse. Es gibt Braune, Füchse und Schimmel. Sie sind bestens für die Landarbeit geeignet. Alles Kaltblüter. Die keltischen Krieger, also ich meine das Volk, das hier früher mal gelebt hat, sollen sie gezüchtet haben.«

»Asterix und Obelix?«, grinste Gunda.

»Wenn man so will«, gab Gustav schmunzelnd zu.

Erneut raste ein Wagen an ihnen vorbei. Die Achse brach und ein Rad legte sich nach einer kurzen Umdrehung auf die Rennbahn. Es gab keinen lautstarken Aufschrei unter den Zuschauern, nur ein verhaltenes Raunen. Offenbar war es nicht so aufsehenerregend, dass ein Rad vor dem Ziel von der Kutsche sprang. Das Pferd galoppierte weiter, als sei nichts geschehen. Dem Kutscher gelang es mit einem kräftigen Griff in die Zügel, das Pferd vor seinem nur noch einrädrigen Wagen zum Stehen zu bringen.

Wanda Maurer hatte leise aufgeschrien. Auch Gunda und Gustav atmeten erleichtert auf.

»Kommd bloß hinne dahana weg!«, forderte Wanda in schwäbisch mit weit aufgerissenen Augen. »Des isch je lebensgefährlich. Wenn mi des Rad gdroffa häd. Ned auszudenka. Dod in Frankreich!«

»Aber du stehst doch gar nicht in der ersten Reihe«, versuchte Gustav sie zu beruhigen. »Es konnte dich nicht treffen.«

Einige Franzosen sahen sich neugierig zu Wanda um. Vermutlich verstanden sie nicht, was Wanda sagte, begriffen jedoch, dass es der deutschen Dame unheimlich war und grinsten. Wanda drängte sich durch die Menge vom Geschehen weg. Gustav und Gunda folgten ihr kopfschüttelnd.

»Nun warte doch!«, rief Gustav ihr hinterher.

Als sie sie endlich einholten, saß sie zitternd auf einer Parkbank. Gustav und Gunda setzten sich zu ihr. Während die Tochter ihre Hand ergriff, legte Gustav schützend seinen Arm um ihre Schultern.

Sie berieten kurz, wie sie den Tag weiterhin gestalten sollten. Wanda wollte auf keinen Fall zurück zu den Pferden. Weil es kurz vor zwölf war entschieden sie, die Stadt zu verlassen und in einem Landgasthaus zu speisen. Denn die Gasthäuser in der Stadt waren höchstwahrscheinlich längst überlaufen. Später las Gustav in der Zeitung, dass über eintausendzweihundert Personen zum Pferdemarkt nach Landivisiau gekommen waren.

Sie setzten sich ins Auto und verließen Stadt und Pferderennen. Nach einer Viertelstunde sahen sie an einem Dorfrand ein hübsches Restaurant und kehrten ein. Die Speisekarte listete die Menüs außer in französischer auch in englischer Sprache auf.

»Ganz schön happig«, maulte Wanda nach einem Blick auf die Preise. »Dafür könnte ich zu Hause eine Woche lang vorzüglich kochen, braten und backen.«

»Wenn sie die Speisekarte auch noch ins Deutsche übersetzt hätten, müssten wir wohl dreimal so viel bezahlen«, fügte Gustav trocken hinzu. »Bedenke: *Geld macht nicht glücklich*, erklärte schon George Bernard Shaw.«

»Wirklich?«, fragte Gunda.

»Na gut, du wissenshungrige Tochter. Das war nur der erste Teil des Zitats. Es lautet vollständig: *Geld macht nicht glücklich, jedenfalls nicht, solange es anderen gehört*.«

Gunda lachte. »Der gute George Bernard Shaw, dieser gnadenlose Satiriker.«

Sie interessierte sich nicht für die Preise. Ihr Vater bezahlte ja alles. Jeder wählte etwas typisch Französisches aus. Das Essen war reichlich und gut. Sie saßen auf der sonnigen Terrasse unter einem riesigen Sonnenschirm, genossen die ländliche Stille und mochten sich nach dem Dessert, einer umfangreichen Käseplatte, gar nicht erheben. Denn es war friedlich und behaglich. Nur noch ein älteres Ehepaar saß an seinem Tisch. Die übrigen Gäste waren gegangen, als der Wirt mit der Rechnung kam. Er schließe jetzt, sagte er, sie dürften ruhig noch sitzen bleiben. Die Küche sei schon geschlossen und das Restaurant würde am Abend wieder öffnen.

Nachdem auch das ältere Ehepaar gegangen war, erhoben sich die drei deutschen Urlauber und stiegen in ihr Auto. Auf den Heimweg zum Ferienhaus nahm Gunda den Gesprächsfaden von der Herfahrt wieder auf.

»Du sagtest, die elektromagnetischen Wellen um uns von Radiosendern, TV-Sendern und Handys seien zu schwach, um sie produktiv nutzen zu können. Vermutlich denken das alle Ingenieure. Deshalb forscht niemand in die Richtung. Roy traut sich aber und will nicht darüber sprechen, weil man ihn auslachen und für verrückt erklären könnte.«

»Möglich«, antwortete Gustav knapp.

»Wer weiß«, meldete sich Wanda vom Rücksitz. »Der hat da beim CERN bestimmt was aufgeschnappt und forscht nun auf eigene Faust. Ich kann nur beten, dass er nicht die ganze Welt in die Luft jagt.«

»Mama, die Welt kann man nicht so einfach in die Luft jagen. Selbst wenn alle vorhandenen Atomraketen gleichzeitig gezündet würden, gäbe es die Erde immer noch.«

»Aber uns nicht mehr«, zeterte Wanda.

»Ja, es könnte sein, dass alles menschliche Leben ausgelöscht würde«, sagte Gustav. »Aber selbst das ist nicht sicher. Es wurde ja noch nicht ausprobiert.«

»Himmel!«, schrie Wanda dazwischen. »Des fehld uns grad noch, dess jemand auschbrobiera will, mid wie viela Bomba die Erd gschbrengd werda kann.«

Doch Gustav setzte unbeeindruckt fort: »Nach dem Zweiten Weltkrieg glaubten die Briten, mit fast sieben Kilotonnen Sprengstoff könnten sie ganz Helgoland wegsprengen. Aber nur ein kleiner Teil flog in die Luft. Es gibt Helgoland immer noch. Theorie und Praxis klaffen nicht selten weit auseinander.«

Wanda beugte sich mit ihrem Kopf zwischen Fahrer- und Beifahrersitz vor: »Ihr beide seid mir vielleicht ein paar schöne Optimisten. Redet von drohenden Katastrophen, als handele es sich um den Nachmittagstee.« Sie warf sich zurück in ihren Sitz.

Gustav und Gunda sahen sich von der Seite an. Er zog die Augenbrauen hoch, sie tat es ihm nach. Sie kannten Wandas ausgeprägte Furcht vor Horrorszenarien und schwiegen.

Wandas Kopf erschien erneut zwischen den beiden: »Des sag i eich, wenn Roy die Erd in die Lufd jagd, schwätz i koi Word mehr mid eich.«

Gustav und Gunda sahen sich wieder an und kniffen die Lippen zusammen, doch nur ganz kurz. Dann prusteten sie los, dass beider Zwerchfell vibrierend einen gefühlten halben Meter in die Höhe schnellte.

Nachdem Gunda sich beruhigt hatte, sagte sie: »Ja, Mama, wenn der Roy das schafft, die Erde zu sprengen, reden wir auch kein Wort mehr mit dir. Aber vielleicht im Himmel.«

»Macht euch nur lustig«, waren Wandas letzte Worte, bis sie das Ferienhaus erreichten.

Gunda hingegen mochte nicht schweigen und löcherte weiterhin ihren Vater. »Du bist doch für den Bau der Windräder in deiner Firma zuständig. Könnte es sein, dass Roy in dem Bereich forscht und einer bahnbrechenden Verbesserung auf der Spur ist?«

»Kann ich mir nicht vorstellen.«

»Wieso nicht?«

»Weil man das schon alles berechnet und ausprobiert hat. Zum Beispiel auf einem Gelände bei Heroldstatt auf der Schwäbischen Alb. Ich glaube, dort stehen immer noch zwei unterschiedliche Konstruktionen einer Windkraftanlage oder Windenergieanlage, wie sie offiziell heißen.«

»Und warum spricht dann alle Welt von Windrädern? Eigentlich drehen sich doch überall Propeller?«

»Nun ja, Windräder nennt man die Anlagen umgangssprachlich. Und völlig falsch ist die Bezeichnung nicht. Denn auf einer Achse steckt ein massives Rad, an das Flügel montiert sind.«

»Aha. Wäre dann nicht ein Windrad mit fünf oder sieben Flügeln effektiver?«

»Nein, wie ich schon sagte, das wurde alles schon ausprobiert. Die gegenwärtige Form ist optimal. Je nach Windaufkommen und Standort kann man die Größe variieren.«

»Und was ist mit den Solaranlagen, die man jetzt überall auf Hausdächer montiert«, hielt Gunda das Gespräch am Laufen. »Könnte Roy da an einer Verbesserung arbeiten?«

»Vielleicht. Keine Ahnung. – Möglicherweise tüftelt er an einer neuen Batterie.«

Sie näherten sich ihrem Ferienhaus. Gustav fuhr über die Einfahrt auf den Parkplatz hinter dem Haus und Wanda fand ihre Sprache wieder, nachdem sie das Gebäude gesehen hatte.

»Ein Glück, es steht noch!«

6

Es war schon kurz vor Mitternacht, als Gunda Schönwetter mit dem Wagen ihres Vaters das Ortsschild von Kegelbergen passierte. Sie lenkte das Auto durch die ausgestorben wirkende Stadt hinauf zur Jahnstraße. Vor dem Haus ihrer Eltern fuhr sie den Wagen in die Einfahrt vor die Garage und stellte den Motor ab. Vom Rücksitz klang das sanfte Schnarchen ihrer Mutter. Ihr Vater auf dem Beifahrersitz schreckte auf. »Was ist? Warum halten wir?«

»Ihr seid zu Hause«, sagte Gunda.

»Verdammt, da bin ich doch noch eingeduselt. Wanda, wir sind da!«

Er hatte sich zu seiner Frau umgedreht, die sich soeben aufrichtete. Sie schaute mit leerem Blick umher und zog kurz mit beiden Zeigefingern die Haut an den Schläfen nach hinten, um nicht ihren Lidschatten zu verschmieren.

»Na endlich«, erwiderte Wanda und öffnete ihre Wagentür. Das Aussteigen misslang, weil sie versäumt hatte, den Sicherheitsgurt zu öffnen. »Verflixt«, zischte sie, drückte auf den Verschluss, stieg aus und streckte sich. »Wie schee, wiedr dahoim zu sai.«

»Eigentlich wollte ich ja gleich nach Hause fahren«, sagte Gunda. »Sind ja nur noch ein paar Kilometer bis Singen. Aber ich nehme euer Angebot gerne an und übernachte noch einmal in meinem alten Kinderzimmer.«

»Gute Entscheidung«, sagte Gustav. »Dann können wir morgen gemeinsam frühstücken, mit dem Bürgermeister. Den habe ich eingeladen. Man muss doch wissen, was während unserer Abwesenheit passiert ist. Um so besser, wenn es etwas Gutes ist. Wie sagte doch gleich Eduard Mörike? *Man muss immer etwas haben, worauf man sich freut.*«

Schnell trugen die Heimkehrer sämtliche Koffer und Taschen ins Haus. Die Betten wurden aufgeschüttelt und nach wenigen Minuten erlosch das Licht in allen Zimmern.

*

Am nächsten Morgen stand wie verabredet Bürgermeister Simon Wächter mit seiner Frau vor der Tür, als Gustav Maurer sie blinzelnd öffnete.

»Ihr seid aber früh«, sagte Gustav zu seinem Schwager. »Und was schleppt ihr da an? Glaubt ihr, wir wären in Frankreich verhungert?«

»Von wegen früh, es ist schon neun. Dabei habe ich euren Urlaubsrhythmus reichlich einkalkuliert.«

»Wanda, dein Bruder und Elisabeth sind da«, rief Gustav ins Haus und ließ das Ehepaar eintreten. »Sie haben Verpflegung für eine ganze Kompanie mitgebracht.«

»Wie sagst du doch immer? *Man kann nicht gut denken, lieben oder schlafen, wenn man nicht gut gegessen hat*«, zitierte Simon Wächter Virginia Woolf.

Wanda erschien im Hausflur und fiel ihrem Bruder, dem Bürgermeister von Kegelbergen, um den Hals als habe sie ihn seit Jahrtausenden nicht mehr gesehen. Auch ihre Schwägerin drückte sie herzlich an sich. »Schön, euch gesund wiederzusehen.«

»Das hört sich ja an, als wenn ihr nur knapp dem Tod entkommen seid«, sagte Simon Wächter mit einem Blick auf Gustav.

Der verdrehte die Augen und ging ins Esszimmer voran.

»Das sind wir auch. Nur weil ich so gut rennen kann, hat er mich nicht erwischt, der Tod.«

»Aber Mama!« Gunda war mit einer Kanne Kaffee ins Esszimmer getreten. »Guten Morgen. Mama übertreibt mal wieder.«

»Vo wega! Oi riesiges Rad isch diregd uf mi zugerolld! Was sag i, graschd isch's!«

»Nun macht ihr mich aber neugierig. Autounfall?«, schaltete sich Elisabeth ein.

»Schlimmer«, antwortete Wanda und berichtete ausführlich vom Pferdemarkt in Landivisiau. Simon und Elisabeth hingen an ihren zitternden Lippen, als sei der Leibhaftige immer noch hinter ihr her. »Und dann besuchte uns noch dieser geheimnisvolle Erfinder, der die Welt in die Luft jagen will!«

»Mama, jetzt ist aber gut!«, schaltete sich Gunda energisch ein. »Er hat dir doch erklärt, dass er die Erde nicht in die Luft jagen kann.«

Ihr Einwand half nichts. Wanda beherrschte das Tischgespräch und berichtete leidenschaftlich über die Begegnung mit Roy Drömer.

Bürgermeister Simon Wächter und seine Frau Elisabeth hörten aufmerksam zu.

»Und was ist hier passiert, während wir in Frankreich waren?«, versuchte Gustav dem Gespräch eine andere Wende zu geben.

»Eigentlich nichts«, erwiderte Simon und biss in sein Brötchen.

»Von wegen nichts«, fiel ihm seine Frau ins Wort. »Wir haben jetzt eine Höhle.«

»Eine Höhle? Hier gibt's doch gar keine Höhlen«, meldete sich Wanda sogleich. »War Roy Drömer hier und hat experimentiert? Ich sag's euch. Der gibt keine Ruhe.«

Gustav Maurer beruhigte sie, dass die gefundene Höhle natürlich entstanden sei und nichts mit schwarzen Löchern zu tun habe. Er berichtete kurz von ihrer Entdeckung und über den Auftrag an den Stadtrat, Vorschläge für die Nutzung der Höhle zu machen.

»Mir wäre es am Liebsten, ein großes Schloss vor den Höhleneingang zu hängen. Denn darin gibt es nichts zu sehen«, sagte er abschließend. »Und die Erschließung kostet nur Geld. Wer will schon eine Höhle besichtigen, in der keine grandiosen Tropfsteine stehen, beziehungsweise hängen?«

»Aber man muss den Willen der Bürger berücksichtigen«, fügte Elisabeth Wächter an.

Da stimme ich zu, sagte Gustav: »*Ohne das Vertrauen des Volkes kann sich keine Regierung halten*, wusste schon Konfuzius.«

Wanda hatte sich an Gustavs Zitate gewöhnt, überhörte sie gerne und fragte: »Was heißt Erschließung?«

»Man kann da nicht so einfach hineinspazieren«, erklärte Simon Wächter. »Der Zugang müsste freigesprengt werden, weil man den Besuchern nicht zumuten kann, auf dem Bauch hinein zu kriechen.«

»Sprengen!«, schrie Wanda auf. »Der Hohenhewen ist doch ein schlummernder Vulkan. Wenn ihr den aufweckt. Ein zweites Pompeji, hier im Hegau. Gustav, lass uns schleunigst in den Norden ziehen, wo es nicht unter dem Boden brodelt.«

»Beruhige dich«, Gustav legte seine Hand auf ihre Hand. »Der Hohenhewen ist vor zehnmillionen Jahren eingeschlafen, gestorben. Da tut sich nichts mehr. Ein guter Wissenschaftler kann heutzutage herausfinden, in welcher Urne seine Asche ruht.«

»Du und die Wissenschaft«, keifte Wanda. »Das haben die Leute in Pompeji auch gedacht. Und der Ätna spuckt auch schon wieder Lava.«

»Aber wir sind hier nicht in Italien.« Gustav tätschelte Wandas zitternde Hand.

»Ein Glück, dass wir nicht nach Sizilien in Urlaub gefahren sind.« Sie erhob sich vom Stuhl. »Am besten wir packen gleich wieder die Koffer.«

»Ich stimme Gustav zu«, sagte der Bürgermeister. »Kein Grund zur Aufregung. Morgen kommt ein Geologe, der die Höhle untersuchen wird.«

»Setz dich bitte wieder Mama«, forderte Gunda ihre Mutter auf. Sie tat es nur zögernd. »Gab es schon einen Pressebericht mit Fotos?«, fragte die Tochter ihren Onkel, den Bürgermeister.

»Nein, wir wollen erst den Bericht des Fachmanns abwarten, bevor wir die Medien informieren.« Simon biss in ein weiteres Brötchen.

»Okay, da geh ich mit. Wann und wo treffe ich den Spezialisten?« Gundas Augen leuchteten auf. Sie witterte die Gelegenheit, endlich wieder mit einer großen Story in der Presse herauszukommen.

»Wie ich schon sagte, eigentlich wollten wir die Presse erst später einweihen«, stöhnte Bürgermeister Simon Wächter. »Aber so wie ich unsere Stadträte kenne, hat da schon jemand geplaudert. Es würde mich deshalb nicht wundern, wenn bereits Reporter am Rathaus herumlungern. Am besten besorgst du dir einen Schutzanzug. Karl Müller berichtete, dass der Zugang teilweise so eng sei, dass man nicht vermeiden könne, sich einzusauen.«

7

»Darf ich vorstellen«, sagte die stellvertretende Bürgermeisterin Frau Wendt. »Herr Dr. Carsten Eisenhuth, Geologe und Speläologe.«

»Guten Morgen«, sagte Dr. Eisenhuth schlicht, ein schlanker Mann von etwa einem Meter siebzig. Gunda schätzte ihn auf fünfundvierzig Jahre. Er trug ausgewaschene Jeans, eine robuste Windjacke, die schon bessere Tage gesehen hatte und eine ausgeblichene, einmal dunkelblau gewesene Baseballkappe auf dem Kopf, die er abnahm, als er das Büro betreten hatte.

»Karl Müller, unser Stadthistoriker und Frau Gunda Schönwetter, eine freie Journalistin«, fuhr Frau Wendt die Vorstellung fort. »Vielleicht warten wir noch einen Augenblick. Herr Erwin Metzger, Reporter der lokalen Zeitung, wollte auch an der Höhlenbesichtigung teilnehmen.«

Kaum hatte sie es ausgesprochen, als es an der Tür klopfte und sogleich ein dicker kleiner Mann in Frau Wendts Büro eintrat, ohne das *Herein* abzuwarten. An seiner Schulter hing eine abgewetzte schwarze Tasche im Format eines ausgewachsenen Werkzeugkoffers. Darin steckte offensichtlich seine Fotoausrüstung.

»Entschuldigung, ich wurde aufgehalten«, brachte er schnaufend hervor.

»Da sind Sie ja«, sagte Frau Wendt. Sie deutete auf den superschlanken Mann in Jeans: »Herr Dr. Eisenhut, der Geologe und Speläologe, die anderen beiden Herrschaften kennen Sie ja.«

»Angenehm, Herr Spähloge«, sagte der Reporter und verneigte sich knapp in die Runde.

Der Geologe schmunzelte, sagte aber nichts zur Verstümmelung seiner akademischen Berufsbezeichnung als bundesweit anerkannter Höhlenforscher.

»Gehen wir ins kleine Sitzungszimmer«, Frau Wendt schritt voran.

Nachdem alle sich gesetzt hatten, berichtete Karl Müller kurz von seinem ersten Besuch in der Höhle. Danach sprach Dr. Eisenhuth einige Verhaltensregeln zum Höhlengang an und blickte etwas besorgt in die Runde.

»Eigentlich würde ich zuerst gerne alleine einen Rundgang machen. Aber es waren ja bereits Menschen in der Höhle und ich sehe Ihre Neugier. Außerdem scheint der Zugang stabil zu sein. Herr Müller sagte, dass er nirgendwo Felsen bemerkt hätte, die herabstürzen könnten. Dennoch verweise ich darauf, dass Sie die Höhle auf eigene Gefahr betreten. Unterschreiben Sie deshalb bitte diese Erklärung.«

Er zog für jeden ein vorbereitetes Dokument im A4-Format aus seiner Aktentasche, in das ein jeder seinen Namen eintrug und anschließend unterschrieb, ohne das Kleingedruckte zu lesen.

Der Stadthistoriker Karl Müller meldete sich mit besorgtem Gesichtsausdruck zu Wort: »Ich bezweifle, dass Herr Metzger an der Besichtigung teilnehmen kann. Der Zugang ist sehr schmal.« Mit den Händen zeigte er die Zugangsbreite aus der Erinnerung, etwa dreißig bis vierzig Zentimeter.

»Ich kann den Bauch einziehen«, erwiderte der dicke Reporter schnell und demonstrierte es.

»Ich fürchte, das wird nicht reichen«, sagte der Stadthistoriker trocken.

»Wir werden sehen«, gab der Dicke nicht auf.

»Wenn es nicht nur am Eingang, sondern auch später im Berg eng wird«, gab der Geologe zu bedenken, »sollten Sie sich gut überlegen, ob Sie es riskieren wollen. Beachten Sie bitte, falls Sie nicht aus eigener Kraft zurückkönnen und festsitzen, müssen Sie für die Bergung selber aufkommen. Das haben Sie hier unterschrieben.« Er deutete auf die Dokumente vor sich auf dem Tisch. »Das kann unter Umständen recht teuer werden.«

»Das schaff' ich schon«, erwiderte der Reporter. »Was glauben Sie, wo ich überall schon durchgekommen bin.«

Wenig später saß der Stadthistoriker neben Dr. Eisenhuth im Auto und wies ihm den Weg zur Höhle. Gunda Schönwetter folgte in ihrem Kleinwagen dem Auto des Geologen mit dem Spezialgebiet der Höhlenkunde, der Speläologie. Den Schluss bildete der dicke Reporter Erwin Metzger in seinem Auto, einem roten, etwas älteren Golf. Am Waldrand endete die ausgebaute Straße. Alle parkten ihr Auto am Straßenrand und sammelten sich um den Historiker, Herrn Karl Müller.

»Jetzt müssen wir zu Fuß weiter. Folgen Sie mir bitte.«

Er ging auf der Wiese neben dem Waldrand etwa einen halben Kilometer und bog dann links in den Wald ab. Alle waren ihm im Gänsemarsch gefolgt. Auf einer kleinen Lichtung blieb er stehen.

»Jetzt sind wir bald da, nur noch etwa hundert Meter. Aber das hier ist ein guter Platz, die Schutzanzüge anzuziehen. Direkt vor der Höhle ist es wegen der Bäume und des Gestrüpps zu eng für uns alle.«

Sogleich zog er aus dem mitgebrachten schmalen Rucksack einen noch verpackten weißen Schutzanzug. Gunda und Dr. Eisenhut folgten seinem Beispiel. Sie hatten sich ebenfalls Schutzanzüge besorgt und mitgenommen.

»Was ist mit Ihnen?«, fragte der Stadthistoriker, als er bemerkte, dass der Reporter nichts aus seiner Tasche hervorgezerrt hatte. »Haben Sie ihren Schutzanzug vergessen?«

»In meiner Größe gab es die Dinger nicht«, sagte der Dicke.

»Da werden Sie sich aber ganz schön vollsauen.«

»Ich habe eine gute Waschmaschine.«

Kaum hatte er es ausgesprochen, als ein ohrenbetäubender Knall die Luft erschütterte. Ein Hase sprang aus seinem Versteck und Vögel flogen auf.

»Was war das?«, fragte Erwin Metzger, der Reporter. »Es kam vom Berg.«

Herr Karl Müller drehte seinen Kopf nach links und rechts, wobei er die Ohren in den Wald hielt. Dann sah er in die Richtung, aus der der Knall gekommen war und deutete mit dem ausgestreckten Arm zwischen die Bäume. »Dort ist der Höhleneingang. Da wird doch nicht etwa jemand gezündelt haben?«

Wie angeklebt standen die drei Personen in weißen Schutzanzügen und eine dicke Gestalt in seinen alten Klamotten da und folgten dem Blick des Stadthistorikers. Feiner grauer Staub wälzte sich durch den lichten Baumbestand auf sie zu. Der Reporter riss sich als erster los und wollte der Wolke entgegenrennen. Doch Dr. Eisenhut hielt ihn zurück.

»Stopp! Warten wir ab, vielleicht gibt es eine weitere Explosion. Ein Nachbeben oder einen Spätzünder!«

Nachdem zehn Minuten lang nichts passierte, folgte die Gruppe dem Stadthistoriker, der den Weg zur Höhle einschlug. Er bog Sträucher und Äste zur Seite und stieg über vermodernde am Boden liegende Baumstämme. Der Staub hatte sich inzwischen gelegt. Sie kamen zu einem mannshohen, felsigen Geröllberg aus kleinem und großem dunkelgrauen Basaltgestein.

Der Stadthistoriker blieb stehen: »Hier war es. Hier

war der Eingang zur Höhle. Nun ist alles verschüttet. Mit bloßen Händen können wir das nicht wegräumen.«

»Da wollte jemand unsere Besichtigung verhindern«, stellte der Reporter fest.

»Mit einem guten Bagger, könnte das Gestein schnell beseitigt werden«, mutmaßte Dr. Eisenhuth, der seitlich an den Geröllhaufen getreten war, um dessen Ausmaß besser zu beurteilen.

»Ob man uns in der Höhle einsperren wollte?«, fragte Gunda.

»Wer weiß, was für ein Fanatiker da am Werk war«, antwortete der Geologe. »Der sollte erst dingfest gemacht werden, bevor der Zugang freigelegt wird.«

Jeder hing seinen Gedanken nach, als die Gruppe schweigend zu den geparkten Autos zurückging. Drei trugen immer noch ihre weißen Schutzanzüge, als sie auf die Straße traten. Frau Bettina Schuhmacher von der Grünen Fraktion im Stadtrat kam auf dem Fahrrad angeradelt und sah sie irritiert an.

»Was ist hier los? Habt ihr meinen Mann gesehen? Sein Fahrrad steht da drüben am Baum. Was war das für ein Knall?«

8

Zwei Wochen später setzte Gunda Schönwetter sich in ihren Kleinwagen und fuhr auf der Autobahn Richtung Schaffhausen. Nachdem sie die Grenze zur Schweiz überquert hatte, folgte sie den Wegweisern Richtung Genf. Am späten Nachmittag passierte sie Lausanne und schaute immer wieder links auf den Genfer See, den die französisch sprechenden Schweizer Lac Leman nennen. Eine herrliche Gegend, hier könnte sie wohnen, dachte sie. Kurz vor dem Genfer Flughafen verließ sie die Autobahn, passierte die Grenze nach Frankreich und folgte der Straße nach Gex. Dort bog sie dann in Richtung St-Genis-Pouilly ab. »Sie haben Ihr Ziel erreicht«, tönte es aus dem Navi, als sie am Ortsschild von Chevry vorbei fuhr. Was hatte Roy am Telefon gesagt? Sie solle vor Ortsbeginn rechts abbiegen. Aber sie hatte gar keine Straße gesehen. Im Kreisverkehr drehte sie um und fuhr zurück. Etwas zurückgesetzt sah sie hinter dem Feld drei Häuser. Das eine wurde von einer hohen Hecke fast völlig verdeckt. Das musste die Zufahrt sein. Als sie den kurzen Feldweg hinauffuhr, sah sie Roy auf dem Balkon des Hauses zur linken Hand sitzen, oder war es eine Veranda? Er blickte auf und winkte ihr zu.

»Schön, dass du mich gefunden hast. Willkommen in La Pralay.« Er umarmte sie mit Küsschen auf die Wangen, wie es in Frankreich üblich ist.

»Ich zeig dir gleich mal dein Zimmer. Du kannst bleiben, so lange du willst.« Nachdem er das Haus betreten hatte, öffnete er im Flur rechts eine Tür und führte sie hinunter ins Erdgeschoss. »Wir haben hier zwei Gästezimmer mit Waschbecken. Die Dusche ist allerdings auf dem Gang.«

»Nobel«, sagte Gunda, nachdem sie in das gemütlich eingerichtete Zimmer getreten war.

»Und hier ist der Schlüssel für die Tür nach draußen. Da können wir auch gleich dein Gepäck holen und müssen nicht die Treppen rauf und runter. Du hast deinen eigenen Eingang.«

Sie gingen wieder auf den Gang, wo Roy die Tür aufschloss und ins Freie trat. Es waren nur wenige Schritte bis zu Gundas Auto. Schnell hatten sie Gundas Gepäck ins Haus getragen.

»Verschnaufe erst einmal und richte dich ein. Du findest mich oben.« Mit den Worten zog er sich zurück und ließ Gunda im Gästezimmer allein.

Weil Gunda stundenlang im Auto gesessen hatte, wollte sie sich bewegen. Sie packte schnell ihren Koffer aus und ging nach oben. Roy saß auf der Couch im Wohnzimmer.

»Du hast mir noch gar nicht deine Frau vorgestellt«, sagte Gunda mit einem fragenden Blick.

»Die ist nicht da«, erwiderte Roy knapp und ohne weitere Erklärung. »Ich habe einen Tisch in der *Auberge des Chasseurs* reserviert. Das ist nicht weit. Man kann dort vorzüglich essen. Pardon, ich vergaß, dir das Haus und den Garten zu zeigen. Machen wir einen Rundgang.«

Nach dem Rundgang setzten sie sich mit einem kühlen Getränk ins Wohnzimmer.

»Wie geht es deinen Eltern?«

Gunda berichtete, dass es eigentlich nichts Neues gäbe und versuchte, das Gespräch auf Roys Erfindung zu bringen. Doch er winkte ab und sagte, er wolle später darüber sprechen. Um halb sieben fuhren sie in Roys Auto zur *Auberge des Chasseurs*, dem Gasthaus der Jäger. Durch einen großen, mit Wein überwachsenen Torbogen lenkte Roy das Fahrzeug auf den Parkplatz des Restaurants. Das

Gebäude war früher einmal ein Bauernhaus gewesen. Angenehme und warme Farben empfingen die Besucher im Speisesaal. Schade, dass wir kein Liebespaar sind, dachte Gunda beim Anblick der heimeligen Atmosphäre. Auf der Speisekarte standen traditionelle französische Gerichte.

»Was ist denn *Souris d'Agneau*?«, fragte Gunda. »Wenn ich mich recht erinnere, heißt *Souris* übersetzt Maus und *Agneau* Lamm. Maus vom Lamm?«

Roy lächelte. »Ja, so könnte man es übersetzten. Das ist eine gebackene Lammkeule. Und weil die Form des Fleisches an eine Maus erinnert, nennen die Franzosen es *Maus vom Lamm*. Sehr lecker. Also ich nehme zum Einstieg die *Soupe à l'oignon gratinée et ses croutons*. Das ist eine überbackene Zwiebelsuppe. Und als Hauptgericht *Pavé de truite du Jura à l'oseille*, Forellensteak mit Sauerampfer. Warum die hier betonen, dass die Forelle aus dem Jura ist, weiß ich nicht. Der Fisch schmeckt wie jede andere Forelle auch. Aber vielleicht ist mein Gaumen nicht sensibel genug.«

Gunda überlegte kurz und sagte dann: »Für mich das Gleiche.«

»Du kannst dir auch etwas anderes nehmen. *Die Entdeckung einer neuen Speise fördert das Glück der Menschheit mehr als die Entdeckung eines neuen Sterns*, sagte, na, wie hieß er doch gleich? - Jean Anthelme Brillat-Savarin.«

»Und wer war das?«

»Ein französischer Schriftsteller und einer der bedeutendsten Gastrosophen seiner Zeit. Er lebte so um achtzehnhundert.«

»Dennoch, ich bleibe bei der Forelle. Seit der Reise in die Bretagne habe ich keinen Fisch mehr gegessen. Höchste Zeit.«

Beide ließen sich das Menü schmecken und lobten die französische Küche. Vor dem Dessert legten sie eine Pause ein und Gunda fragte nach Roys Frau.

»Wir sitzen hier wie ein Sugardaddy mit seiner Geliebten. Was sagt deine Frau dazu?«

Roy Gesichtszüge wandelten sich augenblicklich von heiter in ernst. »Ist dir das unangenehm?«

»Nein, du bist mir sehr sympathisch. Aber ich denke mir, dass es deiner Frau nicht recht sein könnte.«

Roy senkte den Kopf und sah auf die Tischdecke, als stünde dort die passende Stellungnahme.

»Habe ich da in ein Wespennest gestochen?«, fragte Gunda.

»So ungefähr.«

»Verstehe. Es kriselt in eurer Ehe.«

»Schlimmer.«

»Magst du darüber reden?«

»Als ich von der Bretagne nach Hause kam, früher als ursprünglich geplant. Habe ich sie erwischt. In flagranti. Und nun ist sie weg. Mit ihrem Geliebten. Sie hat die Scheidung eingereicht.«

»Das tut mir leid«, erwiderte Gunda leise auf seinen knappen Bericht über den erlittenen Betrug.

»Männern sagt man oft nach«, sinnierte Roy, »dass sie ihren Verstand im Schritt huldigen. Offenbar beabsichtigen Frauen, ihnen nun auch in dieser Disziplin den Rang streitig zu machen. Ich kann nicht begreifen, wie ich mich in ihr so täuschen konnte.«

Beide schwiegen kurz. Dann sah Roy auf: »Nach einem guten Essen kann man leichter vergeben.« Er zwinkerte und zog die Mundwinkel in die Höhe. »Lass uns über etwas Schöneres reden.«

»Okay«, sagte Gunda zögernd, die noch am Gehörten kaute wie an einer alten Schuhsohle und nicht recht wusste, wie sie damit umgehen sollte. »Du hattest am Telefon so geheimnisvoll geklungen. Worum geht es nun wirklich bei deiner Erfindung? Warum wolltest du nicht darüber sprechen.«

»Am Telefon weiß man nie, wer alles zuhört«, erwiderte Roy. »Und auch hier bin ich mir nicht ganz sicher.« Seine Augen wanderten durch das Restaurant.

»Du meinst, hier wird man abgehört«, flüsterte Gunda.

Roy wiegte leicht den Kopf und hob die Schultern. »Man kann nie wissen. Morgen machen wir einen schönen Spaziergang in der Natur. Die Wetteraussichten sind gut für September. Dann erzähle ich dir mehr. Lass uns nun den Nachtisch bestellen.«

9

Am nächsten Morgen fuhr Roy Drömer mit Gunda Schönwetter durch Naz-Dessous, einem Ortsteil von Chevry, hinauf zum Waldrand. Dort deutete er auf eine Informationstafel, auf der ein Bach und ein Rundweg eingetragen waren.

»Hier sind wir richtig: *L'Allondon et ses moulins*. Ich liebe dieses Tal. Von den einstigen Wassermühlen sind zwar nur noch Ruinen zu sehen. Aber das Tal wird gepflegt, keine Autos, Natur pur.«

Sie schritten auf einem breiten Weg durch einen Wald hinunter, der in eine Parklandschaft mündete. Rechts schlängelte sich gurgelnd ein schmaler Bach durch die Wiese, auf der sich einzelne Laubbäume gen Himmel reckten. Die Sonne schien auf das malerische Grün, welches links und rechts von bewaldeten Böschungen umgeben war. Auf einer kleinen Brücke über den Bach blieben sie stehen.

»Herrlich«, sagte Gunda. »Du hast nicht zu viel versprochen. Ein wirklich schönes Tal. Und alles ist so friedlich, nirgendwo Hektik.«

»Wenn es geregnet hat, führt das Rinnsal unter uns erheblich mehr Wasser. Es kommt dann aus einem Felsenloch, der Quelle, nur so herausgeschossen. Gelegentlich sieht man hier sogar Forellen im Bach.«

»Ist das nicht viel zu flach für Fische?«

»Sobald es regnet, erhöht sich der Wasserspiegel schlagartig. Komm weiter, zu den Ruinen und der Quelle.«

»Du wolltest mir doch endlich von deiner Erfindung erzählen.«

»Okay. Es ist mitten in der Woche. Da kommt hier kaum jemand hin. An Wochenenden sieht es anders aus.

Familien und Jugendgruppen machen sich breit und picknicken.«

Gunda blieb stehen und sah ihn streng an.

»Ja, ja, schon gut. Ich hab verstanden«, sagte Roy. »Es ist nur so, die Erfindung existiert lediglich in meinem Kopf. Und wenn ich damit hausieren gehe, gibt es zwei Möglichkeiten. Entweder lacht man mich aus und tut mich als weltfremden Träumer ab. Oder jemand erkennt meine Idee, hat womöglich mehr Geld und bessere Möglichkeiten als ich, sie zu realisieren und auszubeuten. Beide Reaktionen sind mir unangenehm. Der Japaner Mikimoto wurde mit dem Verfahren steinreich, Perlen in Muscheln zu züchten. Dabei hat er die Methode gar nicht erfunden. Schon zweihundert Jahre vor ihm, gelang dem schwedischen Naturforscher Carl von Linné der gleiche Erfolg. Doch seine Zeitgenossen erkannten nicht das Potenzial. Das Verfahren geriet in Vergessenheit. Ich möchte nicht, dass es mir ebenso ergeht. Meine Mittel sind bescheiden.«

»Das verstehe ich nicht«, sagte Gunda. »Wenn es eine gute Erfindung ist, wird man sie doch nicht vergessen.«

»Vergessen ist in diesem Zusammenhang nicht das richtige Wort. Ich kann mir vorstellen, dass große Konzerne meine Erfindung gerne in einem Safe einschließen und den Schlüssel wegwerfen.«

»Roy, du übertreibst.«

»Während meiner Studienzeit fuhren auf dem Altonaer Hauptbahnhof in Hamburg Elektroautos. Die transportierten zwar nur Koffer, aber immerhin. Das Elektroauto gab es damals schon. Und was ist daraus geworden? Heute tut man so, als wäre das Elektroauto eine total neue Erfindung. Und es kommt noch besser. Schon 1911 konstruierte Thomas Alva Edison seine ersten Elektroautos. In den Anfangsjahren der Motorisierung waren die elektrisch betriebenen Fahrzeuge in den USA sogar in der Mehrheit gegenüber den Benzinkutschen.«

»Was willst du damit sagen?«

»Die Entwicklung des Elektroautos wurde ad acta gelegt.«

»Aber lag es nicht daran, dass Benzinautos preiswerter waren? Und die Herstellung der Batterien unrentabel in jener Zeit.«

»Da ist was dran«, sagte Roy. »Aber niemand dachte daran, dass das Öl ausgehen könnte. Wenn man sich damals schon um bessere Batterien gekümmert hätte, wären wir heute bedeutend weiter. Jetzt läuft unsere Autoindustrie in Deutschland den Japanern und Amerikanern hinterher.«

»Verstehe ich richtig? Du tüftelst an einer neuen Batterie?«

»Sagen wir besser, ich bin dabei eine neue Energiequelle zu erfinden, die in allen möglichen Bereichen eingesetzt werden kann. In Fabriken, Haushalten, Schiffen, Flugzeugen, Maschinen und ebenfalls in Autos. Die Welt wird davon profitieren. Was mir vorschwebt, wird sehr preiswerte Energie für Jahrzehnte liefern, ohne alle Augenblicke erneuert zu werden.«

»Für Jahrzehnte?« Gunda blieb stehen und sah Roy mit offenem Mund an.

»Vielleicht sogar für Jahrhunderte.«

»Komm, was hält schon Jahrhunderte?« Gunda strich ihre kupferfarbenen Locken hinter die Ohren.

»Ja, es könnte sein, dass das Ding nicht so lange funktioniert. Es wurde ja noch nicht gebaut und erprobt.«

»Nun lass dir doch nicht alles aus der Nase ziehen«, sagte Gunda ungeduldig. »Wie funktioniert der Wunderapparat? Darüber muss ich unbedingt schreiben und publizieren. Das wird die Story in den Medien!«

»Und genau das möchte ich nicht«, sagte Roy. »Du musst mir feierlich versprechen, kein Wort von meiner Erfindung an die Medien zu geben, bevor ich nicht ein marktreifes Exemplar und das Patent in Händen habe. Denk darüber nach. Erst nach deinem Schwur erzähle ich mehr.«

»Ich schwöre«, sagte Gunda spontan und hob die rechte Hand.

»Ne, ne«, Roy lachte. »So nicht! Das machen wir schriftlich und hinterlegen es in einem versiegelten Briefumschlag beim Notar.«

»Traust du mir nicht?«

Roy sah sie an, als denke er nach. Dann sagte er kühl: »Das ist meine Bedingung.«

Enttäuscht schaute Gunda ihn an. »Okay, ich geb's dir schriftlich.«

»Gut«, antwortete Roy. »Schau mal da die Steine.« Er deutete auf mit grünem Moos überwachsene Felsblöcke. »Da stand mal die eine Mühle. Die andere weiter rechts. Und unten im Tal gab es noch eine Mühle. Man kann noch deutlich Teile der Gebäude und das Staubecken erkennen. Dort wurde das Wasser aufgefangen für Zeiten, wenn es aus der Quelle nicht so üppig sprudelte.«

Roy kletterte über Felsbrocken: »Und hier ist die Quelle.« Er deutete auf eine knapp mannshohe Felsspalte, aus der am Boden ein wenig Wasser rann. »Du kannst dir nicht vorstellen, mit welcher Wucht und lautem Getöse aus diesem Loch das Wasser herausschießt, nach starkem Regen.«

»Das Loch erinnert mich an die Höhle in Kegelbergen«, sagte Gunda und schaute in die Felsspalte. »Nicht viel zu sehen.«

»Was für eine Höhle?«

»Vor kurzem entdeckte ein Tourist bei Kegelbergen

eine Höhle. Als ich sie mit einem Höhlenforscher und zwei weiteren Männern besichtigen wollte, explodierte im engen Eingang eine Bombe. Erst ein paar Tage später waren die Felsbrocken und die Leiche beseitigt. Ich konnte sie dann besichtigen und habe auch einen guten Artikel für die Medien verfasst. Er wurde mehrfach abgedruckt. Auch das Fernsehen berichtete darüber.«

»Wieso Leiche?«

»Es kam heraus, das ein fanatischer Naturschützer den Eingang zur Höhle verschließen wollte. Damit die Höhle, Flur und Fauna drum herum heile Natur blieben. Im Internet hatte er sich über den Bombenbau informiert und war dann mit dem Sprengsatz in die Höhle gestiegen. Dabei ist das Ding vorzeitig explodiert und hat ihn selbst in Stücke gerissen. Nun wird im Stadtrat gestritten, wie die Höhle genutzt werden soll.«

»Gibt's schöne Tropfsteine zu sehen?«

»Keinen einzigen. Eigentlich gibt es außer kahlen Wänden nichts Spezielles zu sehen, außer einer riesigen Halle mit ein wenig Geröll am Boden. Den großen Hohlraum, im Volksmund ‚Dom‘ genannt, will die Leiterin des Touristikbüros, als Attraktion gestalten, mit Lichteffekten und so. Damit viele Besucher kommen. Die Landesbehörde hat aber noch kein grünes Licht gegeben. Denn allgemein sind die Höhlen in Süddeutschland feucht und manchmal gibt es darin Bäche und Seen. Diese Höhle ist jedoch vollkommen trocken. Das sei erstaunlich, sagte der Höhlenforscher. Weitere Spezialisten sind da nun zugange. Als im Hegau vor vierzehn Millionen Jahren Vulkane brodelten, hat sich dort angeblich eine Gasblase im zähen Gestein gebildet. Der Basalt ist erkaltet und erstarrt. Die Höhle ist geblieben. Irgendwie ist ein Spalt entstanden, durch den man nun in die Höhle kommt.«

»Eine trockene Höhle. Interessant«, sagte Roy und setzte sich auf einen Felsen im Mühlental. »Wenn sie tief genug ist, würde sie sich möglicherweise als Endlager für Atommüll eignen. Derartige Lagerstätten werden verzweifelt gesucht.«

»Bist du noch zu retten?« Gunda stemmte beide Fäuste auf ihre Hüften. »Atommüll in unserem schönen Hegau? Ich fass es nicht. Der Tourismus ist ein bedeutender Wirtschaftszweig in ganz Süddeutschland.«

»Ich weiß«, antwortete Roy ruhig. »Keiner will ihn haben, den Atommüll. Aber eines Tages werden sich die Gemeinden möglicherweise darum reißen.«

»Um den Müll?«

Roy wiegte den Kopf. »Für meine neue Energiequelle könnte ein Material geeignet sein, dass man in trockenen Höhlen gut lagern kann.«

»Ach so. Du meinst, die Höhle wäre eine gute Lagerhalle für was auch immer.«

»Genau.«

»Und was möchtest du darin lagern?«

Roy grinste breit. »Netter Versuch.«

»Könnte man das Zeug, also dein Material auch anderswo lagern?«

»Ja, gewiss. Es muss allerdings ein sicherer Ort sein.«

»So wertvoll ist das Material? Gold?«

Roy schüttelte den Kopf.

»Kupfer, Silber, Platin?«

»Du kommst nie drauf. Lass uns zurückgehen.«

Gunda begriff, dass er nicht mehr preisgeben wollte. Aber dass er das Gespräch geschickt vom Atommüll auf die Höhle gelenkt hatte, stimmte sie nachdenklich. Sie würde nicht locker lassen und lächelte ihn schelmisch an.

10

»Wie soll ich dich vorstellen?«, fragte Roy während der Autofahrt nach Gex.

»Was meinst du?«, erkundigte sich Gunda.

»In meiner Kirche geht es nicht so förmlich und anonym zu, wie du es aus der katholischen Kirche gewohnt bist. Man kennt einander, plaudert und stellt neue Besucher vor. Manchmal ist es auch nur ein kurzes *ça va?*, worauf kein umfangreicher Zustandsbericht erwartet wird.«

»Als Journalistin selbstverständlich«, sagte Gunda. »Oder woran hattest du gedacht?«

»Journalistin. Das ist sehr gut. Da kommst du nicht gleich ins Gerede.«

Gunda sah ihn fragend vom Beifahrersitz an, was er bemerkte, obwohl er durch die Windschutzscheibe geradeaus auf die schnurgerade Straße mit wenig Gegenverkehr blickte. Deshalb sah er sich genötigt, eine Erklärung abzugeben.

»Jemand könnte eine Bemerkung machen. Ich bin sicher, es hat sich inzwischen herumgesprochen.«

»Was?«

»Das meine Frau mich verlassen hat. Aber frag nicht. Ich bin noch nicht so weit, locker darüber zu reden.«

»Verstehe. Ich mochte das Thema nicht ansprechen. Geht mich ja nichts an. Du wirktest oft abwesend. Ich dachte, es sei wegen deiner Erfindung.«

»Das auch.«

»Ich hatte nicht erwartet, dass du so gläubig bist«, lenkte Gunda ab.

»Mir tut es gut. Außerdem ist jeder Mensch religiös. Später mehr.«

Während der kurzen Fahrt zum Kirchengebäude in

Gex schwiegen beide. Kaum hatten sie das Ortsschild passiert, da bog Roy links in ein Industriegebiet ab und parkte vor einem beigefarbenen Gebäude. Die mit roten Ziegeln eingefassten Bogenfenster und Eingangstüren deuteten darauf hin, dass es sich um ein religiöses Haus handelte.

»Ein moderner Bau«, kommentierte Gunda das mit roten Dachpfannen gedeckte Satteldach. »Hängt da auch eine Glocke drin?« Sie wies mit der Nasenspitze zum quadratischen kurzen Turm am Giebel des Gebäudes.

»Nein, Glocken sind in den Gemeindehäusern der *Kirche Jesu Christi der Heiligen der Letzten Tage* nicht üblich. Heutzutage hat doch jeder eine Uhr und braucht keine laute und aufdringliche Einladung zum Gottesdienst.«

»Warum dann ein Turm?«

»Der zeigt zum Himmel, wie ein ‚Finger‘«, antwortete Roy.

Sie gingen durch eine gläserne Eingangstür in einen hellen, fast weißen Vorraum. Ein älterer Herr begrüßte sie freudig lächelnd und sagte dann: »Das Vorspiel hat schon begonnen.« Er öffnete eine hölzerne Tür und sie betraten die Kapelle, Roy voraus. Nachdem er sich umgeschaut hatte, deutete er auf die vorletzte Stuhlreihe, in der es noch etliche freie Sitzplätze gab.

»Ganz schön voll hier. Und so viele kleine Kinder«, flüsterte Gunda, blickte um sich und sah zum Podium. »Gibt es hier kein Kreuz?«

»Nein«, erwiderte Roy. »Lass uns später darüber sprechen. Genießen wir das Vorspiel.«

»Und wo ist der Altar?«

Roy legte sanft und kurz seine Hand auf ihren Unterarm und lächelte. Gunda schwieg und sah sich weiter um. An der Rückwand blickte sie durch mannshohe Glasfenster in einen hellen Raum, in dem eine junge Mutter das Baby auf dem Arm vermutlich in den Schlaf wiegte. Nachdem die Orgel verklungen war, trat ein Mann in einem ganz gewöhnlichen dunklen Anzug, weißem Hemd und grün-weiß gestreifter Krawatte ans Rednerpult, drückte das Mikrofon auf die Höhe seines Mundes, und begrüßte die Gemeinde.

»Das ist unser Bischof«, flüsterte Roy zu Gunda.

»Bischof?« Gunda sah zu dem Mann und kräuselte die Nase. »Und wo ist seine Bischofsmütze, die Mitra?« Sie grinste. »In der Waschmaschine?«

»Bischofsmützen gibt es hier nicht«, raunte Roy. »Das ist eine Erfindung der Katholiken etwa eintausend Jahre nach Jesu Kreuzigung. Weder Christus, noch Petrus, Paulus oder sonst einer der alten Apostel trugen eine Mitra.«

Eine Dame in der Stuhlreihe vor ihnen versuchte sich zu den Flüsternden umzudrehen. Doch es wollte aufgrund ihrer Leibesfülle nicht recht gelingen. Der Bischof sprach französisch und Gunda versuchte zu verstehen, worum es ging.

Anschließend sang die ganze Gemeinde, laut und kräftig. Ohne ein weiteres Wort trat nach dem letzten Ton eine junge Frau ans Rednerpult, senkte den Kopf und sprach ein Gebet. Gunda schnappte nur die eine oder andere Vokabel auf. Als nach dem allgemeinen Amen, der Bischof wieder das Wort ergriff, verstand sie nur, dass jetzt irgendetwas mit einem Kind geschehen sollte. Mit gerecktem Hals beobachtete sie, was dann vor sich ging.

Eine junge Frau und ein Mann erhoben sich in der ersten Stuhlreihe. Sie trug einen Säugling auf dem Arm und schritt die langsam ansteigende Schräge für Gehbehinderte zum nur wenig erhöhten Podium hinauf, obwohl sie gar nicht körperlich behindert schien. Rechts neben dem Rednerpult hatten sich inzwischen drei Männer aus dem Publikum eingefunden, die neben dem Bischof standen. Die junge Mutter übergab den Säugling ihrem Begleiter und Ehemann, wie Gunda später erfuhr, und ging auf ihren Platz zurück. Die Männer gruppierten sich um das Baby und legten ihre Hände unter es, als wollten sie es gemeinsam tragen. Der Bischof zog sich zurück und gab einem weiteren Mann mit einem Mikrofon an einem Stativarm in der Hand ein Zeichen. Der hielt daraufhin das Mikrofon dem jungen Vater vor den Mund. Laut und deutlich konnten alle Anwesenden hören, was er sagte. Gunda vernahm, dass er dem Kind den Namen Annabelle Christina gab, anschließend noch etwa eine Minute sprach und mit Amen endete. Die Gruppe öffnete sich zu den Anwesenden, der Vater lächelte und hob den Kopf seiner kleinen Tochter etwas an, damit die Gemeinde das schlafende Kind sah. Es ging ein leises Raunen durch die Kapelle. Alle an der Zeremonie Beteiligten nahmen wieder ihre Plätze ein.

Gunda fühlte sich schlagartig unwohl. In ihrem Bauch krampfte sich etwas zusammen, als habe sie Verdorbenes gegessen. Da waren sie wieder, unpassend wie stets, die aufwühlenden Gedanken. Wie wäre ihr Leben verlaufen, wenn sie damals nicht nach Holland gefahren wäre? Es brachte überhaupt nichts, darüber nachzudenken. Sie hatte es getan, mit sechzehn Jahren. Niemand konnte etwas daran ändern. Hatte sie eine Wahl gehabt? Natürlich, man hat immer eine Wahl. Doch damals sah sie nur einen Weg, einen einzigen. Aber - warum verschwand die Erinnerung nicht einfach auf nimmer wiedersehen? Es gab doch unzählig anderes, an das sie sich nicht erinnern konnte. Warum tauchte das Geschehen in Holland immer wieder auf? Es lag doch schon weit über zehn Jahre zurück?

»Das war eine Kindersegnung«, flüsterte Roy zu Gunda und unterbrach damit ihre Gedanken, die er nicht bemerkt hatte.

Gunda hoffte, mit einer Frage ihre Gefühlswallungen aufzulösen, was auch gelang, indem sie fragte: »Warum wurde die Segnung nicht vom Bischof ausgerichtet?«

»Später. Jetzt wird das Abendmahlslied gesungen und das Abendmahl ausgeteilt.«

Am Abendmahlstisch links vom Rednerpult hantierten zwei junge Männer, der eine kniete nieder und sprach ein Gebet. Gunda hatte nun erwartet, dass sich die Mitglieder nach vorn begaben, um ihre Oblate in Empfang zu nehmen. Sie würde nicht nach vorn gehen, denn die unguten Gefühle hallten noch nach. Doch keine Menschenseele erhob sich, außer vier Knaben, die je mit einer Schale vom Abendmahlstisch zu den Stuhlreihen kamen. Sie reichten dem jeweils Ersten in der Reihe das Gefäß, aus dem der oder die sich ein Stückchen Brot nahm und die Schale an seinen Sitznachbarn weiterreichte. Am Ende der Reihe stand ein Junge, der das Gefäß entgegennahm und damit an die übernächste Reihe trat. Auf diese Weise hatte jeder Anwesende die Möglichkeit, sich ein Stückchen Brot aus der Schale zu nehmen, ohne seinen Platz zu verlassen. Nachdem alle einen kleinen Brocken des ganz gewöhnlichen Weißbrots gegessen hatten, trugen die Knaben die mit einem Griff versehenen Schalen zurück zum Abendmahlstisch. Auf die gleiche Weise wurde das Getränk an die Anwesenden verteilt. Dafür hatten die Schalen einen doppelten Boden. In Löchern steckten im oberen Boden winzige Plastikgläser. Gunda schaute Roy mit einem langen Gesicht an, nachdem sie ihr Gläschen geleert hatte. Der schmunzelte sie an. Später erfuhr sie, dass sie tatsächlich Wasser und nicht Wein getrunken hatte.

Der Bischof trat nach dem Abendmahl wieder ans Rednerpult und kündigte an, dass nun zwei Mitglieder eine Ansprache halten würden. Die erste Sprecherin war ein junges Mädchen von etwa vierzehn Jahren. Sie sprach so schnell und verwendete französische Wörter, die Gunda unbekannt waren. Sie konnte nur mutmaßen, worum es ging und schaltete nach kurzer Zeit innerlich ab. Danach trat ein etwa vierzigjähriger Mann ans Mikrofon und redete in englischer Sprache zur Gemeinde. Der Bischof stellte sich neben ihn und übersetzte die Ansprache absatzweise ins Französische.

»Das ist ein Physiker aus den USA, der hier im CERN forscht und nur ein paar Wochen hier ist«, flüsterte Roy zu Gunda.

»Und warum darf der hier predigen?«

»Er ist auch Mitglied der Kirche.«

Gunda nickte, sah zum Rednerpult und kniff die Augen ein wenig zusammen. Der Physiker sprach über Eingebungen des Geistes. Sie verstand recht gut, worum es ging, weil sie es in zwei Sprachen hörte. Nach der Ansprache erhoben sich alle Anwesenden und sangen gemeinsam ein Lied zur Begleitung durch die elektronische Orgel. Die Schlussansprache hielt ein älterer Mann jenseits der siebzig, vermutete Gunda, weil er auf einem Krückstock gestützt ans Mikrofon trat. Bei dessen Französisch schaltete sie wieder ab, weil es stark von einem ihr unbekannten Dialekt durchsetzt war.

»Das war eine interessante Erfahrung«, sagte Gunda zu Roy, als sie nach dem Gottesdienst im Auto Richtung Genf fuhren. »Anders, als die Gottesdienste, die ich bisher erlebte. Aber angenehm. Mich haben sogar einige angesprochen und eingeladen, nächsten Sonntag wieder zu kommen.«

»Freut mich, dass du dich nicht bedrängt fühltest.«

»Wieso, die waren doch alle freundlich zu mir.«

»Ich bemerke immer wieder, dass Leute nicht in unseren Gottesdienst kommen, weil sie nicht wissen, was da auf sie zukommt. Als hätten sie Angst. Und die Furcht wird gerne von sogenannten Sektenbeauftragten geschürt.«

Gunda lachte. »Sektenbeauftragte. Das ist vielleicht absurd, wofür die großen Kirchen da bezahlen. Und das Volk fällt darauf rein, ohne es zu merken. Ich war mal bei so einer Veranstaltung in Kegelbergen. Wie kann man einen Beauftragten der katholischen Kirche fragen, ob die Neuapostolen bessere Christen sind. Ist doch logisch, was der antwortet nach dem Motto: *Wes Brot ich ess, des Lied ich sing.*«

Roy lächelte: »Das hast du klar durchschaut. Man fragt ja auch nicht den Bäcker, ob das Brot bei seinem Konkurrenten besser ist, sondern kauft einfach mal da und dort, um sich ein Urteil zu bilden.«

»Du wolltest mir noch erklären, warum es bei euch in der Kirche keinen Altar gibt«, sagte Gunda. »Den gibt es doch in allen christlichen Kirchen.«

»Nein, nicht in allen. Und bei uns auch nicht. Wir orientieren uns daran, was Jesus lehrte. Als er das Abendmahl einführte, saßen die Jünger mit ihm am Tisch in einem profanen Raum. Einige behaupten, dass sie bei Tisch lagen, wie es bei den Römern üblich war. Möglich. Sie befanden sich jedenfalls an einem Tisch, nicht an einem Altar. Deshalb wird das Abendmahl bei uns auf einem Tisch bereitgestellt. Der Altar gehört in den Tempel, nicht in einen Versammlungsraum. Das wird besonders im Alten Testament ausgeführt und ist den Kirchenhistorikern bestens bekannt.«

»Mir geht noch ein Satz des Amerikaners nach«, unterbrach Gunda, bevor Roy womöglich mehr über den Altar ausführen konnte. »Er zitierte in der Ansprache einen Propheten Young und sagte, dass *alle Weisheit und alle Künste und Wissenschaften in der Welt von Gott sind.* Glaubst du das?«

»Ja sicher. Er zitierte Brigham Young, der vor über hundert Jahren lebte und in etwa sagte: *Von Gott hat jeder Astronom, jeder Künstler und Mechaniker, der je auf Erden gelebt hat, seine Erkenntnis.* – Neue Ideen, neue Erfindungen kommen ja nicht aus dem Nichts. Im Nichts ist nichts. Deshalb nennt man es ja das Nichts.«

»Moment mal, Gott schuf doch die Erde aus dem Nichts, laut Bibel«, wandte Gunda ein.

»Das ist ein verbreiteter Irrtum«, erwiderte Roy. »Wenn man die Bibel genau liest, kommt man dahinter, dass Gott die Erde nicht aus dem Nichts schuf. Da heißt es doch gleich in den ersten Zeilen der Bibel: *Am Anfang schuf Gott Himmel und Erde.* Kein Wort davon, dass er Himmel und Erde aus dem Nichts schuf. Und eine oder zwei Zeilen weiter ist zu lesen, dass *Gottes Geist über dem Wasser schwebte.* Wo kam das Wasser her? Hat er es aus dem Nichts erschaffen? Kein Wort darüber in der Bibel. Hinzu kommt, dass Gott als *Schöpfer* bezeichnet wird, der die *Schöpfung* vollendete, laut Bibel. Unter Schöpfen versteht man allgemein, dass man beispielsweise Erbsensuppe mit einer Kelle oder einem entsprechenden Gerät aus einem Topf in einen Teller schöpft. Wenn aber nichts im Topf ist, kann nichts geschöpft werden. Bei der Erschaffung der Erde schöpfte Gott demzufolge. Anders ausgedrückt, er schöpfte etwas, was schon vorhanden war und schuf daraus die Erde mit allem, was dazugehört.«

Gunda sah ihn vom Beifahrersitz mit großen Augen an. »Ich bin überrascht, dass du die Bibel auswendig kennst. Mir war nicht bewusst, dass du so religiös bist.«

»Erstens kann ich die Bibel nicht auswendig, nur ein paar Stellen. Und zweitens ist jeder religiös, wie ich schon heute Morgen sagte. Gegenwärtig wird das zwar gerne abgestritten, aber was sagt jemand, der behauptet, dass es keinen Gott gibt?«

Gunda schwieg.

Roy nahm den Faden wieder auf: »Er sagt damit, dass er daran glaubt, dass es keinen Gott gibt. Ich betone, er glaubt, dass es keinen Gott gibt. Und zwar deshalb, weil er nicht beweisen kann, dass es Gott nicht gibt. Dass man ihn nicht sehen oder anfassen kann, ist kein Beweis. Denn es gibt vieles, was man weder sehen noch berühren kann. Zum Beispiel Radiowellen. Dennoch existieren sie und ermöglichen Radio-, TV- und Handyempfang, um einige Beispiele zu nennen. Niemand kann einem anderen beweisen, ob Gott existiert oder nicht. Nur für sich persönlich kann man zu der Überzeugung kommen, dass Gott eine lebende Person ist. In der Bibel und anderen Büchern berichten viele Autoren von ihren Erfahrungen mit Gott und wie sie zu ihrer Überzeugung gekommen sind. Dennoch, alle Menschen glauben. Niemand lebt ohne Glauben. Aber jeder kann darüber entscheiden, woran er glaubt. Ob an Gott, das Nichts, Geld, Ruhm, Macht oder irgendetwas anderes. Über den Glauben kommen dann einige zum Wissen, dass Gott existiert.«

»Hm«, machte Gunda. »Kommen wir noch mal auf die Inspiration zu Erfindungen zurück. Dann bedeutet das ja, dass Gott auch die Erfinder von Pistolen, Giftgas und der

Atombombe inspirierte. Ist er dann nicht auch verantwortlich für all das Unheil, das die Waffen anrichten?«

»Nein«, erwiderte Roy trocken. »Es kommt immer auf den Gebrauch aller Erfindungen an. Nehmen wir beispielsweise ein ganz einfaches Werkzeug, den Hammer. In jedem Werkzeugkasten gibt es mindestens einen. Manche sind groß, andere winzig. Man kann damit einen Nagel in die Wand schlagen und ein wunderschönes Bild daran aufhängen. Mit einem Hammer kann man aber auch jemandem den Schädel einschlagen, was gelegentlich vorkommt. Und so verhält es sich mit allen Erfindungen. Man kann sie zum Nutzen der Menschen einsetzen, aber auch zur Vernichtung. Jede Sache hat zwei Seiten. Das hat Gott so eingerichtet, damit man sich entscheiden kann. Sonst könnte man das Gute gar nicht erkennen.«

»Und wo liegt der Nutzen bei der Erfindung der Atombombe?«, hakte Gunda nach.

»Die Atombombe ist nicht die eigentliche Erfindung, sondern eine Anwendung der Kernspaltung. Und die Kernspaltung kann man positiv einsetzen, zum Beispiel zur Energiegewinnung bei Kernkraftwerken. Und man kann sie negativ einsetzen zur Vernichtung ganzer Länder und Kontinente. - Allerdings beherrschen die Wissenschaftler die Kernspaltung noch nicht vollständig. Ich denke da an den Atommüll und die damit einhergehende Strahlung. Hinter dem Phänomen steckt noch ungenutztes Potential.«

»Geht es darum bei deiner Erfindung?«

»Wir sind da«, unterbrach Roy das Gespräch und lenkte sein Auto auf den Parkplatz vor einem Restaurant in Ferney-Voltaire.

11

Während des Verdauungsspaziergangs auf der Promenade am Genfer See, sagte Roy zu Gunda: »Hier muss es irgendwo sein.«

»Was muss hier sein?«, fragte sie.

»Ah da«, Roy zeigte auf eine kleine Tafel, die auf der Brüstung angeschraubt war. Sie traten heran und Roy las vor, was auf dem dunkelbraunen Gedenktäfelchen stand: »Ici fut assassinée le 10 septembre 1898 S. M. ELISA-BETH Impératic d'Autriche«.

»Aha«, hauchte Gunda. »Hier war das also.«

»Ja, hier wurde die berühmte Sisi erstochen«, begann Roy zu erläutern. »Sie war aber nicht gleich tot. Elisabeth, die Kaiserin von Österreich und Königin von Ungarn, wollte noch schnell das Schiff am Anleger da drüben erreichen. Sie schaffte es auch. Der Dampfer legte ab, aber nach wenigen Metern drehte der Kapitän wieder um. Sisi war zusammengebrochen. Man brachte sie drüben ins Hotel Beau-Rivage, wo sie auch wohnte. Erst dort entdeckte man die kleine Einstichstelle in ihrer Brust. Es war kaum Blut ausgetreten. Sie soll noch einmal kurz aus der Bewusstlosigkeit erwacht sein und verstarb dann im Alter von 60 Jahren.«

»Ich las, dass sie mit einer Feile erstochen wurde. Wieso hat sie das nicht gleich bemerkt? So eine Feile ist doch recht stumpf.«

»Der Mörder hatte sich die Feile messerscharf schleifen lassen. Sie glich fast schon einer Nadel. Die Spitze war bis in Sisis Herz gedrungen. Es dauerte jedoch einige Minuten, bis es nicht mehr schlug. Die Feile erinnert mich an unser Gespräch im Auto. Das Handwerkszeug ist nicht zum Töten von Menschen konstruiert. Aber wenn man die Feile geschickt auf einen Schleifstein drückt, kann man sie zu einem Mordinstrument umarbeiten.«

»Wann hat man den Mörder gefasst?«, fragte Gunda nach Roys Erklärung.

»Noch am selben Tag. Pfeifend und gut gelaunt war er durch die Genfer Straßen gezogen. Es gibt ein Foto, das zeigt, wie er von zwei Polizisten abgeführt wird. Er grinst breit, als habe er einen Sieg errungen und erwarte eine Belohnung. Er hasste die Monarchie und sagte vor Gericht, dass er es wieder tun würde. Offenbar erhoffte er, bewundert zu werden. Ich bin immer wieder erstaunt, was manche Menschen für ein wenig Anerkennung tun. Denn darum war es dem Mörder offenbar gegangen. Man sperrte ihn in eine Einzelzelle, in der er sich erhängte.«

»Der war sicher krank«, sagte Gunda. »Vielleicht hatte er einen Tumor im Gehirn.«

»Darüber ist nichts bekannt. Mediziner trennten seinen Kopf vom Rumpf und untersuchten sein Gehirn. Dabei wurde nichts Auffälliges gefunden. Wie ich schon sagte, jeder kann entscheiden, woran er glaubt. Dem sind überhaupt keine Grenzen gesetzt, glaube ich. Allerdings setzen sich viele sehr enge Grenzen selber und verschließen die Augen vor der Realität und den Möglichkeiten.«

Beide schwiegen einen Moment. Dann sah Roy zum Hotel Beau-Rivage hinüber.

»Und da drüben ist eine Statue von Sisi«, er zeigte über den grünen Rasen.

»Die ist aber schlank« entfuhr es Gunda, als sie vor der Skulptur standen. »Da hat der Künstler sicher mächtig übertrieben.«

Roy wiegte den Kopf. »Womöglich war sie wirklich so schlank. Denn sie frönte dem Fitnesskult und achtete penibel auf ihre Ernährung. Aber der Situation entsprechend, wollte der Künstler vielleicht nicht nur ihre äußere

Erscheinung darstellen, sondern auch ihre innere Einstellung zum Ausdruck bringen. Mit ihren 1,72 Metern hat sie nie mehr als 50 Kilo gewogen.«

»Wow. 50 Kilo. Das wusste ich nicht.«

»Bei ihrem Hochzeitsmenü nach der Trauung in der Augustinerkirche in Wien«, packte Roy weiteres Wissen aus, »da soll ihr als besondere Kreation der Köche der erstmals zubereitete Kaiserinschmarrn serviert worden sein. Sie soll den Teller dankend beiseitegeschoben haben. Zu mächtig. Dem Küchenpersonal blieb das Herz stehen. Ihr Gemahl rettete die Situation. Der junge Kaiser Franz Joseph, probierte, aß den ganzen Teller leer und erklärte die Speise zu seinem Leibgericht. Seitdem heißt die Mehlspeise Kaiserschmarrn.«

»Faszinierend. In den Sisi-Filmen kam mir die Kaiserin nicht so dürr vor.«

»Vergiss die Filme. Sie litt unter den Repräsentationspflichten und verabscheute den Wiener Hof. Wann immer möglich, entfloh sie und reiste um die Welt, oft inkognito. Die Sache, dass Sisi nicht sogleich ihre Verletzung bemerkte, hat mich an Störtebeker erinnert, den Seeräuber«, sagte Roy. »Der Legende nach, soll der nach seiner Köpfung noch an etlichen Kameraden vorbeigelaufen sein, denen dann das Leben geschenkt werden sollte. So war die Vereinbarung. Wie gesagt, eine Legende. Denn man kann das ja nicht im Experiment nachstellen.« Roy grinste.

»Der Kopf wurde mir zwar noch nicht abgeschlagen«, schmunzelte Gunda. »Aber ich habe mir mal mit einer Nadel in die Hand gestochen, und das auch nicht gleich bemerkt. Erst als die Hand voller Blut war, wurde mit bewusst, dass ich nicht daneben gestochert hatte. Man kann sich verletzen, ohne es gleich zu registrieren.«

»Ja, und dann gibt es noch die verschiedenen Strahlen«, fügte Roy hinzu. »Denk nur an Tschernobyl oder Fukushima. Die Leute sind da kurz nach der Katastrophe rumgetappt und fühlten sich pudelwohl, obwohl sie bereits verstrahlt waren und dem schnellen Tod nicht mehr entkommen konnten.«

»Und es strahlt da immer noch. Tausend Jahre, oder so.«

»Ja, je nach Art des strahlenden Materials bis zu einer Milliarde Jahre«, ergänzte Roy. »Da wird eine Energie frei, die über einen unvorstellbar langen Zeitraum Leben zerstört. Darüber musste ich lange nachdenken. Und es hat meine Fantasie angeregt.«

Gundas Handy klingelte. Sie sah auf das Display. »Mein Vater, entschuldige kurz.« Sie nahm das Gespräch an und lauschte dem Anrufer, während Roy sich ein paar Schritte entfernte. Nachdem sie das Telefonat beendet hatte, rannte sie zu Roy und sagte: »Ich muss sofort nach Hause!«

»So schlimm. Was ist passiert?«

»Noch ist nichts passiert. Aber morgen Abend könnte etwas passieren. Die Atomkraftgegner haben zu einer Demo in Kegelbergen aufgerufen. Montagsdemo! Da muss ich dabei sein.«

»Und warum werden die jetzt aktiv?«

»Ich habe dir doch von der neu entdeckten Höhle bei Kegelbergen erzählt. Mein Vater berichtete, dass sich drei Forscher den Hohlraum angesehen haben. Und nun kommts. Die waren im Auftrag der BGE da, der *Bundesgesellschaft für Endlagerung*. Klingelt es bei dir? Die Gesellschaft sucht nach Lagerstätten für Atommüll. Kein Zwischenlager, nein, Endlager! Und das bei uns im schönen Hegau! Das wird etliche Bürger auf die Palme treiben.«

12

»Sag bloß, du bist wegen dieser irren Demo so schnell aus Frankreich zurückgekommen?«, redete Wanda auf ihre Tochter nach der Begrüßung in Kegelbergen ein.

»Ja, wann gibt es schon mal eine Demo hier? Da muss ich dabei sein.«

»Das ist doch gefährlich«, zeterte Wanda. »Lauter Irre wollen durch die Stadt marschieren. Man kennt das doch aus dem Fernsehen. Da werden Polizisten angegriffen, Pflastersteine rausgerissen, Schaufensterscheiben eingeschlagen und Läden geplündert. Ich mag gar nicht daran denken. Und da willst du hin?«

»Ist Papa nicht da?«

»Nein, der stellt irgendwo Windräder auf. Ist schon gestern abgereist. Hoffentlich klettert er nicht wieder ganz nach oben. Aber wie ich ihn kenne. Dabei hat er doch seine Leute für die gefährlichen Arbeiten. Er ist doch nicht mehr der Jüngste. I hon's ihm verboda. Abr du kennschd ihn ja.«

»Nun heul nicht«, Gunda ergriff die Hand ihrer Mutter. »Tränen verschleiern die Welt. Eher wirst du vor der Haustür von einem streunenden Löwen angefallen, als dass ich in unserem beschaulichen Städtchen zu Schaden komme.«

»Nun übertreibst du aber!«, Wanda riss sich los. »Löwen in Kegelbergen! Auf so einen Blödsinn kommst nur du! Soll mich das etwa beruhigen?«

»Wer hier übertreibt, sollte noch geklärt werden«, gab Gunda schmunzelnd zu bedenken.

»Allerdings«, Wanda legte ihre Stirn in Falten. »Wo ist der nächste Zoo?«

»Weit weg«, sagte Gunda lächelnd. »Aber in Singen

gastiert gerade ein großer Zirkus mit dreißig Löwen oder so.«

»Dreißig Löwen«, Wanda riss die Augen auf und starrte ihre Tochter an. »Da merken die wahrscheinlich gar nicht, wenn einer fehlt.« Sie rannte zur Haustür, rüttelte daran und drehte zweimal den Schlüssel um.

»Du solltest nicht so übertreiben«, sagte Gunda streng. »Der Zirkus hat nur drei Löwen. Stand in der Zeitung. Tut mir leid. Die Fantasie ist mit mir durchgegangen.«

»Und wie viele Tiger?«, Wanda war aus dem Hausflur zurück.

»Vier Tiger«, sagte Gunda.

»Vier Tiger!«

»Nun hör schon auf«, versuchte Gunda die Befürchtungen ihrer Mutter zu zerstreuen. »Ich dachte, ihr freut euch, wenn ich wieder da bin. Um wie viel Uhr beginnt die Demo?«

»Um halb sieben vor dem Rathaus«, sagte Wanda.

»Vor dem Rathaus? Dem kleinen Platz? Da werden wohl nicht viele erwartet.« Gunda legte die Stirn in Falten.

»Da ist ja auch gleich der Marktplatz nebenan«, fügte Wanda hinzu. »Vermutlich will man Simon, meinem Bruder und unserem Bürgermeister, erstmal einheizen und ihm ein Protestschreiben mit tausend Unterschriften überreichen oder so. Anschließend sammeln sich die Atomgegner dann auf dem Marktplatz. Da soll es eine Kundgebung geben und anschließend einen Marsch durch die Stadt.«

»Gut«, sagte Gunda mit einem Blick auf ihre Armbanduhr. »Das ist ja erst in zwei Stunden. – Ist noch etwas vom Mittagessen übrig?«

Nachdem Gunda gegessen hatte, marschierte sie durch die Altstadt Richtung Rathaus. Als sie an der Kirche vorbeiging, überholte sie ein junger Mann. Er hatte einen Besenstiel geschultert, an dem ein braunes Pappschild getackert war. *Keine Asse in Kegelbergen*, stand in schwarzen Buchstaben auf der Platte. Asse, Asse? Gunda überlegte, wo sie das schon mal gehört hatte, während sie dem jungen Mann folgte. Vor dem Rathaus trafen sie auf eine kleine Gruppe überwiegend junger Leute, etwa vierzig, schätzte Gunda. Einige trugen ebenfalls Schilder mit hastig beschrifteten Parolen, was etliche Lacknasen verrieten. Auch ein Banner wurde später entrollt. Die Rathaustür öffnete sich und Bürgermeister Simon Wächter trat heraus. Gunda lächelte ihm zu, hob die Hand und winkte kurz. Aber vermutlich sah er seine Nichte nicht, weil sie am äußersten Rand der Gruppe stand. Jemand brüllte: »Kein Atommüll hier in Kegelbergen!« Er hatte es rhythmisch gesprochen, wobei er das Wort *kein* betonte und sich anschließend unbetonte und betonte Silben abwechselten. Sogleich skandierten die Demonstranten: »Kein Atommüll hier in Kegelbergen!« Sie wiederholten es dreimal.

Bürgermeister Wächter hob beide Arme zur Beruhigung der Volksmenge. Die Stimmen verstummten. »Ich bin auf eurer Seite«, sagte er. »Ich will auch keinen Atommüll in unserer Höhle. Ich werde alles tun, um das zu verhindern. Ich danke für eure Unterstützung.«

Jemand aus der ersten Reihe reichte dem Bürgermeister einen dünnen Schnellhefter. Gunda verstand nicht, was in dem Zusammenhang gesprochen wurde, weil ein Tuscheln durch die Menge ging. Der Bürgermeister ergriff wieder das Wort.

»Danke für die Unterschriften gegen ein Atommüllendlager in Kegelbergen!« Er schwenkte den hellgrünen Schnellhefter über seinem Kopf. »Das hilft ganz sicher, die drohende Gefahr abzuwenden. Je mehr Unterschriften, umso besser. Ich freue mich, dass ihr die Bürger unserer schönen Stadt für die mögliche Katastrophe sensibilisiert. Und ich will es ganz offen aussprechen: Niemand im Stadtrat will, dass wir die Stadt und das schöne Hegau mit strahlendem Müll verseuchen. Wer mag schon ein Pulverfass in seinem Haus. Es wurde noch nicht entschieden, wie die Höhle am Hohenhewen genutzt werden kann und soll. Aber auf keinen Fall als Endlager für Atommüll. Das habe ich den Herren von der BGE, der *Bundesgesellschaft für Endlagerung*, in aller Deutlichkeit gesagt. Da die Endlagerung des Atommülls eine Bundesangelegenheit ist, wollen die da oben hier mitreden. Das können wir nur durch gute und viele Argumente verhindern.«

Er schwenkte wieder den hellgrünen Schnellhefter durch die Luft. Daraufhin dankte er für die ihm erwiesene Aufmerksamkeit, verabschiedete sich und verschwand mit dem Hefte im Rathaus.

»Ich hatte erwartet, dass er zur Kundgebung auf dem Marktplatz mitgeht«, hörte Gunda eine Frau in ihrer Nähe sagen. Ein andere antwortete. »Dafür sind ihm wohl zu wenig Demonstranten gekommen. Samstag werden es mehr sein. Mal schauen, ob er sich da blicken lässt.«

Die vor dem Rathaus Versammelten gingen geschlossen die wenigen Schritte zum Marktplatz. Dort war inzwischen ein kleines Podest aufgebaut worden und ein junger Mann testete die Verstärkeranlage, indem er mit dem Finger aufs Mikrofon klopfte und *eins, zwei, drei* sagte. Es gab kein Rednerpult. Das Mikrofon steckte auf einem Stativ. Eine robuste Frau in prallen Jeans und einer roten Kurzjacke stieg auf das Podest, zog das Mikrofon zu sich herab und begrüßte die etwa sechzig versammelten Männer, Frauen, Jugendlichen und Kinder.

»Ich bin Bettina Schuhmacher und freue mich, dass

Sie dem Aufruf zu dieser Demo gefolgt sind. Die meisten kennen mich bestimmt schon. Zwar hatten wir mehr Leute erwartet, aber unsere *Widerstandsgruppe gegen ein Atomendlager in Kegelbergen* wurde ja erst vor wenigen Tagen gegründet. Bei der Demo am Samstag kommen ganz sicher erheblich mehr Leute. Die Info-Trommeln dröhnen durchs Ländle.«

Ohne viele Worte kündigte sie dann den Sprecher an, der mit ihr und zwei weiteren Personen die Widerstands-gruppe gegründet und die Demonstration organisiert habe.

»Ich übergebe nun das Mikrofon an unseren Vorsit-zenden, Herrn Thomas Stamm.«

Ein glattrasierter Mann um die dreißig mit schulter-langen, braunen, etwas strubbeligen Haaren stieg aufs Podest und zog das Mikrofon zu sich hinauf, weil er er-heblich größer war als Bettina Schuhmacher. In klarem Hochdeutsch hallte seine Stimme über den Marktplatz.

Gunda hatte ihre Kamera gezückt und machte Auf-nahmen von Redner und den Versammelten. In der Nähe des Touristikbüros hatten sich drei Polizisten postiert. Einer davon machte ebenfalls Fotos von der Gruppe. Die beiden anderen standen lässig links und rechts neben ihm und hielten auf den Boden gestellte durchsichtige Plastik-schilde vor sich, die ihnen bis zum Oberschenkel reich-ten. Gunda sah sich um und entdeckte einen Mann-schaftswagen der Polizei in einer Nebenstraße. Sie drän-gelte sich durch die Menschen und machte Nahauf-nahmen vom Redner, Thomas Stamm. Der sprach über die Gefahren der atomaren Strahlen und rief dazu auf, die neue Höhle davor zu bewahren, dort Atommüll einzu-lagern. Unvermittelt zeigte er mit ausgestrecktem Arm auf den jungen Mann, der Gunda mit seinem Schild bei der Kirche überholt hatte.

»Da drüben sehe ich die warnenden Zeilen: *Keine Asse in Kegelbergen.* Bürgerinnen und Bürger von Kegelbergen, der junge Mitstreiter erinnert uns mit seinem Hinweis auf ein Ereignis, das uns hier ebenfalls blühen könnte, wenn wir nicht rechtzeitig einschreiten. Die Asse ist ein stillgelegtes Salzbergwerk in Niedersachsen. Zwischen 1967 und 1978 lagerte man dort radioaktive Abfälle ein und hoffte, den Müll da für alle Ewigkeit liegen lassen zu können. Im Jahre 2008 erschienen erste Presseberichte über radioaktiv kontaminierte Salzlauge. Weitere Untersuchungen bestätigten, dass das Bergwerk nicht als Endlager für Atommüll geeignet ist. Mindestens 126tausend Fässer mit radioaktiven Abfällen liegen in dem alten Bergwerk. Können Sie sich das vorstellen, 126tausend Fässer? Und die müssen da nun raus, hat eine Kommission beschlossen. Denn die Asse ist nicht so trocken, wie man zuvor entschieden hatte und sie sogar als Endlager verschließen wollte. 2008 stellte der Landkreis Wolfenbüttel eine Anfrage nach Leukämiehäufigkeiten um das Lager Asse. Zwei Jahre später lagen die geforderten Daten vor. Man hatte festgestellt, dass es im Zeitraum von 2002 bis 2009 auf dem Gebiet der Samtgemeinde Asse häufig zu Krebserkrankungen gekommen war. Gegenüber den anderen Gemeinden des Landkreises Wolfenbüttel waren auffällig häufig Leukämie- und Schilddrüsenkrebserkrankungen aufgetreten. Und dass im selben Zeitraum die Sterblichkeit durch Leukämieerkrankungen auffällig hoch gewesen war. Ich wiederhole: Der Atommüll hatte Krebserkrankungen hervorgerufen. Kritiker bemängeln zwar, dass nicht verifiziert sei, dass die Erhöhung der Erkrankungen im Bezug zur Asse stünden. Aber ich bitte Sie. Vor Tatsachen darf man nicht die Augen verschließen. – Zwar hat man nun festgestellt, dass die Höhle von Kegelbergen staubtrocken ist. Aber wird das so bleiben? Wer kann dafür garantieren? Bereits ein kleines Erdbeben könnte einen Riss im Gestein verursachen – und schon tropft es in die Höhle und verseucht das Grundwasser.«

Präzise malte Thomas Stamm die Folgen aus, welche radioaktives Grundwasser haben würde. Eine ältere Frau hielt sich die Hand vor den Mund. Gunda drückte auf den Auslöser ihrer Kamera und beschloss, dass Foto als beispielhaften Beweis für das Entsetzen zu verwenden. Nach einer Stunde endete der Redner und rief zum Marsch durch die Altstadt auf. Inzwischen hatten sich etwa achtzig Personen auf dem Marktplatz eingefunden. Doch nicht alle schlossen sich dem Aufruf an und verschwanden in den Seitenstraßen. Nur etwa fünfzig Demonstranten folgten dem Wortführer die Himmelreichstraße hinauf. Ein Polizei-PKW fuhr voraus, ein weiterer Wagen und einige Polizisten zu Fuß schlossen sich dem Zug an. Etliche Leute streckten ihre Hälse aus den Fenstern der historischen Gebäude. Die Protestbürger skandierten: »Kein Atommüll hier in Kegelbergen! Kein Atommüll hier in Kegelbergen!« Zu dem Schlachtruf marschierten nicht wenige im Gleichschritt. Vorsichtig traten einige Bürger vor ihre Haustür, ohne sich jedoch den Vorbeiziehenden anzuschließen. Niemand buddelte einen Pflasterstein aus. Der Protestmarsch blieb friedlich. Am alten Stadtgarten erhob Thomas Stamm noch einmal seine Stimme, bedankte sie für die Unterstützung, lud zur Kundgebung am Samstag ein, zu der er erheblich mehr Teilnehmer erwarte, und löste die Demonstration auf.

13

In ihrem Einzimmerdepartment in Singen sichtete Gunda ihre Fotos und wollte gerade mit dem Presseartikel über die Demonstration in Kegelbergen beginnen, als ihr Handy surrte. Roy meldete sich.

»Wo bist du gerade?«, fragte er.

»Zu Hause, bei mir zu Hause in Singen. Warum?«

»Nicht bei mir vorm Haus oder in der Nähe?«

Gunda schaute irritiert auf die Tastatur ihres Laptops. »Wie kommst du denn darauf? Wir haben uns doch heute Morgen verabschiedet. Ich war wie geplant auf der Demo in Kegelbergen und will gerade den Artikel für die Presse schreiben.«

»Wie war die Demo?«

»Bescheiden. Nur eine Handvoll Leute. Kein Krawall. Alles friedlich. Aber wieso kommst du darauf, dass ich in Chevry sein könnte? Gibt es einen Durchbruch bei deiner Erfindung? Ich bin jetzt zu müde. Aber gleich morgen früh kann ich mich auf den Weg machen.«

»Nein, kein Durchbruch.«

»Was dann? Hast du Sehnsucht nach mir?«

Auf die letzte Frage ging Roy nicht ein. »Es war jemand in meinem Haus.«

»Ja, und? Was wurde geklaut? Hast du mich etwa in Verdacht?«

»Soweit ich bisher sehen konnte, wurde nichts gestohlen. Ich hatte mein Handy auf dem Schreibtisch liegenlassen. Das soll ich während der Arbeit und darüber hinaus immer bei mir haben. Es ist ein Diensthandy vom CERN. Damit ich immer erreichbar bin. Deshalb fuhr ich in der Mittagspause schnell nach Hause, um es zu holen. Im Arbeitszimmer bemerkte ich, dass es nicht genau an der Stelle lag, wo ich es sonst immer auf den Schreibtisch lege. Es lag zwar nur ein, zwei Zentimeter neben der üblichen Ablage. Aber ich habe ein fotografisches Gedächtnis und bemerke kleinste Veränderungen. Auf meinem Schreibtisch sieht es zwar meistens unordentlich aus. Aber das scheint nur so. Deshalb sah ich auch auf den ersten Blick, dass jemand in meinen Sachen gekramt hatte.«

»Wahrscheinlich ist deine Frau da gewesen«, sagte Gunda.

»Nein, das glaube ich nicht. Auch in der Garage, wo ich meine Experimente mache, wurden Gegenstände bewegt. Nur minimal. Das würde meine Frau nicht machen. Warum auch?«

»Um dich zu ärgern?«

»Nein, so gehässig ist sie nicht. Und falls doch, dann hätte sie alles zerschlagen. Nein, ich bin mir sicher, da war während meiner Abwesenheit jemand, der sich gründlich umgesehen hat und nicht wollte, dass ich es bemerke. In die Garage ging ich erst nach Feierabend. Mittags musste ich schnell wieder zurück zum CERN.«

»Also ich war es jedenfalls nicht«, beteuerte Gunda. »Gibt es Einbruchsspuren?«

»Nein.«

»Dann kann ich es ebenfalls nicht gewesen sein. Den Haustürschlüssel gab ich dir zurück.«

»Aber du bist Journalistin. Und die haben so ihre Methoden …«

»Vergiss es«, fiel Gunda ihm ins Wort. »Ich breche nirgendwo ein. – Stehst du im Bahnhof, oder wieso höre ich da gerade eine Lautsprecherdurchsage?«

»Nein, ich bin im Flughafen.«

»Im Flughafen?«, echote Gunda.

»Ja, in der Abfertigungshalle. Denn es könnte sein, dass mein Diensthandy abgehört wird. Deshalb kaufte ich mir heute privat eins. Ich denke, das können die Spione noch nicht geortet haben, bei den vielen Leuten, die hier am Telefonieren sind.«

»Nun mach's nicht so spannend. Wen verdächtigst du?«

»Spione, sagte ich doch.«

»Ha, ha. Wie kommst du darauf.«

»Stichwort, Erfindung.«

»Bist du doch fertig geworden? Ich komme!«

»Nein, aber ich bin auf dem richtigen Weg. Und nun könnte es sein, dass irgendjemand Wind davon bekommen hat.«

»Du glaubst, jemand hört dich ab?«

»Ganz sicher. Die Diensthandys werden sporadisch überprüft. Heute war so ein Tag. Nachmittags spaziert plötzlich jemand vom Sicherheitsdienst in mein Büro. Welch ein Glück, dass ich das Gerät ein paar Minuten zuvor geholt habe, dachte ich. Aber dann kam das dicke Ende. Etwa eine halbe Stunde später zitierte mich der Chef vom Sicherheitsdienst in sein Büro. Auf meinem Handy habe man eine Abhörsoftware gefunden. Damit höre irgendjemand mit, was ich spreche, sagte er. Nicht nur, wenn ich telefoniere, sondern auch, wenn das Handy ausgeschaltet sei, würde jedes Wort in der Nähe weitergeleitet werden. Man habe auch feststellen können, dass die Software heute Vormittag kurz nach neun Uhr auf mein Handy aufgespielt worden sei.« Roy machte eine Pause.

»Und dann?« Wollte Gunda wissen. »Haben sie dich rausgeschmissen?«

»Nein. Aber nach dem gründlichen Verhör erhielt ich eine Mahnung. Über jede Minute am Vormittag musste ich berichten. Da konnte ich den kurzen Besuch zu Hause nicht verschweigen. Denn meine Abwesenheit war bemerkt worden.«

»Man kann heute einfach niemandem mehr trauen«, sagte Gunda. »Hast du dem Sicherheitschef von deiner Erfindung erzählt.«

»Spinnst du? Kein Wort. Wie ich schon sagte, das Gerät ist noch nicht fertig und existiert weitgehend nur in meinem Kopf. Aber nächste Woche werde ich erste praktische Versuche machen. Vorausgesetzt, das bestellte Material trifft ein.«

»Was hast du denn bestellt?«

»Wird noch nicht verraten. Es könnte ja sein, dass auf Deinem Handy auch eine Abhörsoftware installiert ist.«

»Wie kann man das feststellen?«

Roy berichtete, dass ihn ein Mitarbeiter vom Sicherheitsdienst darauf hingewiesen habe, dass es im Internet eine Anleitung gäbe, wie man derartige Software auf dem Handy finde. Gunda schaute mit heruntergezogenen Augenbrauen und leichten senkrechten Falten über der Nasenwurzel auf das Handy in ihrer Hand.

»Ich versprach dir ja, dich zu informieren, wenn meine Erfindung produktionsreif ist. Das kann allerdings noch dauern. Falls du bei mir anrufst, lass uns vereinbaren, nicht über die Erfindung zu sprechen. Jedes kleine Detail kann verräterisch sein. Ich weiß doch, wie Spione arbeiten. Hier ein Wortfetzen, dort ein Foto oder eine Beobachtung und schon setzen sie das Gesamtbild zusammen. Ich war ja so unvorsichtig, mit einigen Leuten über meine Idee zu sprechen, noch bevor ich wusste, wie man die Sache angehen könnte. Zwar hatte ich den Eindruck, von allen als Idiot abgestempelt zu werden. Aber man weiß nie, wer wem davon erzählt hat. Du erinnerst dich an den Morgen in der Bretagne?«

»Ja.«

»Da hatte ich beim Strandspaziergang die entscheidende Idee.«

»Und was ist mit E-Mails?«, fragte Gunda, deren Gedanken noch um das Sprechverbot kreisten.

»Auf keinen Fall. Vermutlich ist mein Computer bereits angezapft.«

»Hast du darauf deine Erfindung gespeichert?«

»Einige Teilbereiche. Mit denen kann aber niemand etwas anfangen. Das Entscheidende steckt in meinem Hirn.«

»Meinst du mit Hirn deine Cloud?«

»Bin ich bescheuert? Nein, die Cloud meide ich wie die Pest. Da könnte ich doch gleich alles ausposaunen.«

»Und du denkst, du kannst deine Erfindung ohne Computer fertigstellen?«

»Nein, einen Computer brauche ich natürlich. Neulich gab es eine Nachricht in den Medien, dass es dem israelischen Mossad gelungen sei, Daten aus einem Computer auszulesen, der nicht einmal eingeschaltet war.«

»Wie das denn?«

»Über das Stromnetz. Genug für heute, bevor mich hier doch noch ein Spion aufspürt und meine Vorsichtsmaßnahmen durchschaut. Ich melde mich wieder. Und wie man in Norddeutschland sagt: Tschüss.«

14

Gunda stellte am Samstag ihr Auto vor der Garage ihrer Eltern in Kegelbergen ab. Die hatten sie bereits bemerkt und standen vor der Haustür, als sie ausgestiegen war und die Kamera aus dem Kofferraum nahm.

»Und du willst da wirklich hin?«, fragte Wanda, Gundas Mutter mit schmerzverzerrtem Gesicht, als höre sie wenige Schritte vor dem Haus einsatzbereit die Apokalypse grummeln.

»Ich muss mich beeilen«, sagte Gunda, ohne auf die Bedenken ihrer Mutter zu antworten. »Bin spät dran. Stau. Also bis später.« Und schon rannte sie Richtung Altstadt.

»Viel Erfolg!«, rief ihr Gustav hinterher. »*Der wichtigste Schritt zum Erfolg ist, sich überhaupt dafür zu interessieren*, behauptet Sir William Osler.«

Kopfschütteln zog Wanda ihren Mann ins Haus.

Als Gunda den Marktplatz erreichte, quoll er bereits über. Und immer noch strömten Leute hin, als würden dort Goldbarren verschenkt. Sie hatte nicht erwartet, dass sich schon zwanzig Minuten vor dem offiziellen Kundgebungsbeginn so viele Menschen um die beste Position drängeln würden. Mit spitzen Ellenbogen und energischem Blick wuselte sie sich durch die Menschenmenge. Irgend jemandem schien sie auch auf den Fuß getreten zu haben. Den nachgerufenen Fluch beachtete sie nicht. Warum auch, sie trug keine Schuhe mit Pfennigabsätzen, sondern platte Sneakers und wog gerade mal 65 Kilogramm. Der Typ sollte sich nicht so anstellen. Endlich stand sie in der ersten Reihe seitlich vorm Rednerpult.

Frau Bettina Schuhmacher begrüßte wie am Montag die Menschenmenge. Diesmal fügte sie mit Tränen in den Augen hinzu, dass der Kampf gegen den Atommüll schon ein Todesopfer gefordert habe, ihren Ehemann. Ein Raunen ging durch den Massenauflauf. Dass ihr engstirniger Mann sich wegen seiner Unfähigkeit, eine funktionstüchtige Bombe zu bauen, selber ins Jenseits befördert hatte, erwähnte sie nicht.

Nach Begrüßung und Ankündigung sprach wieder der glattrasierte Mann mit den schulterlangen, braunen, glatten Haaren zur Menge. Er brachte dieselben Argumente vor, wie schon in seiner Ansprache am Montag. Der Glattrasierte fasste sich allerdings kürzer und übergab dann Bürgermeister Simon Wächter den Platz am Rednerpult.

Das Stadtoberhaupt trat ans Mikrofon und zwinkerte Gunda zu, noch vor seinem ersten Wort. Offenbar hatte er seine Nichte schon früher bemerkt. Gunda zwinkerte zurück. Mit ruhiger Stimme und wohlgesetzten Pausen versicherte der Bürgermeister dem versammelten Volk, dass er bereits erste Schritte unternommen habe, um ein Atommüllendlager in Kegelbergen zu verhindern. Er bedankte sich für die vielen Unterschriften gegen den Atommüll in der Stadt und im schönen Hegau. Sogar aus der nahen Schweiz habe er Unterstützung bekommen.

»Sind ein paar Schweizer hier?«, fragte Bürgermeister Wächter in die Runde blickend.

»Hier!, hier!«, erschallte es links neben dem Rednerpult, vier kleine rote Fahnen mit einem weißen Kreuz in der Mitte schossen empor und wurden wild geschwenkt. Die Schweizer erhielten tosenden Applaus von den Versammelten. Gunda fotografierte die Eidgenossen. Sie standen nicht weit von ihr, eine johlende kleine Gruppe von etwa sechs oder sieben jungen Männern und drei Frauen.

»Mein Vorredner hat Ihnen, liebe Bürgerinnen und Bürger, deutlich vor Augen geführt, welche gesundheitlichen Schäden drohen, wenn der Atommüll einfach so abgestellt wird wie seinerzeit in der Asse. Ja, heute ist die neue Höhle auf unserem Stadtgebiet noch trocken und vermutlich sogar sicher. Aber wie sieht das morgen aus? Wer kann garantieren, dass sich kein Spalt bildet und dann Wasser einsickert? Niemand. Nicht auszudenken, wenn unser gutes Grundwasser plötzlich kontaminiert ist. Die Herren von der BGE, der *Bundesgesellschaft für Endlagerung* sagten mir, dass weitere Messungen notwendig seien, um zu ermitteln, ob sich die Höhle als Endlager eigne. Auf jeden Fall sei sie als Zwischenlager für einige der Fässer mit Atommüll aus dem Salzbergwerk Asse brauchbar. Wollen wir hier angerostete Fässer aus der Asse?«

»Nein!«, schrien etliche Zuhörer. Und jemand stimmte den Schlachtruf vom Montag an: »Kein Atommüll hier in Kegelbergen!« Erst einige wenige, dann immer mehr der Versammelten auf dem Marktplatz wiederholten: »Kein Atommüll hier in Kegelbergen!«

Bürgermeister Wächter ließ die Rufer kurze Zeit gewähren und hob dann beide Arme: »Richtig, liebe Bürgerinnen und Bürger. Wir wollen keinen Atommüll in unserer schönen Stadt. Auch kein Zwischenlager. Als man die Fässer in der Asse deponierte, glaubte man, sie seien dort sicher für die nächsten tausend Jahre und mehr. Und nun steht fest, die müssen dort schleunigst raus, um weiteres Unheil zu verhindern. Die Endlagerbehörde will den Müll gleich neben der Asse zwischenlagern. Doch es gibt Widerstand aus der Bevölkerung. Es hat sich eine Asse-Gegner-Gruppe gebildet, die aufs Schärfste protestiert. Deshalb sucht man nun bundesweit nach geeigneten Standorten für das Zwischenlager. Ich bin entschieden dagegen, hier bei uns ein Zwischenlager für den Atommüll einzurichten. Und ich werde alles Erdenkliche tun, um es zu verhindern. Denn wenn der Müll erst einmal hier ist, kann es Jahrzehnte dauern, bis wir ihn wieder los sind.«

»Richtig!«, brüllte ein Mann aus der Menge. Und sogleich stimmte wieder jemand den Schlachtruf an: »Kein Atommüll hier in Kegelbergen.«

»Und noch etwas dürfen wir nicht aus den Augen verlieren«, setzte Bürgermeister Wächter seine Rede fort. »Was wird mit den örtlichen Gewerbebetrieben geschehen? Ich kann es euch sagen, ohne ein Prophet zu sein: Sie werden eingehen! Wie Primeln im Sonnenschein und ohne Wasser werden sie dahinwelken. Denn niemand wird hier herziehen, um freigewordene Arbeitsplätze einzunehmen. Kein neues Unternehmen wird sich hier bei uns ansiedeln. Die Furcht verstrahlt zu werden wird jeden davon abhalten hierher zu kommen. Alle werden einen Bogen um unser schönes Hegau machen. Haben Sie die Berichte über Tschernobyl im Fernsehen verfolgt. Das Zeug im Reaktor strahlt immer noch heftig. Der einst errichtete Schutzschild bringt es nicht mehr. Ein neuer musste erbaut werden. Können Sie sich das vorstellen, ein Betongewölbe über Kegelbergen?«

Nun übertreibt er aber, dachte Gunda und sah sich um. Blankes Entsetzen stand in einigen Gesichtern.

»Ich mag gar nicht an den Tourismus denken«, setzte Bürgermeister Wächter seine Rede fort. »Auch wenn keine Gesundheitsschäden aufgrund des eingelagerten Atommülls ermittelt werden können. Wird dann noch jemand zu uns kommen? Wird dann noch jemand hier Urlaub machen? Die Hotels, Ferienhäuser und Gaststätten können dicht machen. Das spricht sich doch herum, dass wenige Meter entfernt strahlender Atommüll lagert.«

Bürgermeister Wächter malte die Zukunft mit weiteren Beispielen in dunklen Farben aus und betonte immer wieder, dass jetzt entschieden gehandelt werden müsse. Das Volk stimmte ihm erneut mit Zwischenrufen zu. Nach seiner Ansprache trat noch einmal der Glattrasierte ans Mikrofon und rief zum Demonstrationszug durch die Stadt auf: »Folgen Sie bitte dem blauen Polizeiwagen da drüben.«

In der Nähe des Polizeiautos hatten offenbar einige der Demonstrations-Organisatoren gestanden. Denn gleich nachdem sich das Auto in Richtung Himmelreichstraße in Bewegung setzte, skandierte eine kleine Gruppe lautstark: »Kein Atommüll hier in Kegelbergen!«

Langsam setzte sich die Volksmenge in Bewegung. Wie aus dem Nichts erschienen Polizisten links und rechts der Demonstranten und folgten ihnen durch die enge Hauptstraße in die Himmelreichstraße hinauf. Etwa fünfzig Meter nach der Kirche knallte es plötzlich, nicht besonders laut, aber bis zum Marktplatz hörbar, wo noch die Hälfte der Volksmenge stand. Die Demonstranten erstarrten für einen Augenblick.

»Feuer!«, kreischte eine Frauenstimme.

Die Erstarrten schauten wild umher. Gunda sah eine kleine Qualmwolke über den Demonstrierenden kurz hinter der Zugspitze wabern. Menschen hetzten durcheinander und flüchteten sich in Seitenstraßen. Gunda rannte Richtung Qualm. Nur wenige Minuten nach der Explosion traf die Feuerwehr ein und löschte den Brand. Sie hatte in der Nähe in Bereitschaft gestanden und verhindert, dass das Feuer auf die Nachbarhäuser übergreifen konnte.

Gunda stand in sicherer Entfernung, sah den Löscharbeiten zu und schoss Fotos. Die Tür zum ausgebrannten Laden glich einem schwarzen Loch ins Nichts. Von der Schaufensterscheibe links daneben steckten nur noch ein paar spitze Splitter im Rahmen. Am Boden lagen verkohlte und mit einer schwarzen Masse umschlungene Figuren, die einmal als bildhübsche Schaufensterpuppen in herrlichen Brautkleidern die Spaziergänger angelächelt hatten. Zwei pralle Feuerwehrschläuche lagen in der Eingangstür. Zischend und brausend spritzte hörbar Wasser in den Laden. Schwarze Qualmwolken wirbelten aus dem Auslagenfenster in die Straße und verbreiteten einen in der Nase und den Augen beißenden Geruch. Zwei Feuerwehrmänner mit Gasmaske hielten ein Strahlrohr in den Händen und spritzten Wasser auf die Hausfassade bis zum Dach. Auf der Drehleiter eines Fahrzeugs stand ein Feuerwehrmann und spritzte aufs Dach des ausgebrannten Ladengeschäfts und auf die Dächer der Nachbarhäuser. Mit Blaulicht und Martinshorn brauste ein weiteres Feuerwehrauto heran. Männer in Schutzanzügen sprangen heraus und riefen Kommandos, die Gunda nicht verstand. Ein Mann des zuerst eingetroffenen Feuerwehrautos ging zu den Angekommenen. Sie redeten und gestikulierten mit den Armen. Anschließend holten sie Einreißhaken, Spitzhacken und Schaufeln aus ihrem Wagen. Vorsichtig näherten sie sich dem immer noch schwach qualmenden Laden und beobachteten ihre Kollegen im Gebäude. Nachdem jene herausgekommen waren, gingen zwei Mann mit Gasmasken und Werkzeug hinein.

Gunda war zu weit weg gewesen, um genau zu sehen, wie das Feuer ausbrach. Von Augenzeugen erfuhr sie, dass ein Vermummter die Ladentür aufgestoßen und etwas ins Gebäude geworfen habe. Der Brandsatz sei explodiert und habe sogleich das ganze Geschäft entzündet. Der kleine Laden für Brautkleider habe sofort in Flammen gestanden. Die Eigentümer des Geschäfts, ein Ehepaar, hätten sich vor das Schaufenster gestellt, um zu verhindern, dass jemand die Scheibe einschlüge. Sie hätten nicht daran gedacht, die Ladentür abzuschließen. Der Eigentümer sei dem Vermummten hinterhergerannt, habe ihn in der Menge jedoch verloren. Seine Frau wollte in den Laden, um das Feuer zu löschen oder etwas zu retten. Doch ein Mann habe sie zurück und zur Seite gerissen. Auch die umherstehenden Demonstranten seien sofort vom Laden zurückgewichen und hätten in sicherer Entfernung gestanden, als die Schaufensterscheibe barst.

»Das war eine Handgranate«, sagte einer der Demonstranten, als Gunda fragte, was der Vermummte in das Brautmodengeschäft geworfen habe. »Nee, glaub ich nicht«, mischte sich ein junger Mann ein. »So, wie sich das Feuer ausbreitete, tippe ich auf Molotowcocktail.« »Aber es gab eine Explosion«, verteidigte der erste seine Aussage. »Ja, aber eine recht kleine«, beharrte der zweite. »Immerhin wurde ein gigantischer Brand ausgelöst.«

Später gab die Polizei bekannt, dass ein vermutlich selbst gebastelter Brandsatz in den Laden geworfen wurde, der Elemente eines Molotowcocktails enthalten habe.

*

Abends, nachdem Gunda ihren Artikel und die Fotos an die Zeitungen und Radiosender geschickt hatte, rief sie Roy an und berichtete von der Demonstration.

»Soweit ich sehen konnte, war kein Kameramann vom Fernsehen da«, sagte sie abschließend. »Deshalb bin ich mir sicher, dass mein Artikel gedruckt und gesendet wird. Ich habe auch ein paar picobello Fotos geschossen.«

»Aber vermutlich haben einige Leute mit ihrem Smartphone gefilmt«, gab Roy zu bedenken. »Die machen heutzutage so gute Aufnahmen, dass sie gerne im TV gesendet werden.«

»Nun mach mich nicht nieder, Roy«, protestierte Gunda. »Ich weiß schon, dass da nichts Weltbewegendes passiert ist. Zumal es keine Toten gab. Nicht einmal Verletzte. Nur Sachschaden, etwa eine halbe Million. Aber du hast recht, ich hätte mit meiner Kamera auch filmen können. Ich bin halt noch zu sehr auf Zeitungen und Fotos fixiert. Außerdem war ich zu spät am Brandherd.«

»Übrigens, dein Onkel, der Bürgermeister, sollte sich nicht so weit aus dem Fenster lehnen«, erwiderte Roy.

»Wieso, was meinst du damit?«

»Ich mein ja nur«, spielte Roy seine Bemerkung herunter.

Aber Gunda spürte, dass ihm da etwas herausgerutscht war, was mit seiner Erfindung zu tun haben könnte. Sie bohrte nicht nach. Denn am Telefon, obendrein noch über Festnetz, würde er nichts weiter preisgeben.

15

Am darauf folgenden Montag setzte Gunda sich in ihr Auto und fuhr nach Chevry. Denn für diese Woche hatte Roy erste praktische Versuche angekündigt, um seine Idee für eine neue Energiequelle zu verwirklichen. Sie wollte dabei sein. Roy kam mit strahlenden Augen die Treppe vor dem Haus hinunter und küsste sie französisch distanziert am Auto auf beide Wangen. Danach schrieb er einen Satz auf einen kleinen Block und zeigte ihr, was er geschrieben hatte.

»Hast du dein Handy überprüft?«, stand auf dem Zettel. Gunda schüttelte den Kopf.

Roy bat mit der fordernden Hand um ihr Handy, dass sie wortlos vom Beifahrersitz nahm und ihm reichte. Er zog eine kleine Metallschachtel aus der Tasche seiner Hose, öffnete sie und legte das Smart Phone in die Schachtel, die er in seiner Hosentasche verschwinden ließ. Gunda sah ihn fragend an.

»Nun können wir hineingehen«, sagte Roy. »Ich nehme den Koffer. Aber!« Er legte den ausgestreckten Zeigefinger auf seine geschlossenen Lippen.

Gunda verstand. Schweigend betraten sie das Haus durch den Seiteneingang am Giebel. Im Gästezimmer gleich zur Linken richtete sie sich ein und stieg dann die Treppe hinauf. Oben fand sie Roy im Wohnzimmer.

»Es ist schönes Wetter, lass uns einen Spaziergang machen«, schlug Roy vor.

»Ja, nach der langen Autofahrt tut mir Bewegung gut«, stimmte Gunda zu.

Sie stiegen in Roys Auto. Er lenkte das Fahrzeug Richtung Gex.

»Was ist mit meinem Handy?«, fragte Gunda.

Roy klopfte mit dem Zeigefinger auf seine Hosentasche, unter der sich die Metallschachtel deutlich abzeichnete. »Gleich.« Schweigend fuhr er weiter.

»In meiner Wohnung sind fünf Wanzen. Die hören alles und zwei sind zusätzlich mit Kameras ausgestattet, eine im Arbeitszimmer und eine in der Garage«, sagte Roy, als sie einen Kilometer gefahren waren. »Jemand spioniert mich aus.«

»Wie hast du das herausgefunden?«

»Ich habe mir im Internet einen entsprechenden Detektor besorgt, um die Lauscher aufzuspüren. Und weil ich befürchten musste, dass mein Computer zu Hause bereits angezapft ist, machte ich die Bestellung aus einem Internet-Café in Genf. Hundert prozentig sicher ist das zwar nicht. Denn ich weiß nicht, wie umfangreich das Spionagenetz mich schon im Visier hat. Deshalb schlug ich noch einen Haken und ließ die Lieferung an die Adresse meines Bischofs schicken. Dessen Frau ist fast immer zu Hause. Sie nahm die Postsendung an. Du hast doch meinen Briefkasten vor dem Haus gesehen. Jene Modelle sind hier in Frankreich üblich und da passt ordentlich was rein. Die Postboten haben einen Generalschlüssel, um nicht nur Briefe durch den Schlitz zu werfen, sondern auch Päckchen in die Blechkiste zu legen. Für einen Spion sollte es ein Kinderspiel sein, das Schloss zu öffnen, um nachzusehen, was mir geliefert wurde. Ich bin tagsüber meistens im CERN, je nach Schichteinteilung.«

»Und mit dem Detektor hast du die Wanzen aufgespürt?«, fragte Gunda.

»Am ersten Tag schlug er noch nicht an. Aber zwei Tage später. Ich hab die elektronische Spürnase in eine kleine Gürteltasche gesteckt und bin damit durchs ganze Haus. Wenn ich mich einer Wanze nähere, wird das Signal deutlich lauter.«

»Dann konnten die Spione das Signal ja auch hören und bekamen mit, was du da treibst.«

»Von wegen. Daran habe ich natürlich gedacht«, grinste Roy. »Deshalb lauschte ich dem Signal über Ohrhörer und tat so, als ob ich damit Musik hörte. Du hättest mich mal durch die Wohnung tänzeln sehen sollen. Nachdem ich wusste, wo die Kameras stecken, tauschte ich den Detektor gegen einen MP3-Player aus. Den habe ich dann im Arbeitszimmer deutlich sichtbar für das Spionageauge aus der Tasche gezogen.«

»Wow!«

»Die Wanzen sind so geschickt angebracht«, erzählte Roy weiter, »dass man sie normalerweise nicht sieht. Weil die Dinger sehr klein sind und von winzigen Knopfbatterien mit Strom versorgt werden, können sie nicht weit senden. Der lauschende Spion müsste nahe am Haus stehen, wo er schnell entdeckt werden könnte, weil das Gebäude freisteht. Ich sag dir, da sind Profis am Werk. Die haben hinter dem Bücherregal im Wohnzimmer einen kleinen Apparat montiert. Und dieses schlanke Gerät funktioniert wie ein Handy. Ihm geht der Saft nicht aus. Denn er wird direkt mit Strom aus der in der Wand eingelassenen und abgedeckten Verteilerdose versorgt. Die Leitung ist nur zu sehen, wenn man sich auf einen Stuhl stellt und genau hinschaut. Der Apparat sendet rund um die Uhr, was er von den Wanzen empfängt. Der Spion kann sich in der Nähe aufhalten oder am anderen Ende der Welt. Er hört und sieht alles.«

»Immer noch?«

Roy nickte. »Ja, falls er nicht vor langer Weile gestorben ist. Computerfreaks sollen ja schon vor dem Bildschirm verhungert sein.«

»Warum hast du die Wanzen nicht abgeschaltet oder vernichtet?«

»Kommt noch. Ich habe mir vorgenommen, so zu tun, als hätte ich sie nicht entdeckt und werde den oder die Lauscher mit Falschinformationen versorgen. Wenn ich die Wanzen abschalte, kriege ich vielleicht nie raus, wer dahinter steckt.«

»Wo sind die Wanzen denn deponiert?«, fragte Gunda.

»Die eine mit Kamera sitzt im Arbeitszimmer und ist zwischen den Büchern im Regal so angebracht, dass der Spion mir über die Schulter und auf den Computerbildschirm sehen kann. Die zweite mit Kamera steckt in der Garage. Dort kann der Spion sehen, was ich auf der Arbeitsplatte treibe. Ich habe mir schon überlegt, wie ich die beiden Kameras bei Bedarf abdecken kann, ohne dass die Späher Verdacht schöpfen. Die Objektive sind so winzig, dass man sie nur sieht, wenn man gezielt hinschaut.«

»So klein wie im Smartphone?«, fragte Gunda.

»Ja, in etwa. Dann gibt es noch ein Mikrofon im Wohnzimmer, eins im Schlafzimmer und ein drittes in deinem Gästezimmer. Vermutlich sind die Mikrofone so empfindlich, dass sie auch Geräusche durch die Wand aufnehmen. Also, sei im ganzen Haus vorsichtig. Nicht nur in den Zimmern mit Wanzen.«

»Auch draußen, vor dem Haus?«

»Ja, wenn du auf Nummer sicher gehen willst. Traust du dir zu, dich ganz natürlich zu verhalten und zu reden, als wüsstest du nichts von den Schnüfflern?«

»Na klar. Ich war in der Schule in der Theater AG. Zweimal Hauptdarstellerin. Das wird ein Spaß.«

»Dann können wir jetzt wieder heimfahren«, sagte Roy.

»Wollten wir nicht spazieren gehen?«, fragte Gunda. »Wenn wir so schnell wieder zurückkommen, schöpfen die Spione womöglich Verdacht.«

Roy hielt das Auto am Straßenrand an und sah Gunda breit lächeln an: »He, wir sind ein gutes Team!«

»Danke, dass du mir vertraust«, antwortete sie strahlend.

»Und nun wollen wir mal sehen, ob dein Handy sauber ist.« Roy streckte sich und zog die Blechschachtel aus der Hosentasche. Noch bevor er Gunda das Gerät reichte, bat er sie, es zu entsperren, damit er es schneller überprüfen könne. Sie tat wie erbeten und gab Roy das Handy schweigend zurück. Konzentriert strich er anschließend über das Display und öffnete verschiedene Dateien.

»Voilà!«, rief Roy in die Stille. »Dachte ich's mir doch!«

Stumm hielt er Gunda das Handy unter die Nase. Sie beugte sich vor, erspähte auf dem Display aber nur kryptische Zeichen, die ihr nichts verrieten. Mit blitzenden Augen tippte Roy dreimal triumphierend auf die Glasfläche.

»So! Das war's. Die gleiche Lauschersoftware wie auf meinem Handy. Alles, was du in letzter Zeit gesprochen hast, oder was andere in deiner Nähe sagten, wurde abgehört. Aber damit ist jetzt Schluss. Ich habe den Lauscher gekillt.«

»Und du bist sicher?«

»Selbstverständlich. Nachdem die Software auf meinem Diensthandy entdeckt wurde, habe ich mich beim Sicherheitsdienst im CERN noch einmal ausführlich informiert. Ich erhielt eine Gratisschulung.«

»Sollte ich das Handy nun immer in die Blechschachtel stecken?«

»Nur, wenn du nicht willst, dass man deinen Aufenthaltsort über die Sendemasten verfolgt. Es hat allerdings den Nachteil, dass du Anrufe nicht bemerkst. Denn die elektronischen Wellen dringen nicht durch das Metall der Schachtel zum Handy vor. Faradayscher Käfig.«

»Wer mag das nur aufgespielt haben?«, sinnierte Gunda, während Roy das Auto wieder startete und die Fahrt fortsetzte.

Nachdem sie in der Cafeteria des Einkaufszentrums an der Straße nach Ferney-Voltaire eine Kleinigkeit gegessen und getrunken hatten, fuhren sie zurück. Unterwegs sponnen sie an Themen, die sie den Lauschern vorsetzen wollten. Lachend betraten sie das Haus in Chevry.

»Weißt du, was die Franzosen sagen?«, fragte Roy laut im Hausflur und gab sogleich die Antwort: »*Was eine Frau will, davor zittert Gott!*«

Gunda kicherte und antwortete: »*Versuchungen sollte man nachgeben. Wer weiß, ob sie wiederkommen*, das sagte Oscar Wilde.«

16

»So, heute der erste Versuch«, sagte Roy, nachdem er am Spätnachmittag des nächsten Tages heimkam und mit Gunda in die Garage hinabgestiegen war. Er stellte einen kleinen Plastiksack ganz links auf die Werkbank. »Die hatten mir noch gefehlt.«

»Und was ist da drin?«, fragte Gunda.

»Feuersteine. Wie gesagt, die hatten mir noch gefehlt. Hat mich viel Zeit und Sucherei gekostet, die zu finden. Auf den Feldern hier liegen zwar jede Menge Steine, aber die meisten sind aus Kalkstein. Ein Feuerstein ist höchst selten darunter. Am Ufer der Rhone fand ich schließlich etliche.«

»Und darin steckt die Energie, die du nutzen willst?«, Gunda sah ihn mit leicht geöffnetem Mund an.

»So kann man es einfach ausdrücken«, erwiderte Roy. »Genau genommen steckt in jedem Stein gespeicherte Energie. Am offensichtlichsten ist es bei der Kohle. Bei der ganz normalen, schwarzen Steinkohle. Es ist ein Stein, den die frühen Menschen vermutlich nicht beachteten. Aber irgendwann entdeckte jemand, dass man den schwarzen Stein anzünden kann. Er brennt und liefert Licht und Wärme. Energie, die in dem Stein steckt. Man muss nur wissen, wie man sie freisetzen kann.«

»Und du zündest nun die Feuersteine an?« Gunda sah Roy mit senkrechten Stirnfalten zwischen den Augenbrauen an.

»Ganz so einfach ist es nicht. Dann hätten die Steinzeitmenschen aus den Steinen nämlich nicht nur Messer, Speer- und Pfeilspitzen geschlagen. Es gehören weitere Elemente dazu. Kohle brennt ja auch nicht, wenn du ein Streichholz dranhältst.« Roy nahm fünf pflaumengroße Feuersteine aus dem Plastiksack und legte sie auf die

Werkbank. »Die sind nach meinen Berechnungen zu groß. Wir brauchen kleinere Stücke, etwa so groß wie Maiskörner, aber nicht zu klein und auf keinen Fall Pulver.«

Gunda sah still zu, wie Roy die Feuersteine auf ein kräftiges Leinentuch legte und darin einwickelte. Anschließend nahm er einen großen Hammer aus der Schublade unter der Werkbank und öffnete das Garagentor.

»Wozu das Tuch?«

»Wenn ich einfach so auf die Steine schlage, spritzen die Splitter in alle Richtungen und wir müssen die mühsam zusammensuchen«, erklärte Roy. »Hier draußen liegt ein passender Granitbrocken, der sich bestens für die Zertrümmerung eignet.« Er deutete auf einen grauen Brocken neben der Einfahrt zum Haus. Darauf legte er das Tuch mit den Steinen und schlug kräftig mit dem Hammer drauf. »Willst du auch mal?«, fragte er Gunda, die schweigend neben ihm stand und zusah.

»Ja, gerne.«

Man hörte deutlich den Aufschlag des Hammers, aber kaum Geräusche der zersplitternden Steine. An einigen Stellen schlitzten die scharfen Kanten des gesplitterten Feuersteins das Leinentuch auf. Nachdem beide abwechselnd auf die Steine eingeschlagen hatten, befühlte Roy den Inhalt des Tuchs.

»Oh, da ist noch einer, der hat sich versteckt. Aber jetzt«. Er legte das Tuch sorgsam auf den Granitbrocken und schlug mehrmals auf eine konkrete Stelle. »Das sollte reichen.«

Sie gingen wieder in die Garage, wo Roy das Tuch auf der Werkbank ausbreitete. Aus den fünf Feuersteinen waren Splitter in verschiedenen Größen entstanden. Er war zufrieden und holte aus der Küche ein Nudelsieb und einen großen Teller. Mit der Hilfe des Siebes sortierten sie geschickt die Feuersteinsplitter in Maiskorngröße aus. Anschließend schüttete er die Splitter in eine leere Konservendose, in der sich einmal 400 Gramm Gulasch befunden hatten.

»So, und jetzt die wichtige Zutat.« Roy hielt ein Glas mit Schraubverschluss in der Hand, in dem sich ein weißes Granulat befand. Er schüttete es ebenfalls in die Gulaschdose, bis sie dreiviertel gefüllt war.

»Was ist das?«, fragte Gunda. »Sieht aus wie Waschpulver.«

»Ja, sieht aus wie Waschpulver. Was es wirklich ist, wird noch nicht verraten. Du wirst gleich sehen.«

Roy schüttete so viel Granulat auf die Feuersteine in der Konservendose, bis sie fast bis zum Rand gefüllt war. Dann steckte er einen Löffel hinein und rührte kräftig darin, um die Feuersteinsplitter und das weiße Granulat gut zu vermengen. Anschließend steckte er einen etwa sieben Zentimeter langen Kupferstab in die Mitte der Dose. Der runde Kupferstab maß etwa drei Millimeter im Durchmesser. Als der Stab den Boden der Dose berührte, zog er ihn fünf Millimeter in die Höhe.

»Das ist der Pluspol«, sagte Roy auf den Stab deutend. »Der darf nicht den Boden berühren. Das Blech der Konserve bildet den Minuspol. Und nun brauchen wir noch etwas Wasser. Ein Becher voll reicht.«

Gunda hatte verstanden, eilte in ihr Zimmer und kam mit dem gefüllten Zahnputzbecher zurück.

»Achtung!«, sagte Roy und goss das Wasser in die Dose mit dem Mix aus Feuersteinen und dem geheimnisvollen Granulat.

Es begann in der Konservendose zu brodeln. Kleine Blasen bildeten sich an der Oberfläche. Sie zerplatzten und neue Gasbläschen stiegen empor. Mit großen Augen sah Gunda dem Schauspiel zu, während Roy zufrieden die Lippen schürzte. Nach drei Minuten endete die chemische Reaktion. Keine Bläschen bildeten sich mehr und eine weiße cremige Masse umschloss die Feuerstein-splitter.

»Und nun ab in den Ofen«, sagte Roy und öffnete die Klappe des Mini-Brennofens am rechten Ende der Werkbank. Er nahm die Dose in beide Hände und trug sie wie einen kostbaren Schatz zum roten Ofen hinüber. Dort setzte er die Konserve in die Mitte der Brennkammer und schloss die Klappe.

Gunda hatte den roten Kasten bisher nicht beachtet und schaute zu, wie Roy den Ofen einschaltete. Verwundert sah sie, wie er den Kopf nach unten neigte und grinste. Ihn jedoch gleich wieder hob und ein ernstes Gesicht machte.

»So, nun müssen wir warten, etwa vier Stunden«, sagte Roy. »Danach können wir überprüfen, ob es gelungen ist. Das ist, wie Kuchen backen. Wenn man Übung hat, gelingt der Käsekuchen jedes Mal. Beim ersten Mal weiß man nicht, ob es etwas geworden ist. Für mich ist das hier der erste Versuch. Wir werden sehen, vielleicht muss ich die Mischung noch etwas anpassen, mehr Feuerstein, weniger Granulat. Oder kleinere Steine und anderes Granulat. Bin selber gespannt.«

»Reicht der Backofen in der Küche nicht für die Erhitzung?«, wollte Gunda wissen.

»Nein, der erreicht doch nur 250 Grad. Viel zu schwach. Den Brennofen kaufte ich extra für diesen Zweck. Normalerweise dient er Bastlern zum Brennen von Ton und Keramik. Auch einige Metalle lassen sich darin schmelzen. Ich habe den Ofen auf 500 Grad eingestellt, eine Stunde volle Power, dann schaltet er sich automatisch ab. Danach darf man die Energiekonserve aber nicht sofort entnehmen. Sie muss im Ofen langsam abkühlen.«

»Warum langsam?«

»Beim schnellen Abkühlen könnte die Energiekonserve platzen. Das darf sie aber nicht. In der Brennkammer können bis zu 1000 Grad erreicht werden. Aber so viel brauchen wir nicht. Nach meinen Berechnungen reichen 500, plus, minus ein paar Grad. Wir werden sehen.«

»Du nennst die Dose Energiekonserve«, sagte Gunda. »Ist das der offizielle Name?«

»Das weiß ich nicht. Mir fiel bisher nichts Besseres ein. Hast du eine Idee?«

»Konserve klingt nach eingemachten Lebensmitteln. Hier geht es aber um elektrischen Strom. Das sollte irgendwie im Namen mitklingen. Ich denke darüber nach.«

»Sehr gut. So, jetzt habe ich hunger«, sagte Roy und strich mit der flachen Hand über seinen Bauch.

»Ich lade dich ein«, lächelte Gunda, als habe sie auf den Augenblick gewartet. »Was schlägst du vor?«

»Das Restaurant im Supermarkt. Da kann man das Angebot an der Theke sehen und sich sein Menü auf dem Teller selber zusammenstellen. Meistens werden zwar keine kulinarischen Offenbarungen präsentiert, aber das ist mir heute gerade recht.«

»Okay«, sagte Gunda. »Dann brauche ich mich auch nicht umziehen.«

»Genau, Händewaschen reicht.«

Im Auto lachten beide schallend los.

»Ich habs gesehen«, sagte Gunda. »Du hast einmal gegrinst.«

»Ja, es hat mich den letzten Nerv gekostet, bei dem

Experiment ernst zu bleiben, genauer gesagt, bei dem Theater. Ich staune, du hast keine Miene verzogen.«

»Auf mich wirkte deine Versuchsanordnung total realistisch. Es würde mich nicht wundern, wenn die Gulaschdose tatsächlich Strom liefert.«

»Hoffen wir, dass die Spione das auch so sehen und nachschauen kommen. Damit ich endlich erfahre, wer mich ausspioniert.«

»Wo hast du deine Kamera versteckt?«, fragte Gunda mit blitzenden Augen. »Ich schaute mich um, konnte aber kein Objektiv in der Garage entdecken. Außer jenem der Spione.«

»Du hast da hoffentlich nicht ständig hingesehen.« Roy sah mit aufgerissenen Augen zu Gunda auf dem Beifahrersitz.

»Nein, keine Sorge nur einmal ganz kurz.«

»Meine Kamera sitzt sicher in dem kleinen Plastiksack unter den restlichen Feuersteinen. Wir haben ja nicht alle Steine für die Show zertrümmert.«

»Ich habe das Objektiv nicht gesehen. Es muss zwischen den aufgedruckten Buchstaben verborgen sein. Ein i-Punkt?«

»Richtig«, erwiderte Roy grinsend.

»Und wenn die Spione nun den Sack mitnehmen?«, gab Gunda zu bedenken.

»Macht nichts, die Aufnahmen werden an anderer Stelle aufgezeichnet. Und falls sie so unvorsichtig sind und die Kamera nicht gleich bemerken, sehe ich sogar, wohin die Reise geht.«

Gundas Augen strahlten ihn an: »Du bist vielleicht ein Fuchs!« Sie schlang ihre Arme um seinen Hals und küsste Roy kurz auf die Wange.

17

Im Restaurant entschied Gunda sich für eine gebackene Hühnerkeule, ein wenig Reis und eine große Portion grünen Salat. Roy kam mit einem riesigen und frisch gegrillten Steak auf dem Teller an den Tisch.

»Du hast die Sättigungsbeilage vergessen«, sagte Gunda schmunzelnd und strich einige ihrer kupferfarbene Locken hinter das Ohr.

»Nein, habe ich nicht. Das ist für heute genau das Richtige für mich.« Er griff zum Pfefferstreuer und würzte kräftig nach. »Die Experimente verbrauchen unglaublich viel Energie.«

Nachdem beide gegessen hatten, zog Roy sein Handy hervor und schaute auf das Display. »Es hat sich noch nichts getan. Hätte mich auch gewundert. Wahrscheinlich warten die Spione ab, bis ich die Leistung der Energiekonserve geprüft habe.«

»Darf ich auch mal sehen?«

Roy reichte Gunda sein Handy.

»Wow! Man sieht ja fast die ganze Garage.«

»Psst«, machte Roy und rollte mit den Augen durchs Restaurant.

»Du meinst hier könnten auch ...« Gunda sah Roys Nicken und vollendete den Satz nicht.

Erst auf der Heimfahrt im Auto sprach Roy das weitere Vorgehen an. »Hier im Auto fühle ich mich einigermaßen vor Lauschern sicher«, sagte er. »Ich überprüfe täglich, ob hier jemand eine Wanze versteckt hat. Morgen beginnt meine Schicht um sechs Uhr im CERN. Spätestens um halb sechs muss ich mich auf den Weg machen. Vorher will ich die Energiekonserve aus dem Brennofen nehmen. Möchtest du Ausschlafen oder lieber dabei sein?«

Gunda nickte heftig: »Auf jeden Fall!«

»Also ausschlafen?«

»Spinnst du! Auf jeden Fall will ich morgen früh dabei sein.«

»Gut, dann sehen wir uns morgen um fünf in der Garage. Und du schaffst das so früh?«

Gunda stöhnte auf und bejahte. Als beide vor dem Haus aus dem Auto stiegen, klingelte ihr Handy. Sie meldete sich und lauschte beim Hinaufsteigen der Treppe dem Anrufer, während Roy ins Haus ging. Dann sagte sie: »Ja super. Danke, dass du an mich gedacht hast. Zum Meeting bin ich da.«

Im Wohnzimmer berichtete Gunda, dass die Geschäftsführerin der Werbeagentur in Singen angerufen habe. Sie hätte einen großen Fisch an Land gezogen und stünde unter Termindruck. Denn der Auftraggeber wolle nicht erst in hundert Jahren Ergebnisse sehen, sondern am besten vorgestern.

»Ich bin da zwar nicht fest angestellt, werde als freie Mitarbeiterin aber immer mal wieder kontaktiert«, erklärte Gunda. »Das Nebeneinkommen kann ich gut gebrauchen.«

»Um was geht es denn?«, wollte Roy wissen.

»Es geht um eine Werbekampagne für eine Firma, die vegane Fertiggerichte auf den Markt bringt. Die wollen ganz groß rauskommen. Vegan liegt ja immer noch im Trend. Morgen Nachmittag ist das Meeting in Singen angesetzt. Da sollen alle Mitarbeiter und die eingeladenen Freien ihre grandiosen Vorschläge auf den Tisch legen. Derartige Meetings gehen normalerweise bis spät in die Nacht. Alle Vorschläge werden diskutiert, zerrissen, wieder hervorgekramt, erneut debattiert und so weiter. Zum Schluss werden dann konkrete Aufgaben verteilt, die am nächsten Tag umgesetzt oder verworfen werden. Falls nichts Formidables herausgekommen ist, beginnt der Prozess von neuem. Kurz, ich Reise morgen früh zurück nach Deutschland. Eigentlich hatte ich erst am Freitag die Heimreise antreten wollen. Denn am kommenden Wochenende ist wieder eine Demonstration in Kegelbergen getimt. Da will ich auch wieder dabei sein.«

»Dann solltest du jetzt aber schlafen gehen, damit du morgen fit bist«, sagte Roy.

Gunda stöhnte laut vor sich hin. »Okay. Gute Nacht.«

Kaum war Gunda im Gästezimmer eingeschlafen, als ein helles Licht in den Raum blitzte, obwohl sie den Fensterrollladen herunter gelassen hatte. Kurz darauf donnerte es. Das Grollen eines Gewitters grummelte in der Ferne. Gunda versuchte, wieder einzuschlafen, aber es gelang ihr nicht. Erneut blitzte und donnerte es. Es gab schmale Schlitze zwischen den Lamellen der Rollladen, durch die jeder Blitz das Zimmer ausleuchtete. Sie griff nach dem Schalter der Nachttischlampe und schaltete mehrfach ein und aus, bis sie begriff, dass die Stromversorgung ausgefallen war. Vermutlich hatte der Blitz irgendwo in eine Leitung eingeschlagen. Das Gewitter kam näher und schien auf das Haus zuzusteuern. Gunda stand auf und tastete sich durch den dunklen Gang, den die Blitze immer wieder kurz erhellten, zur Treppe. Oben angekommen sah sie ein wenig Licht aus dem Wohnzimmer flackern. Eine Kerze brannte auf dem Couchtisch. Sie trat ein. Roy lag auf der Couch und richtete sich auf, als er sie bemerkte.

»Na, kannst du auch nicht schlafen?«, fragte er.

»Bei dem Lärm? Sind wir hier sicher?«

»Hier hat noch nie ein Blitz eingeschlagen. Auf dem Dach sind Blitzableiter.«

Gunda setzte sich auf den Sessel neben der Couch. Sie trug nur ihren Schlafanzug und war barfuß durchs Haus gegangen. Deshalb zog sie die Füße auf die Sitzfläche, um sie zu wärmen. Roy reichte ihr eine Decke, die stets zusammengefaltet auf der Couch lag. Sie mummelte sich ein und starrte in das Licht der leicht flackernden Kerze auf dem Tisch. Ein äußerst heller Blitz durchzuckte das Zimmer, während gleichzeitig ein heftiger Donnerschlag die Fensterscheiben erzittern ließ. Gunda sprang auf und huschte zu Roy auf die Couch, wo sie sich dicht an ihn kuschelte.

»Mann, so ein heftiges Gewitter habe ich noch nie erlebt«, sagte sie mit leicht zitternder Stimme. »Nicht, dass ich Angst hätte. Aber unangenehm ist es schon.«

»Das Unwetter zog vom Genfer See herauf und scheint nun inmitten der Berge, also zwischen Jura und Alpen, festzusitzen«, erwiderte Roy und legte seinen Arm um Gundas Schultern. »Da kann es manchmal dauern, bis es sich beruhigt. Etwas ungewöhnlich um diese Jahreszeit, Blitz und Donner. Aber wo kann man sich heute noch auf das Wetter verlassen.«

*

Pünktlich um fünf Uhr in der Frühe öffnete Gunda die Küchentür. Roy schlürfte gerade eine Tasse Tee. »Da bin ich. Mein Koffer ist auch schon gepackt. Du warst doch nicht etwa ohne mich in der Garage?«

»Nein, ich habe auf dich gewartet. Prima, dass du zeitig da bist. Und so bezaubernd, wie frisch aus dem Ei gepellt. Und wie du duftest, Flieder, wenn ich mich nicht täusche, herrlich.« Roy schnupperte ganz nahe an ihrem Hals. »Was willst du frühstücken?«

»Danke, nichts. Ich versorge mich unterwegs. Lass uns hinuntergehen und den Versuch beenden. Bin gespannt, was wir im Ofen vorfinden.«

Nachdem Roy die Brennofentür geöffnet hatte, ergriff

er mit beiden Händen die abgekühlte Energiekonserve und setzte sie vorsichtig auf die Werkbank. Das einst weiße Granulat war zu einer braunen Masse verbrutzelt. Die herausragenden Spitzen der Feuersteine schienen die Prozedur unverändert überstanden zu haben.

»Jetzt wollen wir mal sehen, welche Spannung der neue Energieproduzent liefert«, sagte Roy und ergriff ein elektrisches Messgerät aus der Schublade unter der Werkbank.

Er stöpselte ein schwarzes und ein rotes Kabel in den Spannungsmesser. Am Ende von jedem Prüfkabel schaute eine Metallspitze aus dem Isolierungsgriff hervor. Bevor er die Messspitzen an die Pole der Energiekonserve hielt, stellte er sich seitlich vor die Werkbank, damit Gunda gut auf das Messinstrument sehen konnte. Gleichzeitig verdeckte er auf diese Weise mit seinem Rücken die Spionagekamera.

»Nun ja, eins Komma sechs Volt«, sagte Roy trocken.

»Fantastisch!«, jubelte Gunda, obwohl der Zeiger des Messgeräts sich keinen Millimeter bewegt hatte. »Du hast es geschafft!« Sie warf die Arme in die Höhe. »Was machst du denn für eine Bittermiene?«

»Ich hatte mit einer höheren Spannung gerechnet. Das hier ist doch untauglich.«

»Wenn du nun zehn derartige Energiekonserven hintereinander schaltest, hast du schon einhundertsechzig Volt. Was willst du mehr?«

»In deiner Kalkulation gibt es eine Null zu viel, Gunda«, dämpfte Roy trocken ihre Begeisterung. »Zehn mal Einskommasechs ergibt sechzehn Volt. Immer noch weit unter meinen Erwartungen.«

»Und wenn schon, beim nächsten Versuch schaffst du das doppelte oder dreifache, wenn nicht noch mehr.«

Roy schwieg und starrte auf die einstige Gulaschdose.

Gundas Augen strahlten. »Du sagtest, dass die Spannung fünfzig oder gar hundert Jahre andauert. Das leistet keine bekannte Batterie und schon gar kein Akku, wenn ich nur an mein Handy denke.«

Roy ging nicht darauf ein. »Ich muss meine Berechnungen noch einmal überprüfen«, erwiderte er und räumte das Messinstrument weg. »Das ist schlicht und ergreifend zu wenig. Da steckt mehr drin. Aber ich bin auf dem richtigen Weg. Thomas Alva Edison, der als Erfinder der Glühlampe gilt, machte tausende von Experimenten und erfand mehr als 2000 Geräte und Verfahren, für die er Patente erhielt. Ich hoffe, mit weniger Versuchen einen brauchbaren Erfolg zu erzielen. Möglicherweise ist die Legierung noch nicht optimal.«

»Aber pass auf, dass dir niemand den Computer klaut, mit all deinen Berechnungen und Daten«, ermahnte Gunda.

»Das würde dem Dieb nichts nützen«, sagte Roy leicht dahin.

»Wieso nicht?«

»Weil der Computer für mich nur ein Hilfsmittel ist. Die entscheidenden Informationen stecken hier.« Er tippte an seine Stirn.

»Das verstehe ich nicht.« Gunda sah ihn fragend an.

»Früher gab es in der Grundschule so eine Rechenhilfe für die Schüler. Wie hieß das Ding doch gleich? A..., Ab..., Aba..., Abakus. Richtig, Abakus. Ich glaube, heute sieht man die Abakusse nur noch im Museum. Da sind auf einem fast mannshohen Gestell Stangen angebracht. Auf den Stangen sind Holzkugeln aufgefädelt, die man hin und her schieben kann. Jede Kugel repräsentiert einen bestimmten Wert und ...«

»Ich weiß, was du meinst«, fiel Gunda ihm ins Wort.

»So eine Rechenmaschine hatte ich früher mal, aber in klein, für die Schultasche.«

»Ich wollte ja nur erklären, dass ich den Computer wie jenen Abakus verwende. Wenn man nicht weiß, wofür eine Kugel steht, kann man aus der Anordnung der verschobenen Kugeln gar nichts ablesen. Und genau so mache ich meine Notizen und Berechnungen im Computer.«

Gunda sah Roy mit schief geneigtem Kopf und leicht herabgezogenen Augenbrauen an. Der nahm einen Putzlappen und wischte damit die Energiekonserve sorgfältig ab, obwohl sie im Brennofen keinen Schmutz angesetzt hatte. Dann hängte er den Lappen an die Wand, wie zufällig direkt über die Spionagekamera. Gunda hatte ihn beobachtet und lachte Roy lautlos an. Sie trat auf ihn zu und gab ihm einen flüchtigen Kuss auf die Wange.

»So, jetzt müssen wir aber los. Höchste Zeit«, sagte Roy und stieg die Treppe hinauf.

Mit den Worten, »ich komme, sobald ich kann wieder, um den Fortschritt zu sehen«, verabschiedete Gunda sich und fuhr Richtung Schweizer Grenze.

18

Zwei Tage später beendete Roy kurz nach fünfzehn Uhr seinen Dienst im CERN. Auf dem Heimweg lenkte er seinen himmelblauen Peugeot am Stadtrand von Saint-Genis-Pouilly auf den Parkplatz eines überschaubaren Supermarktes. Mit einer Packung Toastbrot, frischen Tomaten, Bananen, einer Flasche Milch, einem Topf Butter und zwei kleinen Gläsern *Terrine de Foie de Volaille Aux Cèpes* verließ er den Laden und legte die Lebensmittel in den Kunststoffkorb im Kofferraum des Autos. Nachdem er den Einkaufswagen zurückgestellt hatte, setzte er seine Fahrt fort. Schon vom Beginn der Zufahrt zu seinem Haus sah er einen weißen Kleinwagen vor dem Grundstück neben dem offenen Tor stehen. Beim Näherkommen zog er die Augenbrauen in die Höhe, las das Nummernschild und erkannte, dass es das Auto von Soeur Maloux war. Sollte die nicht längst mit dem Putzen fertig sein? Er fuhr daran vorbei und parkte seinen Wagen vor der geschlossenen Garage. Mit den Lebensmitteln im Kunststoffkorb stieg er die Treppe zum Eingang hinauf. Dort balancierte er den Korb auf den linken Arm und drückte mit der rechten Hand auf die Klinke. Die Tür war nicht verschlossen und ließ sich mühelos aufdrücken. Sein Blick fiel auf die leicht geöffnete Küchentür am Ende des kurzen Flurs. Er trug den Korb in die Küche und stellte ihn auf dem kleinen Tisch ab.

»Soeur Maloux!«, rief Roy ins Haus. Keine Antwort oder irgendein Geräusch. Er räumte die Lebensmittel weg und stellte den leeren Korb neben die Eingangstür. Dann sah er sich in der Wohnung um. Im Wohnzimmer war niemand, auch im Schlafzimmer, seinem Arbeitszimmer und der kleinen Kammer dahinter, keine Menschenseele.

Er öffnete die Tür zur Treppe ins Erdgeschoss. Das Treppenlicht brannte.

»Soeur Maloux, ich bin wieder da! Sind Sie unten?«, rief Roy die Treppe hinab. Keine Antwort.

Mit herabgezogenen Mundwinkeln stieg er die steinernen Treppenstufen hinunter und ging rechts zu den beiden Gästezimmern am Ende des Ganges. Sie waren leer. Auch in der Dusche befand sich niemand. Er wand sich um und drückte auf die Klinke der Giebeltür, die nach draußen führte. Sie war unverschlossen.

»Aha«, murmelte Roy vor sich hin, trat ins Freie, stieg die Böschung zum Garten hinter dem Haus hinauf. Er hatte erwartet, die Putzhilfe bei den Himbeeren oder unter dem Kirschbaum zu entdecken. Doch da war niemand. Roy umrundete das Gebäude und erreichte die Einfahrt. Er sah keinen Menschen auf dem Grundstück. »Merkwürdig, wo steckt sie nur?«

Roy pochte von draußen ans geschlossene Garagentor: »Sind Sie da drin, Soeur Maloux?«, fragte er laut. Niemand antwortete. Hastig sprang er die Treppe zum Eingang hinauf, zwei Stufen auf einmal nehmend. Als er im Haus die Treppe hinunter zum Erdgeschoss nahm, rutschte er kurz aus und wäre beinahe gestürzt. Außer Atem riss er die eiserne Tür zur Garage auf, in der sich auch die Ölheizung befand. Die Deckenbeleuchtung war eingeschaltet. Er sah sie sofort. Soeur Maloux lag ausgestreckt auf dem Boden vor der Werkbank mit aufgerissenen und starr noch oben gerichteten Augen.

Für einen kurzen Augenblick stand Roy still und schaute auf die schlanke Frau in den dunkelblauen Jeans und einer geblümten Kittelschürze. Ein Pantoffel lag neben dem nackten Fuß, während der andere noch ihre Zehen bedeckte. Die Arme lagen ausgestreckt und wie hilflos neben ihr am Boden. Als er sich ihr näherte, stieß er mit seinem Schuh gegen den Schlauch eines Staubsaugers, der quer im Raum lag. Er stieg darüber hinweg und ging neben der Frau in die Hocke. Ihr Brustkorb hob und senkte sich nicht. Er ergriff ihren linken Arm und fühlte den Puls. Nichts. Ihr nacktes Handgelenk fühlte sich kalt an. Sie war tot. Er konnte keine äußere Verletzung erkennen, bis er die kleine Blutlache hinter ihrem rechten Ohr auf dem Boden bemerkte. Langsam erhob Roy sich wieder, den Blick immer noch auf die Leiche gerichtet. Nach einigen Sekunden sah er sich in der Garage um. Alles schien so zu sein, wie er sie in Erinnerung hatte. Die *Energiekonserve* stand auf der Werkbank. Auch der klein Plastiksack mit den Feuersteinen und seiner Kamera darinnen, schien niemand bewegt zu haben. Er sah zur Wand, wo zwischen Werkzeugen die Spionagekamera versteckt worden war. Der Putzlappen hing noch davor. Roy ging langsam die Treppe in den ersten Stock hinauf. Im Arbeitszimmer setzte er sich auf seinen Schreibtischstuhl, schaute wie abwesend durchs Fenster. Wolken verhüllten den Montblanc, an dessen Anblick er sich so gerne erfreute. Doch heute mochte er offenbar nicht sehen, was in Chevry geschehen war. Bedächtig nahm Roy den Telefonhörer auf.

»Bei mir im Haus liegt eine tote Frau«, meldete er dem Polizisten am anderen Ende der Leitung. Der Beamte fragte nach der Adresse und sagte anschließend, dass sie sofort kommen und in wenigen Minuten eintreffen würden.

Roy schaltete den Computer auf seinem Schreibtisch ein, nachdem er wie versehentlich die Spionagekamera im Bücherregal mit einer aufgeschlagenen Zeitschrift abgedeckt hatte. Er rief die Webseite auf, wo er sehen konnte, was seine Kamera in der Garage aufgenommen hatte. Nachdem er die Aufzeichnung zurückgespult hatte, sah er, wie ein korpulenter, aber nicht übergewichtiger Mann in heller Hose und einem dunklen Sakko die Garage durch die Tür vom Erdgeschoss betrat. Von der Zugangstür erfasste die Kamera nur wenige Zentimeter des Rahmens. Doch das reichte, um zu sehen, dass der Mann durch jene eiserne Tür gekommen war. Zielstrebig ging er auf die Werkbank zu und nahm die *Energiekonserve* in die Hand. Das Gesicht des Spions war nicht zu erkennen. Denn er trug eine schwarze Skimaske mit Löchern für die Augen und den Mund. Nachdem er die *Energiekonserve* eingehend von allen Seiten betrachtet hatte, stellte er sie wieder auf die Werkbank. Dann zog er die Schublade auf und nahm das Messgerät heraus. Er stöpselte die Stecker ein und hielt plötzlich inne. Obwohl aus den Lautsprechern des Computers kein Laut drang, schien es so, als ob der Mann etwas gehört hatte und lauschte. Er legte das Messgerät und die Kabel wieder zurück in die Schublade, schloss sie und ging bedächtig zur Tür, über die er die Garage betreten hatte. Dort lauschte er offenbar weiterhin und wich unerwartet nach rechts in den toten Winkel der Kamera. Die Tür öffnete sich und Soeur Maloux kam in die Garage. Sie ging an der Heizung vorbei und griff dahinter in die Nische. Mit dem Staubsauger in der Hand drehte sie sich um und schlug den Weg ein, den sie gekommen war. Unvermittelt blieb sie vor der eisernen Tür stehen, stieß einen markerschütternden Schrei aus und ließ den Staubsauger fallen. Der Mann mit der Skimaske trat ins Bild und ging auf die Frau zu, die zwei Schritte zurückgewichen war. Plötzlich blieb er wieder stehen. Roy hatte den Eindruck, Motorgeräusche eines Autos zu hören, das vor das Haus gefahren war. Die Frau schrie erneut auf, der Spion holte aus und wollte ihr offenbar mit der Faust ins Gesicht schlagen. Sie hatte flugs einen weiteren Schritt nach hinten gemacht und so landete seine Faust kurz unterhalb des Halses auf dem Brustkorb. Die Frau taumelte gegen die Werkbank hinter ihr. Der Mann mit der Skimaske ergriff sie an beiden Oberarmen, zog sie etwa einen Meter von der Werkbank ab, drückte sie ein wenig hinab, obwohl sie kleiner war als er und schmetterte sie mit dem Kopf gegen den an der Arbeitsplatte angeschraubten Schraubstock. Roy hatte den Eindruck, dass das alles in weniger als einer Sekunde geschah. Mit offenem Mund sah er auf dem Bildschirm, wie der Eindringling Soeur Maloux einfach zu Boden fallen ließ. Dort blieb sie leblos liegen. Der Spion sah einen Moment auf die am Boden liegende Frau und ging in die Hocke. Er legte zwei Finger, die in fleischfarbenen Einmalhandschuhen aus Latex steckten, vermutlich an ihren Hals, den die Kamera nicht erfasste. Nach einigen Sekunden erhob er sich, riss die eiserne Tür auf und schlug sie hinter sich zu.

Nach dieser Aufzeichnung veränderte sich das Bild auf dem Monitor lange Zeit nicht. Von der Frau waren nur die Beine und ihr Bauch mit den Armen links und rechts zu sehen. Der Oberkörper und ihr Kopf wurden von der Werkbank verdeckt. Sie bewegte keinen Finger mehr. Das Blaulicht des Polizeiautos schreckte Roy auf. Er hatte nur aus dem Augenwinkel durchs Fenster bemerkt, wie das Fahrzeug ohne Sirene die Auffahrt zum Haus hinauf brauste, früher als erwartet. Schnell schaltete er den Computer aus und rannte in die Garage. Dort ergriff er den kleinen Plastiksack mit den Feuersteinen und seiner Kamera darin, eilte ins Arbeitszimmer und deponierte das Säckchen im Sideboard. Zwei Polizisten waren soeben die Treppe heraufgestiegen, als er die Eingangstür öffnete.

19

Nachdem die beiden Polizisten sich in der Garage umgesehen hatten, rief einer in der Wache an.

»Gehen wir nach oben«, sagte er anschließend, »hier können wir nichts mehr tun. Die Spezialisten kommen gleich.«

Roy erschien es wie eine Ewigkeit, bis zwei Männer und eine Frau in weißen Schutzanzügen die Garage unter die Lupe nahmen. Auch zwei Kriminalbeamte trafen wenig später ein und befragten Roy eingehend.

»Warum nennen sie Madame Maloux Soeur?«, fragte der Ältere der beiden. »Arbeitet sie in einem Krankenhaus?«

»Das bin ich so gewohnt«, antwortete Roy. »Sie ist Mitglied in meiner Kirchengemeinde. Der *Kirche Jesu Christi der Heiligen der Letzten Tage.* Untereinander sprechen sich die Mitglieder mit Bruder und Schwester an. Wir haben ein Kirchengebäude in Gex.«

»Kenne ich«, sagte der etwas jüngere Kriminalbeamte.

Der Ältere warf ihm einen finsteren Blick zu, was vermutlich bedeutete: Halt die Klappe. Ich rede. Roy und die beiden Kriminalbeamten hatten sich an den Esstisch im hinteren Bereich des Wohnzimmers gesetzt. Der jüngere notierte fleißig das Gespräch in einem kleinen Notizbuch.

»Und Madam Maloux putzt regelmäßig bei Ihnen?«, setzte der ältere Ermittler seine Befragung fort.

»Nein, das war heute das erste Mal.«

»Und sie waren nicht zu Hause, als sie kam?« Der Beamte zog die Augenbrauen herab und sah Roy finster an. »Sehr ungewöhnlich. Warum waren Sie nicht da?«

»Das, das war nicht nötig. Vor etwa drei Jahren, als meine Frau krank war, hat sie schon einmal im Haushalt ausgeholfen. Sie kannte sich aus. Ich hatte ihr einen

Schlüssel gegeben. Und wie schon gesagt, wir kennen uns aus der Kirche.«

»Wer wusste, dass sie heute zum Putzen zu Ihnen kommen würde?«

»Eigentlich nur ich. Ich habe mit niemandem darüber gesprochen. Möglicherweise hat sie es jemandem erzählt.«

»Hatten sie in letzter Zeit Besuch?«

»Ja, die Tochter eines alten Studienfreundes aus Deutschland war vor ein paar Tagen hier. Sie ist aber abgereist, bevor ich Madam Maloux bat, mir zu helfen.«

»Und was ist mit Ihrer Frau?«

»Die hat mich vor kurzem verlassen. Die Scheidung läuft.«

»Könnte sie heute hier gewesen sein? Um vielleicht ein paar Sachen zu holen?«

»Sehr unwahrscheinlich. Sie lebt bei ihrem neuen Partner in Genf. Der ist sehr reich und kauft ihr alles, was sie braucht, oder auch nicht braucht. Wir haben so gut wie keinen Kontakt mehr. Wir kommunizieren über unsere Anwälte.«

Der Kriminalkommissar sah Roy aus seinen dunkelbraunen Augen durchdringend an, als habe er den Mörder direkt vor sich. Ein Polizist trat ins Wohnzimmer und bat den Kommissar nach draußen. Dort sagte er ihm, dass der Arzt seine Untersuchung in der Garage abgeschlossen habe und ihm den ersten Eindruck mitteilen wolle. Sie gingen hinunter in die Garage. Nach ein paar Minuten kam der Ermittler zurück, mit höflichem und nichtssagendem Gesichtsausdruck. Er berichtete, dass der aus Genf angereiste Pathologe ihn informiert habe, dass Madam Maloux mit Sicherheit schon etliche Stunden tot sei. Man habe sich um Unterstützung an die Schweizer Polizei gewendet, weil Morde in diesem Departement

Frankreichs selten vorkämen. Auf die Schnelle hätte man keinen geeigneten Mediziner gefunden. Vermutlich sei Madame Maloux gegen neun Uhr am Morgen verstorben. Damit scheide Roy vorerst als Täter aus. Denn man habe inzwischen seine Anwesenheit im CERN überprüft. Roy atmete erleichtert auf. Er hatte sich nicht getäuscht, der Kommissar hatte ihn als Mörder im Verdacht gehabt, und schien immer noch an den Eruierungen seiner Kollegen zu zweifeln. Er berichtete weiterhin, dass man von Mord ausgehe. Zunächst hätte man einem Unfall vermutet. Doch der erste Eindruck habe sich nicht bestätigt. Denn zum Einen sei es recht unwahrscheinlich, dass die Frau nach den Indizien und in der vorgefundenen Situation gestolpert und gestürzt sei. Und zum Zweiten habe der Pathologe frische Hämatome am Oberkörper und an den Armen festgestellt, woraus er geschlossen habe, dass die Frau gestoßen worden sei. Genaueres würde die Obduktion erbringen. Befragungen bei den Nachbarn hätten außerdem ergeben, dass ein Mann heute Vormittag eine Person über das Feld hinter dem Haus habe gehen sehen. Der Mann sei jedoch zu weit weg gewesen, um die Person zu beschreiben. Kurz darauf sei dann ein Auto mit deutschem Nummernschild von einem Feldweg aus jener Richtung kommend nach Chevry gefahren. Aber der Zeuge konnte keine Angaben zum Nummernschild oder der Automarke machen. Allein, dass der PKW schwarz oder dunkelblau gewesen sei. Ob das Auto und der Mann auf dem Feld in einem Zusammenhang stünden, könne man gegenwärtig nicht sagen.

»Hatten Sie außer der Tochter ihres Studienfreundes weiteren Besuch aus Deutschland. Oder erwarteten Sie Besuch?«, fragte der Kommissar.

»Nein, nur die junge Dame. Es hatte sich kein Besuch angekündigt und ich erwarte auch keinen.«

»Aufgrund der Aussage des Zeugen, der den Mann auf dem Feld hinter dem Grundstück gesehen haben will, hat die Spurensicherung sich den Zaun Ihres Gartens genauer angesehen«, sagte der Kommissar. »Sie fanden hinter der Hecke ein Loch. Groß genug, damit ein Mann durchschlüpfen kann. Haben Sie das Loch in den Zaun geschnitten?«

»Nein, was für ein Loch? Davon weiß ich nichts. Wo ist es?«

Der Kommissar ging mit Roy in den Garten, bog an der hinteren Hecke ein paar Zweige auseinander und deutete auf ein Loch im Maschendrahtzaun.

»Was ist mit Fußspuren?«, fragte Roy.

»Nichts verwertbares«, sagte der Kommissar höflich und verabschiedete sich.

Roy hatte das Gefühl, dass die Spurensicherung am Loch doch etwas gefunden hatte, was die Polizei zu diesem Zeitpunkt nicht preisgeben wollte. Er ging zurück zum Haus und beobachtete von der Veranda neben dem Haupteingang seines gemieteten Hauses den Abzug der Polizei und des Leichenwagens. Noch nie hatte er so viele Autos in der Zufahrt gesehen. Die Nachbarn im Wochenendhaus vorn links hatten schon mal eine große Party gefeiert und den Platz vor den drei Häusern total zugeparkt, aber nicht den Anfahrtsweg. Bis zur Hauptstraße hatten die Autos jetzt gestanden. Einige Fahrzeuge konnten auf dem schmalen Weg nicht wenden und mussten langsam zurücksetzen, was den Rückzug verlangsamte. Kaum war das letzte Auto weg, als der weiße Renault des Nachbarn aus dem Haus zur linken von der Hauptstraße kommend um die Hecke bog und zu seinem Grundstück fuhr. Der Mann sprang aus der Limousine und rannte zu Roy, der noch immer am Geländer vor dem Haupteingang stand.

»Was war denn hier los? Sie ließen mich nicht rein. Ich musste bis eben draußen auf der Hauptstraße warten.«

»Hat man Ihnen nichts gesagt?«

»Nein, der eine Polizist sagte nur, dass eine Tote in Ihrer Garage liegt. Ihre Frau?«

»Nein, nicht meine Frau. Eine Putzfrau, die heute zum ersten Mal gekommen war.«

»Kenne ich sie?«

»Wahrscheinlich nicht, Madame Maloux. Möglicherweise haben Sie sie früher schon mal gesehen.«

Der Nachbar schüttelte leicht den Kopf. Roy stieg die Treppe hinunter und zeigte ihm den Tatort in der Garage. Anschließend verschloss er das Tor.

»So etwas ist hier noch nie passiert«, sagte der Nachbar. »Ein Mord in unserem friedlichen Chevry. Was hat der Einbrecher bei Ihnen gesucht?«

»Keine Ahnung. Vielleicht Goldbarren, die ich nicht besitze«, erwiderte Roy bitter.

20

»Wie war die Demonstration?«, fragte Wanda Maurer ihre Tochter Gunda mit zittriger Stimme, nachdem sie das Haus betreten hatte. »Haben sie wieder ein Schaufenster eingeschlagen und Feuer gelegt?«

»Nein, zwei Schaufenster und drei Feuer«, rief Gustav aus der Küche, der dort am Tisch saß und Wandas Antwort zuvorkam und übertrieben ernst in die Runde sah.

»Was!«, schrie Wanda mit weit aufgerissenen Augen.

Trocken fügte Gustav hinzu: »*Ein jeder hat seine Art, unglücklich zu sein, man soll ihn nicht dabei stören.*«

»Papa, du kannst richtig gehässig sein«, tadelte Gunda.

»Ist nicht von mir, sondern von dem berühmten griechischen Philosophen Aristoteles.«

»Beruhige dich«, sagte Gunda und tätschelte ihrer Mutter auf die Schulter. »Papa macht nur Spaß. Er muss halt gelegentlich sündigen, sonst erträgt er die tugendhaften Leute nicht. Es ist nichts passiert. Alles ruhig. Diesmal gab es fast mehr Polizisten als Demonstranten in der Stadt. Niemand hat sich getraut, auch nur einen winzigen Stein aufzuheben. Feuer gab es auch keines.«

»Und? Machst du wieder einen Artikel?«, fragte Gustav. »Der letzte war super. Du warst unter Zeitdruck, nichtwahr?«

»Wieso?«

»Unter Zeitdruck schreibst du am besten«, grinste Gustav.

»Danke für das Kompliment. - Ich weiß nicht, was ich berichten könnte. Kein Feuer, keine Toten, nicht mal Verletzte. Was soll man da schreiben?«

»Immerhin sind die Bürger wieder auf die Straße. Jetzt schon zum dritten Mal. Das ist doch beachtlich, hier in unserem beschaulichen Kegelbergen«, stellte Gustav mit erhobenen Augenbrauen fest. »Wie auch immer. Es gab vermutlich genau so viele Scharfmacher wie Bremser. Sonst hätte die Katastrophe eine Chance gehabt.«

»Ja, sicher«, gab Gunda zu. »Aber wen interessiert das? Bei Roy wurde eine Frau ermordet. Aber das kann ich hier nicht bringen. Frankreich ist zu weit weg.«

»Mord! Bei Roy?«, Wanda sah ihre Tochter entsetzt an. »Da fährst du mir nicht mehr hin!«

»Und das erzählst du so nebenbei«, mischte sich Gustav ein. »Zwar muss jeder sterben, früher oder später. Aber Mord? Bei Roy? Haben sie den Mörder gefasst?«

»Nein«, antwortete Gunda knapp.

»Wie alt war sie?«

»In deinem Alter.«

»Wie schrecklich!«, warf Wanda ein. »Erst mitten im Leben. Womöglich ein Serienmörder?«

»Nein«, antwortete Gunda. »Der erste Mord in dem Departement seit Jahrzehnten oder so.«

»Wer weiß«, ließ Wanda nicht locker. »Die Verbrecher sind doch heutzutage alle motorisiert, fahren Porsche oder noch schnellere Autos. Vorgestern Bretagne, gestern Paris und morgen Genf oder wieder Chevry.«

»Tja, *das Fernsehen brachte die Mörder zurück in die Wohnung, da werden sie gebraucht*, stellte schon Alfred Hitchcock fest«, sagte Gustav mit einem grinsenden Seitenblick auf seine Frau.

»Läster du nur, du wirst schon sehen«, erwiderte Wanda grimmig.

»Wie wurde sie umgebracht? Nun lass dir nicht alles aus der Nase ziehen«, bohrte Gustav und wischte Wandas Befürchtungen wie lästigen Staub vom Tisch. »Erzähle! Du warst doch bei ihm.«

»Ja, aber der Mord ist erst passiert, nachdem ich abgereist war. Zwei Tage später. Ich weiß nur, was Roy mir am Telefon erzählt hat.«

»Und das wäre?«

»Er hat eine Putzfrau engagiert. Wie ich berichtete, ist seine Frau auf und davon. Und Putzen gehört nicht zu Roys Leidenschaften. Deshalb eine Putzfrau, damit er nicht im Müll erstickt. Als er dann nach der Arbeit beim CERN heimkam, fand er sie tot in der Garage seines Hauses. Die Polizei geht von Mord aus und ermittelt.«

»Verdächtigen sie Gustav?«, fragte Wanda und deckte ihren Mund mit der Hand ab.

»Nein, wie kommst du nur darauf, ihn zu verdächtigen?«, Gunda sah ihre Mutter entrüstet an. »Er kann es nicht gewesen sein. Die Polizei hat ihn entlastet und fahndet nach einem unbekannten Mann oder einer Frau. Vielleicht war es ein Deutscher. Aber das sei nur eine dürftige Vermutung. Man tappe im Dunkeln, berichtete Roy mir.«

»Wieso ein Deutscher?«, fragte Gustav.

»Ein Zeuge hat ein Auto mit deutschem Nummernschild in Chevry gesehen, was dort nicht so oft vorkommt.«

»Dann fahr da bloß nicht wieder hin«, zeterte Wanda und versuchte Gunda in die Arme zu nehmen. »Wenn die dein Auto mit deutschem Nummernschild sehen, sperren die dich gleich ein.«

»Keine Sorge, mein Auto ist silbergrau. Der Zeuge sah ein schwarzes oder dunkelblaues Auto und konnte nicht einmal die Marke benennen. Außerdem war es kein Kleinwagen, sondern eine große Limousine. So etwas wie du fährst, Papa.«

Gustav beugte sich vor: »Und wieso wird das Auto gesucht?«

»Ist doch klar«, sagte Wanda. »Darin saß der Mörder

auf der Flucht. Und offenbar ist er immer noch flüchtig. Hoffentlich kommt er nicht nach Kegelbergen.«

»Nun mal langsam. Wer da im Auto saß, weiß man nicht«, gab Gunda zu bedenken. »Aber vielleicht ein Zeuge, der den Mann auf dem Feld gesehen hat.«

»Auf dem Feld? Was für ein Mann?«, hakte Gustav nach.

»Der Zeuge sah eine Gestalt auf dem Feld hinter Roys Haus, obwohl es dort keinen Wanderweg gibt. Es ist aber nicht sicher, ob es wirklich ein Mann war. Der Zeuge behauptete jedoch, dass um diese Jahreszeit nicht so korpulente Frauen über Felder rennen.«

Gustav lehnte sich zurück und atmete still aus. »Wenigstens ein gefundenes Fressen für die lokalen Medien. *Unseren täglichen Mord gib uns heute*, soll ein heimliches Journalistengebet lauten.«

»Des isch älles mordsmäßich verdächdich ond gfährlich«, sagte Wanda in schönstem schwäbisch. »Bitte, Gunda, fahr nie wieder zu Roy.«

»Ich muss aber. Die Story über Roys Erfindung könnte bahnbrechend sein. So etwas darf ich mir nicht durch die Lappen gehen lassen.«

»Wahrscheinlich Mumpitz«, warf Gustav grinsend ein. »Verschwende nicht deine Zeit und dein Geld für die Reise. Da muss ich deiner Mutter zustimmen. Roy hat noch nie etwas Sinnvolles erfunden. Er ist ein unbedeutender Tüftler. Schon während unseres Studiums kam er ständig mit unbrauchbaren Ideen um die Ecke. Alles Hirngespinste.«

»Woher willst du das wissen? Es gibt Leute, die ihn ernst nehmen. Er wird beobachtet und ausspioniert.«

»Von wem?«, fragte Gustav und riss die Augen auf.

»Das konnte er noch nicht herausfinden.« Gunda biss sich auf die Lippen. Beinahe wäre ihr herausgerutscht, dass Roy Wanzen in seinem Haus aufgespürt hatte. Eindringlich hatte Roy sie gebeten, nichts von den Lauschern zu erzählen, zu niemandem.

»Hat er Wanzen entdeckt?«, fragte Gustav, als habe er Gundas Gedanken gelesen.

»Wanzen? Dagegen gibt es gute Gegenmittel«, sagte Wanda, die offenbar nicht erfasst hatte, wovon ihr Mann sprach. »Oder haben sie die in Frankreich nicht?«

»Doch haben sie«, antwortete Gunda schnell, froh darüber, dass Ihre Mutter das Gespräch in eine andere Richtung lenkte. »Habe keine derartigen Tierchen gesehen.«

»Dann ist ja gut«, meinte Gustav. »Aber wieso fühlt er sich beobachtet?«

»Das ist nur so ein Gefühl«, wiegelte Gunda ab. »Ich könnte mir allerdings vorstellen, dass wirklich Spione am Werk sind. Heutzutage ist ja kein Computer sicher.«

Gunda hatte das Aufblitzen in Gustavs Augen bemerkt und verstanden, dass er mit Wanzen nicht Ungeziefer, sondern Abhöreinrichtungen gemeint hatte. Roy hatte ihr im letzten Telefonat erzählt, dass er alle Minispione bis auf den in der Garage deaktiviert habe. Das sei recht einfach gewesen. Er habe die Batterien in den Wanzen mit einer aufgebogenen Büroklammer kurz geschlossen. Nur bei dem Lauscher im Arbeitszimmer sei es etwas komplizierter gewesen, weil der auch mit einer Kamera ausgerüstet war. Roy habe nicht gewollt, dass der Spion am anderen Ende der Welt mitbekam, dass er die Batterien in den Wanzen kurzschloss. Als Tüftler sei es für ihn zwar eine Herausforderung, aber kein wirkliches Problem gewesen, auch die Batterie in jener Wanze zu entleeren. Nun hätten die Wanzen keinen Strom mehr und könnten nichts senden, außer jener in der Garage. Aber vor der hinge ein dreckiger Putzlappen. Um Roy weiterhin ausspionieren zu können, müsste ein Spion kommen und neue Batterien in die Wanzen einsetzen. Bei der Gelegenheit wolle er ihn erwischen.

»Deshalb habe ich meine Kamera im Plastiksack wieder aktiviert und noch eine weitere aufgestellt«, hatte Roy erzählt. »Die erfasst jeden im Gang unten zur Garage.«

Gunda hatte Roy für seine Ideen gelobt, was er locker registrierte. »Fingerübungen.«

»Gibt es noch ein Abendessen, oder soll ich lieber Heimfahren?«, fragte Gunda in die Stille, als Ihre Mutter und ihr Vater ihren jeweiligen Gedanken nachhingen.

Ihre Ablenkung gelang. Wanda begann sogleich den Tisch zu decken. Auch Ihr Vater hakte bezüglich der Wanzen nicht nach. Über Roy und den Mord in seinem Haus wurde an diesem Abend nicht mehr gesprochen.

21

»Sehr verehrte Damen und Herren, liebe Kolleginnen und Kollegen«, begann Bürgermeister Simon Wächter, als er den nächsten Punkt in der Tagesordnung ansprach. »Es freut mich, dass auch etliche Zuschauer und Zuhörer an dieser öffentlichen Stadtratssitzung teilnehmen. Bisher war das allgemeine Interesse eher bescheiden. Nur selten verirrte sich jemand in die Sitzung. Heute hingegen mussten zusätzliche Stühle hereingetragen werden. Ich vermute, dass viele wegen des folgenden Tagesordnungspunktes gekommen sind: Die Höhle von Kegelbergen.«

Er machte eine Pause, sah lächelnd in die Runde der Versammelten und fuhr dann fort: »Wir haben uns über die vielen Vorschläge zur Namensgebung gefreut. Darunter sind etliche gute Empfehlungen, wie die Höhle künftig genannt werden soll. Es gab auch Vorschläge, die über den guten Geschmack hinausgehen. Ein Beispiel mag ich nicht nennen. Einige Vorschläge erschienen uns nicht ernst gemeint, wie zum Beispiel das *fatale Kegelloch* oder *der Höllensaal*. Letztlich waren wir uns im Kulturausschuss einig, dass wir den Bürgern von Kegelbergen eine Auswahl der besten Namen zur Entscheidung vorlegen wollen.«

»Warum wird die Höhle nicht nach seinem Entdecker benannt?«, rief eine Frau in den Saal.

»Das ist immer noch möglich«, antwortete Bürgermeister Wächter. »Sein Name wird an erster Stelle auf der Liste stehen: Tiedemann-Höhle.«

»Tiedemann ist doch kein gebräuchlicher Name hier bei uns«, protestierte Frau Knörle, die Leiterin des Touristikbüros. »Das klingt nach Norddeutschland und ist irreführend.«

»Andererseits würden wir mit dem Namen sicher

Norddeutsche hier in den Süden locken und den Tourismus ankurbeln«, wandte der Wirt des *Kappenheimers* lautstark ein.

»Blödsinn«, kreischte Frau Knörle.

»Ich bitte Sie«, sagte Bürgermeister Simon Wächter mit erhobenen Händen. »Lassen wir doch die Bürger entscheiden, wie die Höhle heißen soll. Die einfache Mehrheit genügt. Der Abstimmungstermin wird rechtzeitig bekannt gegeben. Bis dahin kann ja jeder für seinen Favoriten werben. Kommen wir nun zur Abstimmung, ob die Bürger befragte werden sollen. Nur die Mitglieder des Stadtrats sind stimmberechtigt. Ich bitte um das Handzeichen, wer für die Bürgerbefragung ist.«

Die Stimmen wurden gezählt. Danach die Gegenstimmen und abschließend die Stimmenthaltungen. Nach der Abstimmung verkündete Bürgermeister Wächter: »Die Zustimmung ist zwar nicht überwältigend, aber doch eindeutig. Wir befragen die Bürger von Kegelbergen, wie die Höhle heißen soll. Frau Wendt, bereiten sie bitte die Bürgerbefragung vor. Meine Sekretärin wird Sie unterstützen.«

Die stellvertretende Bürgermeisterin Frau Wendt nickte zustimmend und machte sich Notizen.

»Kommen wir nun zur Nutzung der Höhle«, ergriff der Bürgermeister wieder das Wort und strich sanft seinen silbrigen Vollbart nach unten.

»Kein Atommüll hier in Kegelbergen! Kein Atommüll hier in Kegelbergen! Kein Atommüll hier in Kegelbergen!«, brüllte wie auf Kommando eine kleine Gruppe von fünf Leuten aus den Reihen der Zuhörer.

Bürgermeister Wächter hob beide Arme zur Beschwichtigung, was ihm mit dieser Geste auch gelang. »Beruhigen Sie sich doch bitte. Sonst muss ich die Sitzung in eine nichtöffentliche Sitzung umbenennen und Sie des Saales verweisen.«

Er hatte sich erhoben und setzte sich wieder, nachdem die Schreier verstummt waren. »Ich möchte Sie zunächst über die neuesten Forschungsergebnisse informieren. Wie sich herumgesprochen hat, wird in Deutschland verzweifelt ein Endlager für den Atommüll gesucht. Wir wollen den Müll hier nicht haben und der Leiter der Forschungsgruppe sagte mir, dass unsere Höhle zwar sehr interessant sei, aber nicht der ideale Platz zum Einlagern von Castorbehältern. Sie sei nicht tief genug unter der Erde. Der radioaktive Müll müsse mindestens dreihundert Meter unter die Erdoberfläche eingelagert werden. Ersparen Sie mir die Details.«

»Dann ist ja alles gut!«, schrie ein junger Mann. »Also keine Demos mehr. Auf in die Disco.« Er machte Anstalten, den Saal zu verlassen.

»Moment«, sagte Bürgermeister Wächter in scharfem Ton. »Ich war noch nicht fertig.«

Das Stimmengewirr verstummte und alle Augen richteten sich auf das Stadtoberhaupt.

»Wie schon gesagt, die Spezialisten untersuchten die Höhle gründlich. Bisher war man davon ausgegangen, dass die Höhle sich in meterdickem Basalt und keinem anderen Gestein befindet. Doch man ermittelte, dass der Boden der Höhle aus nur zwanzig bis fünfzig Zentimeter Basalt besteht.«

Bürgermeister Wächter machte wieder eine Pause, als suche er nach treffenden Worten.

»Ist darunter noch eine Höhle?«, fragte eine ältere Dame in die Stille.

»Nein«, antwortete Bürgermeister Wächter. »Darunter befindet sich eine schmale Ablagerung von Schichtmischgestein und darunter Opalinuston.«

»Super!«, warf Bauunternehmer Erhard Wiese grinsend in die Runde der Versammelten. »Daraus können Ziegel gebrannt werden.« Er schien ein gutes Geschäft zu wittern.

»Aber die Endlager-Forscher denken an eine andere Nutzung«, nahm der Bürgermeister seine Ausführungen wieder auf. »Opalinuston ist gegenwärtig der Favorit für das Endlager von radioaktivem Atommüll. Wenn die Schicht dick genug ist, sei es der beste Platz für die hochradioaktiven Abfälle aus den Kernkraftwerken, erklärte mir der Leiter der Forschergruppe. Die Information findet jeder auch im Internet. Das sich der Ton auch hier bei uns ansammelte, hatte ein wenig verwundert, aber nicht wirklich überrascht. Denn Opalinuston findet man im gesamten süddeutschen und Schweizer Jura, für gewöhnlich weit unter dem Kalkstein. Die Schicht kann bis zu hundertzwanzig Meter dick sein.«

»Und in dem Ton gibt es Höhlen?«, fragte eine junge Frau.

»Nein, meistens nicht. Man würde Stollen hineintreiben. Opalinuston ist deshalb so gut geeignet, sagte man mir, weil er wasserdicht sei. Das Eindringen von Wasser in die Zwischenlager für Atommüll ist in Norddeutschland ja das große Problem. Stichwort Salzstock Asse. Und auch Gorleben schied als Endlager wegen Wassereinbruch aus. Man habe auch schon Granit für brauchbar gehalten, doch Opalinuston sei besser geeignet, versicherte man mir. Allerdings sei es recht ungewöhnlich, dass man bei uns so nahe an der Oberfläche die Tonschicht gefunden habe. Normalerweise läge Opalinuston wesentlich tiefer. Es könne sein, dass die ehemaligen Vulkane eine schmale Schicht noch oben getrieben hätten. Denkbar sei, sagte man mir, dass man nur eine kleine Tonblase entdeckt habe, deren Nutzung völlig unrentabel wäre. Nun soll in weiteren Untersuchungen die Mächtigkeit der Tonschicht ermittelt werden. Es ist also nach wie vor alles offen, wie unsere Höhle genutzt werden soll. Es könnte auch sein, dass sich der Opalinuston nicht nur unter der Höhle, sondern auch daneben unter freiem Feld befindet. Wie schon gesagt, die Forscher werden weitere Untersuchungen vornehmen, auch in der näheren Umgebung. Eventuell findet man in hundert Kilometern Entfernung besseren Opalinuston und wir sind aus dem Schneider. Gegenwärtig müssen wir einfach nur abwarten. Gibt es Fragen?«

Zunächst herrschte betroffene Stille im Saal. Dann setzte ein allgemeiner Gedankenaustausch ein. Sachfragen wurden gestellt, auf die der Bürgermeister nur bedingt Auskunft geben konnte. Entrüstung machte sich breit und die organisierte Gruppe der Atommüllgegner rief zur nächsten Demonstration auf. Denn sie wollten nicht abwarten. Die Welt solle wissen, was sie vom Atommüll hielten und nicht etwa glauben, man würde in Kegelbergen alles bedenkenlos hinnehmen.

22

Am Montagmorgen fragte Gunda telefonisch bei der Leiterin der Werbeagentur nach, wie die Verhandlungen am Wochenende mit der Firma für vegane Fertiggerichte gelaufen seien.

»Wie war es, sind sie mit unseren Vorschlägen zu frieden?«

»Ja, alles super. Die Anwälte werden heute und morgen unsere Ideen abklopfen, um sicher zu stellen, dass jeder i-Punkt im Rahmen der Gesetze ist und niemand ein Haar in der Suppe findet. Eventuell müssen wir uns dann noch einmal zusammensetzen. Feinschliff, et cetera. Du warst eine große Hilfe im Team. Es erweist sich immer wieder von Vorteil, Leute von außen zu holen.«

»Du Schmeichlerin«, warf Gunda ein.

»Ja wirklich. Ich hab hier zwar prima Leute im Büro, aber manchmal werden die betriebsblind. Da bringen Freiberufler wie du, die sich nicht rund um die Uhr mit Werbung beschäftigen, erfrischenden Wind mit.«

Gunda wurde mächtig warm ums Herz. So üppiges Lob am Montagmorgen, erfuhr sie selten. Die Chefin hielt es eher mit der schwäbischen Maxime: *Nicht geschimpft, ist schon gelobt.* Deshalb wurde sie mutig und fragte, ob sie einen weiteren Job parat hätte.

»Nein, tut mir leid«, antwortete die Chefin. »Es wäre gut, wenn du dir den Mittwoch freihalten würdest. Denn da erwarte ich die Rückmeldung der Anwälte. Es könnte allerdings sein, dass alles paletti ist und wir nichts korrigieren müssen. – Da fällt mir ein, ich habe da von einer merkwürdigen Messe gehört. Wie hieß das Kaff doch gleich? Ah, hier hab ich's. Widerstands-Messe in Bad Saulgau. Falls das was für dich ist. Ein paar schöne

Fotos, einen Superartikel und schon klingelt es in der Kasse.«

»Widerstands-Messe?«, wiederholte Gunda. »Widerstand wogegen? Gegen alles?«

»Nein. Da treffen sich Sammler aus ganz Deutschland und Europa. Die präsentieren ihre Widerstände mit Tauschbörse, An- und Verkauf.«

»Seit wann kann man Widerstände kaufen? Ist das 'ne neue Mafia?«

»Ich höre, du hast noch nicht kapiert. Es handelt sich um elektronische Bauteile. Widerstände befinden sich in allen elektronischen Geräten. In Radios, Fernsehern, Handys, und so weiter. Das sind so kleine Bauteile, die wie Mini-Würstchen aussehen. Aber an den Enden guckt je ein Draht raus. Verstehst du?«

»Okay, ja, jetzt weiß ich, was du meinst«, sagte Gunda. »Und dafür gibt es Sammler?«

»Heutzutage wird doch alles gesammelt. Es könnte irgendwann mal wertvoll und teuer sein.«

»Irre. Muss ich mir anschauen. Gib mir bitte die genauen Daten.«

*

Am Mittwoch gab es kein weiteres Meeting in der Werbeagentur. Die Auftraggeber waren zufrieden. Alles lief wie geplant. Deshalb stellte sich bei Gunda Leerlauf ein. Für Samstag war zwar eine Demonstration in Kegelbergen angesetzt. Aber sie erwartete keine Volksmassen und kaum eine Großkundgebung nach den Informationen, die Bürgermeister Wächter im Stadtrat verkündete. Sie hatte ebenfalls an der Sitzung teilgenommen und anschließend einen Artikel verfasst. Doch der wurde in keinem Blatt abgedruckt. Roy hatte am Telefon gejammert, dass eine bestellte Komponente nicht geliefert worden sei, die er dringend für seine Erfindung brauche. Zwar sei ein Päckchen angekommen, aber darin wäre völlig unbrauchbarer Schrott gewesen. Der Händler nicht mehr erreichbar. Und das Geld weg, eine erhebliche Summe. Nun habe er einen anderen Verkäufer im Darknet gefunden, der ihn hoffentlich nicht über den Tisch zöge. Sobald die Lieferung einträfe, würde er Gunda informieren. Auf Gundas Frage, was und warum er im Darknet Ware bestelle, hatte Roy nur knapp geantwortet, dass es jenes Industrieerzeugnis nicht im freien Handel gäbe. Gegenwärtig nach Chevry zu fahren, brächte Gunda also nichts. Deshalb entschied sie sich für die Widerstands-Messe in Bad Saulgau. In aller Frühe machte sie sich am Samstag auf den Weg. Denn es gab keine Autobahn und über die Landstraßen würde sie mindestens eine Stunde brauchen. Sie hatte richtig kalkuliert. Drei Minuten nach neun Uhr fuhr sie am Ortsschild der Kleinstadt vorbei. Laut Ankündigung öffnete die Messe um neun Uhr. Gut, dass sie ihr Navi eingeschaltet hatte. Denn es gab keine Hinweisschilder auf die Messe. Der elektronische Lotse leitete sie in die Hauptstraße, auf der sie erst am äußersten Ende, fast am Stadtrand, einen Parkplatz fand. Sie musste die Straße zurückgehen, bis zum *Alten Kloster*. Durch die gläserne Tür in einer hohen und modernen Glaswand betrat sie ein kleines Foyer mit einem klassischem, knallroten Chaiselongue. Auf einer entsprechenden Sitzgelegenheit hatte Loriot in etlichen Fernsehauftritten gesessen und köstlich geplaudert. Am gegenüberliegenden Ende des Foyers gelangte Gunda zum ursprünglichen Klostergebäude. Um eine weiß getünchte Halle lief der ehemalige Kreuzgang, an dessen Wänden Bilder eines zeitgenössischen Künstlers hingen. Alles wirkte recht sauber und elegant. Über den Bögen des Kreuzgangs erblickte sie verschlossene Sprossenfenster, hinter denen sie Bücherregale der Stadtbibliothek sah. Unter dem gläsernen Dach des Lichthofs wuchsen ursprünglich offenbar Blumen und Kräuter, vermutete Gunda. Nun schwebte oben eine lichte Stahlkonstruktion mit eingefassten klaren Glasscheiben, die sie an ein Gewächshaus erinnerten. Darunter hatten die Messeaussteller ihre Stände aufgebaut. An der Kasse zeigte Gunda ihren Presseausweis vor und erhielt ein Namensschild, das die freundliche Kassiererin sofort ansteckte. Im übersichtlichen Raum zählte sie fünfzehn Messestände und nur wenige Besucher, etwa zehn. Die Eröffnungsansprache hatte sie durch ihre Verspätung verpasst. Sie taxierte das Publikum, von Prominenz nicht die Spur. Wo war sie hier nur hingeraten?

Lernwillig schaute Gunda in die flachen Vitrinen auf den Tischen. Bunte elektrische Widerstände in diversen Farben sah sie aufgereiht nebeneinander. Viele glichen Miniwürstchen mit aufgemalten schmalen Ringen in verschiedenen Farbtönen. Bei der Vorbereitung auf die Messe hatte Gunda im Internet gelesen, dass die Farbringe den Widerstandsfarbcode darstellten und den Widerstandswert in Ohm angeben. Neben den mageren *Würstchen* gab es auch pummelige und kantige Modelle mit Aufdruck. Außerdem sah sie platte runde mit zwei Drähten nebeneinander. Zur Ausstellung gehörten neben den festen auch regelbare Widerstände, sogenannte Potentiometer.

Gunda staunte, dass es für derartige Bauteile Sammler gab, die sogar angeregt fachsimpelten. Sie versuchte, etwas davon mitzubekommen, verstand aber nichts. Zumal die Besucher verstummten, wenn sie bemerkten, dass sie belauscht wurden. Nach einem Schnelldurchgang wollte sie wieder gehen. Da sprach sie ein Aussteller an.

»Schönwetter, Schönwetter – woran erinnert mich das?«, sagte der äußerst schlanke Mann hinter seinem Tisch, nachdem er Gundas Namensschild gelesen hatte. Seine schmale Nasenspitze berührte fast die Oberlippe, wie er mit Daumen und Zeigefinger die Nasenflügel zusammendrückte, als könne er so die Antwort herausquetschen.

»An schönes Wetter«, antwortete Gunda spitz.

»Nein, nein, warten Sie, gleich habe ich es.« Der Mann knetete nun sein bartloses Kinn. »Die Frau fürs Leben«, seine Augen strahlten. »Hamburg. Heißt Ihre Mutter mit Vornamen Wanda?«

»Ja.«

»Und Ihr Vater Gustav, Gustav Maurer?«

»Stimmt.«

»Wir haben zur selben Zeit in Hamburg studiert, Gustav und ich. Wie geht es ihm?«

»Gut«, sagte Gunda knapp und las den Namen des Mannes auf dessen Namensschild: »Hermann Stöber. – Ich kann mich nicht erinnern, dass mein Vater je von Ihnen gesprochen hat.«

»Das könnte daran liegen, dass ich erst ein Jahr später mit dem Studium fertig war. Schon vorher hatten wir uns aus den Augen verloren. Aber ich kann mich gut an Gustav erinnern. Besonders als es zum Krach mit Roy kam. Mit dem hatte ich noch ein paar Jahre Kontakt. Jetzt aber schon lange nicht mehr.«

»Roy kennen Sie auch? Was für ein Krach?«

Hermann Stöber schmunzelte. »Ach, ja. Das waren noch Zeiten. Nehmen Sie doch bitte Platz.« Er deutete auf einen Besucherstuhl hinter seinem Stand.

Gunda setzte sich und erfuhr, dass ihr Stiefvater Gustav in jenen Tagen in Hamburg eine äußerst hübsche junge Frau auf eine Fete mitgebracht hatte. Die schöne

Elisabeth. Die beiden schienen das ideale Paar zu sein. Aber die schöne Elisabeth mochte es, wenn auch andere Männer sie bemerkten. Roy konnte ihren lockenden Augen nicht widerstehen und über Nacht waren Roy und Elisabeth das Märchenpaar. Gustav sei stinksauer gewesen, erzählte Hermann Stöber und habe Roy beschuldigt, ihm die Frau fürs Leben ausgespannt zu haben. Die beiden hätten sich deshalb sogar geprügelt. Aber Roy sei mit einem blauen Auge davon gekommen.

»Und dann?«, fragte Gunda, als Hermann schwieg.

»Dann war da der Unfall. Tragisch.«

»Was für ein Unfall?«

»Roy und die schöne Elisabeth hatten einen Ausflug gemacht, nach Bad Segeberg, wenn ich mich recht erinnere; zu den Karl-May-Festspielen. Auf dem Rückweg gab es einen Totalzusammenstoß. Elisabeth soll sofort tot gewesen sein. Roy bewusstlos. Tragisch, wie ich schon sagte.« Hermann Stöber sah still vor sich hin.

»War Roy schuld?«, fragte Gunda.

»Nein, überhaupt nicht. Der Unfallverursacher soll mit seinem Wagen auf die Gegenfahrbahn gerast sein. Alkohol war wohl im Spiel. Der hat den Zusammenprall auch nicht überlebt. Zwei Tote auf einen Schlag.«

»War Roy schwer verletzt?«

»Nein. Nach wenigen Tagen saß er wieder in der Uni. Soweit ich weiß, hat er keine bleibenden Schäden erlitten. Aber danach war er nicht mehr derselbe.«

»Nicht mehr derselbe?«, wiederholte Gunda.

»Ja, Roy war irgendwie geknickt und Gustav immer noch stinksauer.«

»Gustav hatte es also noch nicht verwunden, dass Roy ihm die Elisabeth ausgespannt hatte.«

»Genau. Das war mein Eindruck. Er soll Roy sogar beschuldigt haben, für den Tod von Elisabeth verantwortlich zu sein. So munkelte man an der Uni. Vielleicht nur Klatsch und Tratsch.«

»Was meinten Sie damit, dass Roy nach dem Unfall nicht mehr derselbe gewesen sei?«, hakte Gunda hartnäckig nach.

»Vor dem Unfall war der Roy ein echter Schürzenjäger.« Roy unterbrach sich: »Pardon, ich glaube, das sagt man heute nicht mehr. Frauen mit Schürze, diskriminierend.«

»Ich habe verstanden.«

»Der flirtete, was das Zeug hielt. Ständig 'ne neue Biene an der Hand. Ich sagte noch zu Gustav: Warte ab. Nächste Woche reißt Roy eine andere auf und dann kommt Elisabeth zurück zu dir, schneller als du kucken kannst. Aber dazu kam es nicht mehr. Ich habe nie wieder jemanden getroffen, der sich von einem auf den anderen Tag so stark veränderte. Vielleicht hat Roy doch einen Dachschaden beim Autounfall erlitten.«

»Wieso?«

»Er war plötzlich so ruhig. Hat keine Weiber mehr angemacht. Verzichtete auf ausgiebige Kneipentouren, nur noch Studium. Und dann hat er sich den Mormonen angeschlossen. Sofort keine Zigaretten und keinen Alkohol mehr. Unglaublich. Ich interessierte mich nie für Religion und sprach nie über das Thema mit ihm. Fanatiker scheinen das jedenfalls nicht zu sein, die Mormonen. Aber konsequent.«

»Und wie ging es mit Gustav weiter?«, fragte Gunda.

»Ihr Vater lernte dann die Wanda kennen und heiratete sie recht schnell. Ich traf euch drei sogar einmal, als du, Entschuldigung Sie, als Sie noch ganz klein waren. Damals hatte ich den Eindruck, dass Gustav und Roy sich nie wieder vertragen würden.«

»Merkwürdig«, reagierte Gunda. »Als wir uns vor ein

paar Wochen zufällig in der Bretagne trafen, hatte ich nicht den Eindruck, dass da irgendetwas zwischen den beiden stand.«

»Dann haben sie sich wohl doch irgendwann ausgesöhnt. Wie geht es Roy?«

»Der hatte am Strand in der Bretagne so etwas wie eine Erleuchtung. Und seit dem bastelt er an einer Erfindung, die die Welt verändern soll.«

»Erfindung? Ja, das passt zu ihm. Ständig den Kopf voller Ideen. Ein richtiger Tüftler. Einmal sprachen wir darüber«, berichtete Hermann, »wie man die radioaktive Strahlung nutzen könne, die bei der Kernspaltung entsteht. Er war ganz besessen von der Idee, dass es sich bei der Strahlung um Energie handelt. Energie, die man nicht verbuddeln und wegschließen, sondern nutzen sollte. Aber wir hatten beide keine Ahnung, wie man das Problem angehen könnte. Und daran arbeitet er jetzt?«

»Das weiß ich nicht«, sagte Gunda. »Er hat nicht verraten, worum es bei seiner Erfindung geht und will damit auch erst rausrücken, nachdem er das Patent in Händen hält. Er fürchtet, dass ihm jemand auf die Schliche kommen und die Idee vor der Nase wegschnappen könnte.«

»Ja«, bestätigte Hermann, »da muss man vorsichtig sein. Ideen-Klau ist heute an der Tagesordnung. Überall Werkspionage, kein Computer ist sicher. Und wenn die Spione nichts Brauchbares finden, legen sie die Systeme lahm und verlangen Lösegeld. Da sollen schon Milliarden geflossen sein, mit denen sich Betriebe freikauften, damit die Produktion weiter lief.«

»Ja, ich habe davon gehört«, sagte Gunda.

»Werden Sie einen Artikel über die Widerstands-Messe schreiben.«

»Ich bin noch am Überlegen.«

»Ja ich weiß«, gab Hermann zu. »Wir sind nur ein kleiner Verein. Eigentlich nicht einmal ein Verein. Nur ein lockerer Bund gleichgesinnter. Dies ist unsere dritte Messe. Die erste war in Pinneberg, die zweite in Bad Staffelstein und jetzt hier in Bad Saulgau. Bernd, unser Organisator, berichtete, dass die Stadt uns hier gar nicht haben wollte. Aber nachdem man begriffen hatte, dass wir keine Terroristen sind, sagten sie zu. Wir haben nur ein kleines Budget und können uns die Hallen in den Großstädten nicht leisten. Aber indem wir jedes Jahr in einem anderen Bundesland eine Messe durchziehen, hoffen wir auf größeren Zulauf. Und der Saal hier ist doch bemerkenswert schön. Turnhallen können wir überall kriegen. Wollen wir aber nicht. Denn wir haben ein seriöses Anliegen. Die Wahrung eines unscheinbaren, aber äußerst wichtigen Bauelements in der Elektrotechnik. Irgendwann könnte es bald keine Widerstände mehr geben.«

»Wieso das?«, warf Gunda ein. »Die elektronischen Geräte kommen doch nicht ohne aus.«

»Das wird sich ändern«, antwortete der schlanke Hermann Stöber. »Stichwort Drucker.«

Gunda verstand nicht und sah ihn irritiert an.

»Inzwischen werden nicht nur kleine Teile, sondern ganze Gebäude gedruckt, mit dem 3-D-Drucker.«

»Tatsächlich.«

»Ja, und da sind dann die Leitungen und elektrischen Bauteile wie Widerstände, Kondensatoren, Transistoren und so weiter, gleich mit eingefügt. Kein handwerkliches Einlöten mehr, wie ich es noch gelernt habe.«

»Das sollte ich im Artikel erwähnen. Darf ich Sie zitieren, Herr Stöber?«

»Aber sicher. Wir planen auch ein Museum für Widerstände, in dem weitere elektronische Bauteile ausgestellt werden. Unser Hauptanliegen sind die unscheinbaren Widerstände. Ohne die ist die moderne Elektronik undenkbar.«

»Werden die elektronischen Bauteile nicht schon in Technik-Museen ausgestellt?«, gab Gunda zu bedenken.

»Ja, aber es gibt weltweit noch kein einziges Widerstands-Museum, soweit wir wissen. Nicht weit von hier, bei Biberach, gibt es ein Knopfmuseum. So etwas schwebt uns für den Anfang vor. Anstelle von Knöpfen allerdings Widerstände in allen Größen und Ausführungen. Ebenso Kondensatoren, Dioden und Transistoren.«

»Und was ist mit den alten gläsernen Radioröhren?«

»Vielleicht nehmen wir die auch mit auf.« Hermann Stöber wiegte seinen Kopf mit der spitzen Nase.

Gunda informierte sich über weitere Details des Widerstands-Bundes, machte ein paar Fotos und verabschiedete sich. Hatte sie zunächst gehadert, von der kaum beachteten Messe zu schreiben, so nahm sie sich nun vor, einen ausführlichen Artikel zu verfassen und ihn auch an Hochglanzmagazine zu schicken. Wer weiß, vielleicht war ein Redakteur an Nostalgie interessiert.

Am meisten war Gunda jedoch von der Information fasziniert, die Hermann Stöber nebenbei ausplauderte. Roy hatte sich schon vor vielen Jahren über die Verwertung von radioaktivem Abfall Gedanken gemacht. Sie erinnerte sich, wie aufgekratzt er in der Bretagne von seinem Strandspaziergang zurückgekommen war. Ja, das musste es sein. Wenn man jahrelang über etwas brütet und dann plötzlich ein spitzer Schnabel von innen an die Eischale pickt und ein goldiger Flaum lebend aus der Schale ins Licht springt. Ein Wunder. Nicht einfach nur Licht am Ende des Tunnels. Gleichzeitig die Idee des Jahrhunderts. Die Brutzeit hatte sich gelohnt. Gunda fiel

Roys Bemerkung ein, dass sich ihr Onkel, der Bürgermeister, nicht so weit aus dem Fenster lehnen sollte, als es darum ging, keinen Atommüll in Kegelbergen zu lagern. Wenn man den todbringenden Müll sinnvoll verwenden konnte, war er sicher Gold wert. Deshalb die Geheimnistuerei und das Problem, eine gewisse Komponente zu bekommen, wie er es nannte. Bei dem fehlenden Element handelte es sich vermutlich um strahlenden Atommüll. Möglicherweise um Brennstäbe aus Atomkraftwerken, die immer noch strahlen und für Menschen lebensgefährlich sind. Ganz klar, den verkaufte kein Händler auf dem Wochenmarkt. Roy war auf einen dubiosen Schurken im Darknet hereingefallen. Schon möglich, dass der ihn davon überzeugt hatte, dass er in Tschernobyl etwas abzweigen konnte. Schwammige Verhandlungen, Roy konnte die Ware nicht vor der Geldüberweisung prüfen. Die Falle schnappte zu. Undenkbar, bei einem Kernkraftwerk in Deutschland anzuklopfen und um einen ausgedienten Brennstab zu bitten. Roy blieb nichts anderes übrig, als im Darknet zu fischen. Wo auch immer er in Europa um radioaktives Material bitten würde, monatelange Verhandlungen würden folgen, falls man ihn nicht gleich in eine psychiatrische Klinik einwiese. Denn offiziell war er lediglich Elektroingenieur und hatte keine zusätzliche Ausbildung im Bereich Kernenergie. Je länger Gunda auf der Heimfahrt darüber nachdachte, umso deutlicher sah sie, dass Roy radioaktive Strahlung auf eine Weise nutzen wollte, an die noch niemand gedacht hatte. Roy verhielt sich wie der taube Frosch in der Fabel, die sie irgendwann einmal gehört oder gelesen hatte. Darin traten Frösche zu einem Wettkampf an. Es ging darum, auf einen hohen Turm zu klettern. Die unzähligen Zuschauer, alles Frösche, waren sich einig. Auch der sportlichste Frosch würde niemals das

Ziel erreichen. Und so riefen sie den Wettkämpfern zu: *Ihr Armen! Keiner von Euch wird siegen! Der Turm ist einfach zu hoch für euch!* Etliche Frösche begannen mutig den Aufstieg. Doch als einige herunterfielen und aufgaben, riefen die Zuschauer: *Haben wir es nicht gleich gesagt? Niemand wird es auf den Turm schaffen. Gebt auf!* Nur noch wenige Frösche bemühten sich, das Ziel zu erreichen. Immer mehr gaben auf und die zuschauenden Frösche bedauerten sie: *Wir haben es gleich gewusst. Das kann niemand schaffen.* Nach einiger Zeit hatten alle Frösche den Wettkampf abgebrochen, bis auf einen. Der kletterte weiterhin dem Ziel entgegen und erreichte schließlich die Turmspitze. Jubel brach unter allen Fröschen aus. Einer hatte es geschafft. Nach dem Wettkampf fragte ihn der Veranstaltungsleiter, warum er nicht wie die anderen Sportler aufgegeben hatte. Erst da bemerkte er, dass der Sieger taub war und nicht gehört hatte, was den Wettkämpfern zugerufen worden war.

Roy ist so ein tauber Frosch, dachte Gunda. Der hört nicht darauf, was alle sagen. Nämlich, radioaktive Strahlung kann man nicht nutzen. Unmöglich. Roy verfolgt eisern sein Ziel und wird siegen. Er wird eine Lösung für den radioaktiven und strahlenden Atommüll finden. Das war die Story für sie. Damit konnte sie groß rauskommen. Eine Sensation! Jetzt kam es darauf an, Roy die Bestätigung zu entlocken, dass sie richtig vermutete.

23

Am Montagmorgen rief Wanda Maurer bei Gunda an: »Ich mache köstliche Maultaschen, die magst du doch so gerne in frischer Gemüsesuppe. Kommst du zum Mittagessen? Gustav ist nicht da, irgendwo im Außendienst. Und zu zweit schmeckt es besser.«

»Ja, danke für die Einladung. Ich komm gerne. Da kannst du mir auch gleich erzählen, ob die Demonstranten am Samstag randaliert haben.«

»Nein«, erwiderte Wanda. »Von Randale habe ich nichts gehört. Aber es gab eine zweite Gruppe auf der Demo, erzählte mir Gustav. Die sollen sich gegenseitig angebrüllt haben.«

»Moment mal, es gab zwei Demonstrationen?«

»Ja, so war es wohl. Die wollen, dass hier Atommüll deponiert wird.«

»Nein«, Gunda lehnte sich auf ihrem Stuhl zurück. »Das glaub ich nicht. Hast du das auch richtig verstanden? Es soll Leute geben, die den Atommüll bei uns in der Höhle einlagern wollen?«

»Vo der Höhle hedd Guschdav nix gschwäzt. Aber er war richtig aufgewühlt, dass es in unserem schönen Kegelbergen Leute gibt, die sich für das strahlende und todbringende Zeug einsetzen. Und es hier herholen wollen. Die sind sicher närrisch. Gustav meinte, man solle sie wegsperren.«

»Was sagt Onkel Simon dazu?«, fragte Gunda.

»Keine Ahnung. Wir haben noch nicht darüber gesprochen. Aber er kann dir bestimmt Genaueres erzählen. Als Schuldes woiß der do äwwl älles, was dahana so abgohd.«

»Ich werde ihn gleich mal anrufen«, erwiderte Gunda. »Dann bis später.«

Gunda hatte befürchtet, dass sie Bürgermeister Simon Wächter, ihren Onkel, nicht im Rathaus erreichen würde. Doch er war in seinem Büro und sie wurde sogleich durchgestellt. Sie erzählte knapp, was sie von ihrer Mutter erfahren hatte.

»Tja, die Welt steht Kopf in Kegelbergen und du gondelst im Ländle umher«, sagte Simon Wächter trocken.

»Wie, das ist wirklich wahr?«

»Kegelbergen gibt sich halt nicht mit einer einzigen Demonstration zufrieden. Zwei müssen es schon mindestens sein. Eine dagegen und eine dafür. Wir werden immer bekannter, vielleicht sogar berühmt.«

Gunda stellte sich vor, wie ihr Onkel grinsend hinter seinem Schreibtisch saß und die Situation genoss, dass er mehr wusste als seine Nichte, die Journalistin. Die ständig auf der Lauer lag und nach nervenzerfetzenden Ereignissen fahndete.

»Nun lass dir nicht alles aus der Nase ziehen. Was war los? Mama wusste nichts Genaues zu berichten. Um was geht es eigentlich?«

Bürgermeister Simon Wächter erzählte, dass es wirklich zwei Demonstrationen am Samstag in Kegelbergen gegeben habe. Damit es keinen Ärger gäbe, habe man beiden Gruppen ihren Weg durch die Stadt genau vorgeschrieben und darauf geachtet, dass sie sich nicht begegnen würden. An einer Straßenkreuzung hätten sich die beiden Gruppen dann doch erspäht, ihren Weg verlassen und seien aufeinander losgerannt. Kegelbergen sei schließlich keine Großstadt und man hätte keine Gruppe vor die Stadt schicken wollen. Was dann mit Sicherheit auch nicht akzeptiert worden wäre. Jeder habe das Recht, dort zu demonstrieren, wo die Bürger es auch mitbekämen. Die Gruppe der Demonstranten gegen den Atommüll sei wesentlich größer gewesen als die Gruppe, die für ein Endlager des Mülls eintrat. Hätte die Polizei sich nicht geistesgegenwärtig zwischen die Pro- und Contra-Demonstranten gestellt, hätte es bös ausgehen können. Man sei drauf und dran gewesen, aufeinander einzuschlagen und sich nach allen Regeln der Kunst zu massakrieren und gegenseitig aus der Stadt zu treiben. Ein Wasserwerfer der Polizei habe die Demo schließlich feucht aufgelöst.

»Wow!«, sagte Gunda. »Und ich war nicht dabei. Dafür erfuhr ich auch etwas nicht Unbedeutendes.«

»So? Was denn?«

»Später, hat nichts mit dir und Kegelbergen zu tun. Wer steckt denn hinter der Demo für die Lagerung von Atommüll in deiner Stadt?«

»Marco Schäfer, ein Lehrer der St.-Wolfgang-Schule«, sagte der Bürgermeister.

»Wo finde ich den?«

»Ich schätze mal, in der Schule«, entgegnete Simon Wächter trocken.

»Da wäre ich nie drauf gekommen«, gab Gunda spitz zurück. »Werden die beiden Gruppen nächsten Samstag wieder demonstrieren?«

»Nein, wir haben beschlossen, dass am Samstag jeweils nur eine Gruppe demonstrieren darf. Kommenden Samstag ist die Pro-Atommüll-Gruppe dran, weil die Gegner schon mehrfach demonstrierten. Nächste Woche ist dann wieder die Contra-Atommüll-Gruppe dran.«

»Das hört sich vernünftig an«, sagte Gunda. »Dann werde ich mir jetzt den Marco Schäfer zur Brust nehmen.«

»Vorsicht«, hauchte Bürgermeister Simon Wächter ins Telefon. »Der ist Single.«

»Ha, ha«, konterte Gunda. »Vielen Dank für die Information Onkel Simon. - Und für die Warnung. Bis auf weiteres bleibe ich Single. Du brauchst also noch nicht für meine Hochzeit sparen.«

Sie wollte schon auflegen, hielt inne und fragte: »Und wie ist er als Lehrer?«

»Die Schüler lieben ihn, besonders die Schülerinnen«, erwiderte Bürgermeister Wächter.

*

Gunda wollte den Lehrer und Initiator der Pro-Atommüll-Gruppe noch vor der Mittagspause erwischen. Wer weiß, wo er sich am Nachmittag herumtrieb. Lehrer sind dann nur selten in der Schule. Am Telefon hatte die Dame im Schulsekretariat nur kühl gesagt, dass Herr Marco Schäfer gegenwärtig unterrichte und nicht ans Telefon gerufen werden dürfe. Es sei denn ... Gunda wartete die Notfallausführungen nicht ab und fragte nach der privaten Telefonnummer des Lehrers. Die Sekretärin erwies sich wie eine Wächterin in Fort Knox. Datenschutz. Daraufhin beendete Gunda das Gespräch, sprang in ihren Kleinwagen und raste nach Kegelbergen.

Sie kannte die St. Wolfgang-Schule und hielt direkt vor dem Haupteingang. Kinder sprangen auf dem Schulhof der Gesamtschule herum. Gunda sprach eine Gruppe von drei etwa zwölfjährigen Mädchen am Eingangsportal an.

»Kennt ihr Marco Schäfer, den Lehrer?«

»Klar«, sagte eine mit blasser Haut, hellblauen Augen und tiefschwarzem Haar, das offensichtlich gefärbt war.

»Wo finde ich den?«

»Steht da drüben«, die Blasse wies mit der Nasenspitze zum Schulgebäude.

»Welcher, ich sehe zwei Männer?«

»Der in der schwarzen Jacke und den Jeans.«

»Danke.« Gunda marschierte quer über den Schulhof geradlinig auf den sportlich aussehenden Mann zu. Mit leicht gebräunter Haut, vollem kurzgeschnittenem Haar und gestutztem Vollbart sah er ihr entgegen.

»Entschuldigung, sind Sie Marco Schäfer?«

»Ja, und mit wem habe ich das Vergnügen?«, fragte der Angesprochene freundlich.

»Gunda Schönwetter, freie Journalistin. Ich würde mich gerne mit Ihnen über Ihre Initiative Pro-Atommüll unterhalten.«

Der Mann sah Gunda direkt in die Augen, blickte kurz zum Himmel und schien abzuwägen, wen er vor sich hatte.

»Bitte keine Witze«, grätschte Gunda in die Schweigesekunde. »Ich heiße wirklich Schönwetter. Und ich bin stolz auf meinen Namen.«

»Interessant,« sagte er, als Gunda ihren Presseausweis zückte und ihm den vor die Nase hielt. »Jedenfalls vergisst man sie damit nicht so schnell.«

»Hoffentlich nicht nur wegen meines Namens.« Gunda steckte den Ausweis wieder ein.

Marco hob vielsagend die Augenbrauen und sah sie lächelnd an. Es klingelte. Die Pause war zu Ende.

»Ich muss in die Klasse«, sagte Marco Schäfer. »Heute Nachmittag könnte ich es einrichten.«

»Wunderbar. Im Café am Markt? Sagen wir um fünfzehn Uhr?«, schlug Gunda vor.

»Zu früh«, antwortete der Lehrer. »Ich habe heute Nachmittag noch eine AG. Aber vier Uhr ginge bei mir.«

»Super. Dann bis um vier.«

Marco Schäfer nickte kurz, drehte sich um und verschwand im Schulgebäude.

24

Gunda schnupperte die aromatischen Maultaschen in der Gemüsesuppe, noch bevor sie die Haustüre geöffnet hatte. Ihre Mutter strahlte sie zufrieden an.

»Se sind heud bsonders guad glunga!«

Kaum hatten sie sich an den Esstisch gesetzt, da trat Gustav Maurer ein.

»Du wolltest doch erst heute Abend kommen?«, sagte Wanda, ihren Ehemann erstaunt anblickend. Und zu Gunda gewand: »Na ja, wenn was Gutes im Topf ist, riecht er es meilenweit. Selbst falls er im Außendienst auf dem Nordpol zu tun hat. Schwupp die wupp ist er da.«

»Wie bist du dahinter gekommen, meine Liebe? Ungenießbares bekomme ich überall, aber für dein Menü verschiebe ich gerne jeden Termin. Ganz gleich, wie weit der Weg ist. Hm riecht das gut. Da fällt mir Martin Luther ein, der sagte: *Das ist ein gemarterter Mann, dessen Weib nichts weiß von der Küche. Es ist das erste Übel, woraus sehr viele folgen.*«

»Da hast du ja richtig Glück gehabt«, kommentierte Gunda.

»Hallo Gunda. Hätte nicht gedacht, dass deine feine Nase die Maultaschen sogar in Singen erschnuppert«, sagte Gustav fröhlich.

»Da kannst du mal sehen«, erwiderte Gunda ebenso fröhlich. »Meine Nase spürt alles auf, obwohl ich die Gene nicht von dir habe. Sogar die Geschichte mit der schönen Elisabeth habe ich aufgestöbert.«

Gunda wollte fortfahren, hielt jedoch inne, als sie das versteinerte Gesicht ihres Vaters sah.

»Nun wird erst einmal gegessen,« würgte Wanda das Zwiegespräch ab, stellte einen Teller für ihren Mann auf den Tisch und kramte in der Küchenschublade nach Besteck.

Gustav lächelte plötzlich wieder, als habe es einen Filmschnitt gegeben und er sei in eine neue Szene gesprungen. »Roy, dieser Schwerenöter. Stimmts?«

»Nein«, sagte Gunda erstaunt über den schnellen Wechsel seiner Gesichtszüge. »Hermann.«

»Hermann? Was für ein Hermann?«

»Hermann Stöber. Den traf ich Samstag.«

»Hermann, die vegane Bohnenstange?«

»Genau«, antwortete Gunda knapp.

»Sag' bloß, der ist immer noch so dürr?«

»Ich weiß nicht, wie er früher aussah. Jetzt ist er schön schlank«, strahlte Gunda ihren Stiefvater an.

»Wo hast du den denn getroffen?«

Gunda berichtete kurz von ihrem Besuch der Widerstands-Messe in Bad Saulgau. Sie fühlte, dass es taktisch nicht klug sei, auf das Zerwürfnis zwischen Roy und Gustav einzugehen und erwähnte nur, dass Roys Freundin Elisabeth bei einem Autounfall gestorben sei.

»Ach ja, und du warst wohl auch mal mit Elisabeth aus«, fügte sie schnell hinzu, als Gustav sie schweigend ansah.

»Und was hat dein Näschen noch erschnuppert«, fragte Gustav.

»War da noch mehr?«, tat Gunda scheinheilig und löffelte Suppe und Maultaschen. »Heute Nachmittag bin ich mit Marco Schäfer verabredet«, wechselte sie das Thema.

»Wie aufregend«, Wandas Augen leuchteten. »Wann stellst du uns den mal vor.«

»Mama, nicht was du denkst«, funkte Gunda in die Gedanken ihrer Mutter, die offenbar an einen neuen Liebhaber ihrer Tochter dachte. »Das ist der Initiator der Pro-Atommüll-Gruppe in Kegelbergen.«

»Ach du lieber Himmel«, stöhnte Wanda. »Lass dich bloß nicht mit dem ein.«

»Kennst du ihn?«

»Nein, aber was der will, reicht mir. Atommüll hier in Kegelbergen. Gibt's hier nur noch Lompeseckel?«

»Also, so schlimm war er nicht«, wandte Gustav ein. »In Lumpen kam er nicht daher. Es stimmt allerdings, das alte deutsche Sprichwort: *Kleider machen Leute, Lumpen machen Läuse.* Also Vorsicht.«

»Du kennst ihn?«, fragte Gunda.

»Nein. Ich habe ihn nur kurz auf der Demonstration gesehen und danach erfahren, dass er Lehrer ist. Aber bei den Pädagogen weiß man auch nie, wo man dran ist. Da fällt mir das jüdische Sprichwort ein: *Wird's dem Schüler schwer wie Eisen, zähl' auch den Lehrer nicht zu den Weisen.*«

»Und welche Argumente hat er vorgebracht, der Lehrer?«, fragte Gunda.

»Da fragst du ihn am besten selber. Ich schnappte nur das eine oder andere nach der Demo auf. Dass es zwei Gruppen gibt, habe ich erst mitbekommen, als die aufeinander los sind. Ich war die ganze Zeit bei denen gegen den Atommüll gewesen. Als ich dort fragte, bekam ich zur Antwort, dass der Pauker der größte Spinner aller Zeiten sei. – Du liebst ja die Exzentriker. Also, frag ihn selber.«

»Mach ich«, erwiderte Gunda, »bevor ich arbeitslos werde.«

25

Gunda schlenderte um die Ecke und sah auf den Marktplatz. Vor dem Café standen ein paar runde Tischlein mit klapprigen Stühlen. An einem Tisch saß ein älteres Paar bei Kuchen und Kaffee. Naturenthusiasten, dachte Gunda. Denn besonders warm war es am beginnenden Herbst draußen nicht. Am Tisch ganz links erblickte sie Marc, der die Speisekarte studierte. Als sie näher trat, schaute er auf.

»Hallo, da sind Sie ja, Frau Schönwetter.« Er betonte Gundas Familiennamen und sah sie freudestrahlend an, als sei soeben die Sonne hinter Wolken erschienen.

»Danke, dass Sie es so pünktlich einrichten konnten«, erwiderte Gunda, als habe sie die Betonung nicht bemerkt. Sie schob einen Stuhl zurecht, bis er nicht mehr wackelte, und setzte sich dem Lehrer direkt gegenüber.

Eine junge Kellnerin trat an den Tisch. »Was darf ich Ihnen bringen?« Beide bestellten einen Kaffee. Gunda zog einen Schreibblock und ein Diktaphon aus ihrer Handtasche.

»Wollen Sie unser ganzes Gespräch aufnehmen?«, fragte Marco Schäfer, als er das Gerät erblickte.

»Nein, nur ein paar wichtige Aussagen, damit ich Sie nicht falsch zitiere. Einverstanden?«

»Okay.«

»Ich komme gerne gleich zur Sache«, versicherte Gunda, bemüht, förmlich zu wirken. »Sie wollen also, dass hier in Kegelbergen Atommüll gelagert wird.«

»Nein, nicht hier in Kegelbergen.« Marco lächelte sie an. In seinen Wangen bildeten sich leichte Grübchen. Gunda wurde warm ums Herz. Unter seinem dunkelblauen Parka steckte zweifellos ein sportlicher Körper ohne Schwabbelbauch, dafür mit eindrucksvollem Six-pack.

Mit ernster Miene unterbrach der Lehrer für Deutsch, Mathematik und Sport Gundas geistige Abschweifung. »Nein, nicht hier in der Stadt. Aber ich bin dafür, dass die Stadtverwaltung der BGE, also der *Bundesgesellschaft für Endlagerung* ein Grundstück anbietet, auf dem eventuell ein Endlager für radioaktiven Abfall eingerichtet werden kann.«

»Und warum hier?«, fragte Gunda, ihre Ablehnung unterdrückend.

»Schauen Sie, Gorleben ist gescheitert, die Schachtanlage Asse hat sich als ungeeignet erwiesen und für die Endlagerung im Schacht Konrad gibt es massiven Widerstand. Es ist schon beschlossen, dass dort Atommüll eingelagert wird. Doch etliche Interessengruppen sind nach wie vor rigoros dagegen, den Schacht Konrad für das Endlager zu nutzen. Der Regionalverband Braunschweig hat eine Resolution verabschiedet und Bürgermeister, Landtagsabgeordnete und Bundestagsabgeordnete aufgefordert, sich dafür einzusetzen, dass der Konrad-Planfeststellungsbeschluss zurückgenommen wird. Kurz: Niemand will dort im Norden den Atommüll. Aber das ist nicht nur in Niedersachsen so. Ich kenne keine Menschenseele in ganz Deutschland, die sagt, kommt und lagert den Müll hier bei uns ein. Niemand.«

»Und so geht das doch nicht weiter!«, vernahm Gunda eine Frauenstimme hinter sich.

»Darf ich vorstellen«, sagte Marco, »Andrea Boos, eine Mitstreiterin. Ich habe sie zu diesem Interview eingeladen, weil ich dachte, es wäre gut, wenn Sie eine weitere Meinung hören. Ich schwimme nicht allein gegen den Strom. Unsere Gruppe ist zwar noch klein, aber mit Ihrer Hilfe wird sie sicherlich wachsen.«

»Sehr schön, Gunda Schönwetter«, sagte Gunda kurz und beobachtete, wie Andrea ihren Stuhl nahe an Marco heranrückte, bevor sie sich setzte.

»Sie sind also auch dafür, dass man hier im schönen Hegau Atommüll einlagert«, nahm Gunda das Gespräch wieder auf.

»Deutschland ist im Grunde überall schön«, erwiderte Andrea. »Auch in Norddeutschland ist es herrlich. Aber diese Angst vor dem radioaktiven Abfall nervt mich. Wir haben das Zeug nun mal produziert und müssen es so lagern, dass niemand dabei zu Schaden kommt. Gegenwärtig stehen die Kastor-Behälter da irgendwo in der Gegend und ...«

»Nein, die stehen nicht irgendwo in der Gegend«, schaltete Marco sich ein. »Sie werden aufs Sorgfältigste bewacht. Aber das kann natürlich kein Dauerzustand sein.«

»Stellen Sie sich vor«, Andrea sah Gunda mit aufgerissenen Augen an, »irgend so ein Terrorist wirft da eine Bombe rein. Das Zeug explodiert und ganz Deutschland ist verseucht, nein ganz Europa. Denken Sie nur an Tschernobyl. Und obwohl das weit weg ist, und vor über dreißig Jahren passierte, können die Auswirkungen hier bei uns immer noch gemessen werden. Der Atommüll muss unter die Erde. Und zwar schnell und so tief, dass er keinen Schaden anrichten kann, und wo auch niemand dran kommt. Leider eignet sich die neue Höhle nicht dafür, wie die Experten ermittelten. Aber durch die Entdeckung des Hohlraums sind wir auf das Problem mit dem Atommüll aufmerksam geworden. Gorleben war für uns ja immer weit weg. Deshalb muss gebohrt werden, mehrere hundert Meter tief. Dort wird dann ein Schacht angelegt, in dem die etwa zweitausend Fässer Atommüll für die nächste Million Jahre sicher sind.«

Andrea lehnte sich zurück, als habe sie ihre besten Argumente abgeschossen und sah Marco auf Zustimmung hoffend an.

»Genau, ich stimme Andrea zu«, sagte Marco ruhig. »Es könnte zwar sein, dass der Hegau sich nicht für ein Endlager eignet, aber es ist bereits bekannt, dass unter dem Kalkstein Opalinuston lagert. Für Geologen machen die Eigenschaften jener Tonschicht sie zum besten Ort, um Kavernen für den Atommüll anzulegen. In der Schweiz, nicht weit von hier, bei Bözberg wird schon gebohrt. Denn bei den Schweizer Atomkraftwerken fällt ja auch Müll an, der sicher entsorgt werden muss.«

»Nun regt sich bei uns aber schon Widerstand«, warf Gunda ein. »Technisch mag das ja alles machbar sein. Aber wenn die Bevölkerung nicht mitspielt, wie wollen Sie die überzeugen?«

»Da sprechen Sie einen wunden Punkt an«, erwiderte Marco. »Wir werden dieselbe Strategie anwenden, wie in Finnland. Die haben bereits ein Endlager. Und das ohne großen Widerstand. In Schweden schlägt man den gleichen Weg ein. Wie weit die inzwischen sind, weiß ich zugegeben nicht. In Finnland wurde nicht wie bei uns von oben herab festgelegt, wo das Endlager sein soll. Das war ein wesentlicher Punkt, warum Gorleben gescheitert ist und weil sich gleich von Anfang an Widerstand regte. Später kamen dann noch die geologischen Gutachten hinzu, die Gorleben als völlig ungeeignet einstuften. Angeblich wusste auch niemand mehr, warum Ministerpräsident Ernst Albrecht 1977 Gorleben für den Atommüll ausgewählt hatte. Die finnischen Politiker gingen klüger vor. Sie haben der Bevölkerung klar gemacht, dass sie Jahrzehnte vom günstigen Atomstrom gut lebten und leben. Und nun müsse man auch dafür sorgen, dass der Abfall sicher entsorgt werden könne. Die Finnen waren so überwiegend der Meinung, dass die Generation, die vom Atomstrom profitierte und ihn verbraucht, sich auch um den Abfall kümmern und ein Endlager bauen müsse. Man könne das strahlende Erbe nicht gleichgültig den Nachkommen überlassen. Kommunen konnten sich für das Atommüllendlager bewerben. Ja, Sie haben richtig gehört. Die Kommunen wurden gebeten, sich für das Endlager zu bewerben. Es wurde nicht von den politischen Machthabern angeordnet, wo es gebaut wird. Die Bevölkerung wurde gefragt. Und man bewarb sich um den Standort. Denn es ging darum, eine Lösung für den radioaktiven Abfall anzubieten. Die Finnen haben eine positive Einstellung zur Atomenergie. Sie vertrauen der technischen Lösung und ihrer Regierung. Die Ostseeinsel Olkiluoto bewarb sich und erhielt den Zuschlag.«

»Und es gab keinen Widerstand?«, fragte Gunda mit zusammengekniffenen Augenbrauen.

»Ja, es gab auch ein paar Leute, die dagegen waren,« antwortete Marco. »Ganz gleich, was man anstößt, irgendwer ist immer kontra. In Finnland widersprach nur eine unbedeutend kleine Gruppe. Die Mehrheit der Finnen auf der Insel ist stolz darauf, für die Gesellschaft einen großen Dienst zu leisten. Es wäre doch epochemachend, wenn Kegelbergen sich für das Endlager bewirbt und selbstbewusst für Deutschland und die Gesellschaft einen exklusiven Dienst erbringt. Wenn wir uns darum bemühen und ein Angebot machen, dass strahlende Erbe sicher zu deponieren. Deutschland und ganz Europa würde auf uns blicken.«

»Ich kann mir nicht vorstellen, dass das auch in Deutschland funktioniert«, wandte Gunda ein, lehnte sich zurück und verschränkte die Arme vor der Brust.

»Nun ja«, ergänzte Marco, »der Vollständigkeit halber sei erwähnt, dass die finnischen Inselbewohner auch finanzielle Vorteile durch den Bau des Endlagers hatten und weiterhin haben. Unter anderem wurden Wohnungen für Senioren errichtet und die Infrastruktur wurde ausgebaut. Außerdem bekommen die Schulkinder dort ihre Bücher geschenkt und die Bürger werden an den Einnahmen beteiligt. Das mag einige überzeugt haben. Aber das wichtigste war die Einstellung der Bürger. Ich stimme Ihnen zu, die Geisteshaltung in Deutschland zu ändern, wird ein starkes Stück Arbeit sein. Aber wenn niemand anfängt, schwadronieren wir noch in tausend Jahren über den geeigneten Standort für den Atommüll.«

Gunda lächelte ihr Gegenüber an. Was für ein Mann? Welche Weitsicht und wie vernünftig. Es entging ihr jedoch nicht, dass Andrea ihre rechte Hand auf Marcos Knie legte. Aha, dachte sie. Da meldet jemand Besitzansprüche an. Aber ein richtiges Paar schienen sie noch nicht zu sein. Marco schob die Hand zwar nicht weg, sah Gunda jedoch mit blanken Augen an, als habe er die Berührung nicht bemerkt.

»Ihre Einstellung beeindruckt mich«, sagte Gunda mit ebenfalls blanken Augen. »Das muss ich publizieren. Eventuell mit der Überschrift: *Ein Platz für das strahlende Erbe in Kegelbergen*. Dann wollen wir jetzt einige Fakten und markante Aussagen aufnehmen.« Sie griff nach ihrem Diktiergerät.

26

Auf der Heimfahrt nach Singen durchströmte Gunda ein freudig erregtes Gefühl, während sie an das Interview mit Marco dachte. Hoffentlich würden viele Zeitungen ihren Artikel bringen. Durch und durch hatte er vernünftige Argumente vorgebracht. Der Atommüll musste sicher entsorgt werden. Jemand musste sich um das strahlende Erbe kümmern. Die Begründungen konnte man nicht hemmungslos vom Tisch wischen. Doch, konnte man, durchfuhr es Gunda. Menschen konnten erbarmungslos unvernünftig sein. In der Menschheitsgeschichte hatte man schon unzählige sachliche Argumente missachtet und dafür sogar getötet. Galileo fiel ihr spontan ein, der widerrief seine Behauptung, dass sich die Erde um die Sonne dreht, um dem sicheren Tod zu entgehen. Obwohl er es besser wusste. Und wie war das bei Martin Luther? Der widerrief nicht und veröffentlichte mutig seine Kritik an Papst und Kirche. Selbst vor dem Kaiser zog er seine Meinung über die mächtige römische Kurie nicht zurück, was gefordert wurde. Er musste nach dem Reichstag in Worms flüchten und einige Zeit unter falschen Namen weiterleben. Das gelang nur, weil er einen einflussreichen Beschützer hatte. Ja, wenn man den Mächtigen ein Dorn im Auge war, konnte es böse enden. Auch Jeanne d`Arc kreuzte Gundas Gedanken. Zunächst bewunderte man sie und feierte ausgelassen ihre Siege. Letztlich endete sie hilflos auf dem Scheiterhaufen. Und warum? Weil die Herrscher sie nicht mehr brauchten, womöglich sogar eine Gefahr für den Thron witterten.

Marcos gepflegte Hände mit den schlanken Fingern kamen Gunda unverhofft in den Sinn. Ob er Klavier spielte? Sie hatten im Interview nicht über Musik gesprochen. Brauchten Pianisten derartige Finger? Gunda wusste es nicht. Sie hatte nie ein Musikinstrument gespielt. Allein die schlanken Klaviertasten erinnerten sie an Marcos Finger. Das waren keine kurzen und krummen Raubtierpranken, von denen man nicht berührt werden mochte. Das waren zarte Finger, die sicher gut streicheln konnten.

Gunda dachte an die Situation in Chevry. Als es so stark gewittert hatte und sie sich zu Roy auf die Couch setzte. Es war sehr angenehm gewesen, als er seinen Arm um ihre Schultern gelegt hatte. Sie hatte sich an ihn gekuschelt, wie früher oft an ihren Vater, als sie noch ein kleines Mädchen gewesen war. Roy hatte die Situation nicht ausgenützt. Sie hatten einfach nur gewartet, bis das Gewitter nachließ. Jetzt würde sie sich gerne an Marcos Schulter kuscheln.

Das Auto hinter ihr hupte. Gunda schrak auf. Wie lange zeigte die Ampel wohl schon grün? Sie legte den Gang ein und fuhr in die Realität.

In ihrem kleinen Appartement setzte sie sich sofort an den Computer. Die Worte, Formulierungen und Sätze flogen ihr nur so zu. Nach gefühlten fünf Minuten druckte sie den Artikel über Marco Schäfer, seine Ideen und seine Pro-Atommüll-Gruppe aus. Die Ermahnung eines ehemaligen Ausbilders im Kopf, schickte sie den Artikel nicht sofort an die Redaktionen, sondern legte die Blätter auf die Seite, um sie später erneut zu lesen. In der Kochnische schmierte sie sich zwei Butterbrote und entschied sich, anstelle eines Kaffees für einen Pfefferminztee. Der Text müsse sich erst setzen, so die belehrenden Worte des alten Ausbilders. Dann solle er überarbeitet und wenn für gut befunden, abgeschickt werden. Geistesabwesend aß Gunda die Stullen und begann gleichzeitig zu träumen.

Seit vielen Jahren war Marco der erste Mann, der sie als Partner interessierte. An Bekanntschaften hatte es nicht gefehlt. Aber darunter war nie jemand gewesen, zu dem sie gerne aufgeblickt hätte. Niemand, der so einen sportlichen Körper hatte und gleichzeitig gebildet war und sich für ein epochales Ideal einsetzte. Wieso war er immer noch Single? Womöglich war ihm noch nicht die geeignete Partnerin begegnet. Okay, Andrea hatte ihre Hand auf sein Knie gelegt. Sonst hatte Gunda keine Vertraulichkeit bemerkt. Oder vielleicht nicht bemerken wollen? Nein, sie war sich sicher, Marco duldete zwar Andreas Zuneigung, blieb dessen ungeachtet kühl. Kein verliebter Blick, kein Küsschen. Vermutlich war sie in ihn verknallt und hoffte auf Erwiderung. Gunda stellte sich vor, dass der gesamte weibliche Lehrkörper an seiner Schule scharf auf ihn war. Hinzu kamen die pubertierenden Schülerinnen. Wollte sie sich wirklich auf so einen Hahn im Korb einlassen? Warum nicht? Was konnte schon passieren? Niemand würde sie von der Schule werfen. Ob er Kinder mochte? Welch blöder Gedanke, schalt Gunda sich. Natürlich mochte er Kinder. Weshalb sonst war er Lehrer geworden. Sie und Marco, gemeinsame Kinder? Ihr Bauch begann sich zusammenzuziehen. Zuletzt hatte sich dieses unangenehme Gefühl in der Kirche in Gex eingestellt, bei der Kindersegnung. Längst vergessen geglaubte Erinnerungen kamen erneut hoch. Ob sie überhaupt Kinder bekommen konnte? Ärzte hatten das nach der Abtreibung in ihrem jugendlichen Alter bei einem Kurpfuscher in Frage gestellt, aber nicht völlig ausgeschlossen. Gunda grübelte, ob das der Grund war, weshalb sie bei Männern stets auf Distanz blieb. Wie sollte sie einem Mann, der es ernst meinte, erklären, dass sie womöglich unfruchtbar war? Und nun hatte sie Marco kennengelernt. Ihr Herz flatterte, nein, es stand in Flammen. Wie hatte das passieren können? Sie kannte ihn im Grunde gar nicht. Eine sehr kurze und eine etwas längere

Begegnung und sie war bereit, ihm ihre Liebe zu offenbaren. Nein, nicht nur ihre Liebe, alles, was sie zu bieten hatte und sich selbst, würde sie ihm zu Füßen legen. Seine wunderschönen graublauen Augen hatten sie angestrahlt, nicht nur einmal, mehrmals. Bis in alle Ewigkeit würde sie gerne in Marcos Augen schauen. Jeden Morgen beim Frühstück wollte sie jene Augen sehen. Und jeden Abend, bevor sie einschlief. Sein strahlendes Gesicht mit den leichten Grübchen sollte sie tagein, tagaus begleiten. Gunda gestand sich ein, dass sie ihr Herz an Marco verloren hatte. Ob er es wusste? Oder war es ihm nur darum gegangen, sie für sein Projekt zu gewinnen, damit sie einen positiven Artikel über ihn schrieb? Nein, da war mehr gewesen, trampelte Gunda die negativen Einwände aus dem Hinterkopf nieder. Wesentlich mehr. In seinen Augen, in dem Blick, quasi zwischen den Zeilen hatte sie deutlich gelesen: Ich will dich. - Leidenschaftlich würde er im Zeitungsartikel ihren Namen unter der Überschrift mit einem roten Herz einrahmen. Lehrer verwenden doch rote Stifte, jedenfalls während ihrer Schulzeit war das so gewesen. Zwar benutzten sie die rote Tinte überwiegend, um Fehler anzustreichen, aber bei Gundas Artikel ließ er sich gewiss zu einer Ausnahme hinreißen. Denn mit dem roten Stift lobten Lehrer ja auch. *Sehr gut, eins Plus*, und so weiter. Derartige Bemerkungen hatte sie am Ende Ihrer Schularbeiten zwar selten gefunden, hin und wieder aber doch. Welche Note er wohl für ihren Artikel geben würde? Keine Frage: *Cum laude!* Nix da: *Summa cum laude!* Mit höchstem Lob! Denn es war ein journalistisches Bravourstück, das jede Doktorarbeit in den Schatten stellte. Darin steckten Blut, Schweiß und ganz viel Liebe. Nun ja, Blut offensichtlich doch nicht.

Gundas Handy läutete. War das Marco? Wollte er sie

wiedersehen? Sie spurtete zum Schreibtisch. Nein, Roy Drömer rief an.

»Hallo, guten Abend. Störe ich?«

»Nein«, log Gunda, die sich brutal aus ihren Tagträumen gestoßen fühlte. »Was gibt's?«

»Entschuldigung, falls ich dich gerade bei einer wichtigen Arbeit unterbreche. Aber ich sollte ja anrufen. Die Lieferung der Blumenzwiebeln ist für Samstag angekündigt. Und du wolltest doch bei der Pflanzung dabei sein.«

»Blumenzwiebeln?« Gunda stutzte für den Bruchteil einer Sekunde. »Ja, richtig. Und es ist sicher, dass sie Samstag eintreffen?«

Blumenzwiebeln war das vereinbarte Codewort für das entscheidende Bauteil in Roys Erfindung zur Gewinnung von Energie. Sein Telefon wurde vermutlich immer noch von den Spionen abgehört. Vielleicht wollte er sogar, dass dieses Gespräch belauscht wurde, um die Gangster in die Irre zu führen.

»Können wir die Pflanzung auf Montag verschieben?«, fragte Gunda.

»Warum?«

»Hier findet in Kegelbergen am Samstag eine leidenschaftliche Demonstration statt, bei der ich dabei sein möchte.« Gunda biss sich auf die Unterlippe, hatte sie wirklich *leidenschaftliche Demonstration* gesagt?

»Aber es gab doch schon etliche Demonstrationen gegen den Atommüll. Oder sind jetzt Aliens gelandet?«

»Nein, es sind keine Außerirdischen eingetroffen. Obwohl, die neue Idee klingt fast schon wie aus einer anderen Welt. Es hat sich eine Gruppe gebildet, die für ein Endlager des Atommülls in Kegelbergen eintritt. Die sind der Meinung, dass man verantwortungsbewusst das strahlende Erbe entsorgen müsse. Man dürfe es nicht gleichgültig den nächsten Generationen überlassen, sich darum zu kümmern. Und die haben zu einer Demo aufgerufen. Wobei Demonstration vermutlich nicht das richtige Wort ist. Denn die sind ja nicht gegen etwas, sondern für etwas.«

»Interessant«, kommentierte Roy knapp und ließ sich von Gunda genauer berichten, was beabsichtigt war. Danach resümierte er: »Die sind also dagegen, dass jemand gegen das Endlager stimmt. Also doch eine Demonstration.«

»So kann man es auch sehen.«

»Ich habe den Eindruck, du bist auch für das Endlager«, erkannte Roy.

»Du musst zugeben, die Idee hat was«, erwiderte Gunda schlicht, um nicht leidenschaftlich zu werden. Es war noch zu früh, um von ihrer neuen Flamme Marco zu erzählen. »Montag mache ich mich gleich auf den Weg zu dir. Wenn es geht, schon am Sonntagnachmittag.«

»Ob die Blumenzwiebeln so lange durchhalten?«, murmelte Roy.

»Aber sicher, reiß dich zusammen. Also bis dann.« Sie legte auf mit dem Gefühl, den Tüftler etwas zu kühl abgewürgt zu haben.

Neben dem Computer lagen die Blätter ihres ausgedruckten Artikels. Gunda ergriff sie und setzte sich damit in ihren Lieblingssessel.

»Ach du goldiger Mumpitz! Was ist denn da passiert?«, jammerte Gunda mit großen Augen in die Stille ihrer kleinen Wohnung. Ungläubig schaute sie auf die aufgefächerten fünf Blätter in ihren Händen. Sie vermied das Sch...-Wort, weil ihr schon im zweiten Schuljahr die Lehrerin eingebläut hatte, nichts in den Mund zu nehmen, was auf die Schaufel gehört. Fünf Seiten leidenschaftliches Geschwafel. Wo hatte sich ihre journalistische Objektivität verkrochen? An einer Textstelle war sie sogar in die erste Person Singular gerutscht. So eine Schlamperei. Ein Skandal. Über das Anliegen der Pro-Endlager-Gruppe musste berichtet werden. Keine Frage. Aber doch nicht auf fünf eng bedruckten Seiten. Bisher war niemand getötet worden, nicht einmal zu Schaden gekommen. Es gab bisher also nicht die Spur einer Katastrophe, nach der alle Zeitungsmacher gierten. Kein Redakteur der Welt würde den Text abdrucken. Außer, nachdem er fünf Flaschen hochprozentigen Fusel intus hätte und sein Gehirn obendrein gequirlt worden wäre. Gunda stöhnte laut auf, war dieser Bockmist überhaupt noch zu retten? Ein Glück, dass sie sich an den Ratschlag ihres ehemaligen Ausbilders erinnert und ihn befolgt hatte. Mit giftigen Augen und zusammengekniffenen Lippen packte sie die fünf Blätter und zerriss sie in kleine Fetzen, die sie in den großen Papierkorb schleuderte. Anschließend setzte sie sich an den Computer und tippte einen neuen Artikel. Es war schon weit nach Mitternacht, als Gunda wieder in ihrem Lieblingssessel saß und zufrieden auf zwei Manuskriptseiten blickte, von denen die zweite nur zu drei Viertel bedruckt war. Stil und Inhalt optimal, Blickwinkel objektiv und seriös, wertete sie ihre Arbeit. Auch die Länge des Artikels entsprach dem Anlass. Die letzte Pause nach dem schreiben, hatte zwar nur eine halbe Stunde gedauert, aber nun war der Text reif. Er endete mit dem Satz: *Auf der Kundgebung am Samstag wird sich zeigen, ob die Bevölkerung in Kegelbergen für einen Sinneswandel bereit ist und für ein Endlager des Atommülls stimmt.*

27

Nach einem kurzen Besuch bei ihren Eltern, wo sie ihr Auto abstellte, eilte Gunda zum Marktplatz in Kegelbergen. Es war noch reichlich Zeit bis zum Beginn der Kundgebung. Aber sie hoffte, Marco zu treffen und von ihm für Ihren Artikel mit einem Mündlichen *summa cum laude* beglückt zu werden. Auf dem Weg gingen ihr die neugierigen Fragen ihres Vaters nach.

»Kommt Roy mit seiner Erfindung weiter?« - »Ja, aber er hatte einen Rückschlag, weil ihm unbrauchbares Material geliefert wurde.«

»Was fehlt ihm denn?« – »Keine Ahnung. Er hat es mir nicht verraten.«

»Besteht denn überhaupt eine Aussicht, dass er irgendwann einmal fertig wird?« – »Er denkt, kurz vor dem Durchbruch zu sein.«

»Behauptete er das nicht schon in der Bretagne? Sind seine Experimente gefährlich?« – »Keine Ahnung. Möglich.«

»Sind Chemikalien im Spiel?« – »Wahrscheinlich. Papa, ich weiß nicht, was er genau treibt. Erst wenn seine Erfindung produktionsreif ist, will er mich einweihen.«

»Du verschwendest deine Zeit mit den Reisen zu ihm. Ich bin kein Prophet, aber der Roy spinnt sich da was zurecht. Würde mich nicht wundern, wenn ihm eines Tages in der Garage alles um die Ohren fliegt.«

Gunda stockte und blieb einen Augenblick stehen. Hatte sie wirklich zu Hause erzählt, dass Roy in der Garage an seiner Erfindung arbeitete? Woher wusste ihr Vater das? Hatte er es nur vermutet? Oder hatten die beiden mal telefoniert? Er hatte nichts dieserart erzählt. Auch Roy hatte nie davon gesprochen, dass ihr Vater angerufen hätte. Merkwürdig. Wahrscheinlich nur eine Vermutung, beruhigte Gunda sich. Bill Gates hatte ja auch in einer Garage begonnen und ein weltumspannendes Imperium aufgebaut. Das hatten anfangs wohl ebenfalls die wenigsten erwartet. Wie jetzt Ihr Vater, der Roy nicht zutraute, dass er eine bahnbrechende Erfindung auf den Markt bringen könnte. Dennoch stellte er ab und zu neugierige Fragen. Und wieso sollte Roy alles um die Ohren fliegen? Weder in der Garage noch sonst wo im Haus hatte sie etwas Explosives gesehen.

Gunda erreichte den Marktplatz und dachte nicht mehr an ihren Vater. Nur wenige Leute standen abwartend umher. Marco war nicht auf dem Platz zu sehen, aber Andrea. Sie wies zwei Schüler, die eine hölzerne Kiste herbei trugen, an, wo sie das spartanische Podest abstellen sollten. Anschließend stellte sie sich darauf und prüfte, ob es wackelte. Ein Junge schob einen Holzkeil auf ihr Geheiß unter die rechte Ecke hinten. Andrea schien mit der einstufigen Erhöhung von der Größe eines Bananenkartons zufrieden zu sein. Wenn Marco von dem winzigen Podest seine Rede hielt, sollte er sich nicht all zu sehr bewegen, dachte Gunda. Ein Schritt zu weit nach links oder rechts und ein Sturz wäre unvermeidbar. Hätte man nicht etwas Größeres beibringen können? Gunda zog ihre Mundwinkel nach unten. Derartige Erhöhungen hatte sie im Londoner Hyde Park gesehen, in der Speakers' Corner. Einige Redner hatten außerdem auf zweistufigen Trittleitern gestanden, höher als eine flach auf dem Boden liegende Bananenkiste.

Ein anderer Junge stellte ein Stativ vor dem *Podium* auf. Andrea montierte ein Mikrofon daran und schob den Stecker am Ende des Verlängerungskabels in eine Verstärkerbox, in der gleichzeitig der Lautsprecher eingebaut zu sein schien. »Hausbacken«, dachte Gunda beim Anblick der Anlage.

Sie schaute auf ihre Armbanduhr. Noch fünfzehn Minuten bis zum angekündigten Kundgebungstermin. Marco war immer noch nicht zu sehen. Zögerlich betraten weitere Bürger abwartend den Marktplatz. Bei der Gegendemonstration vor ein paar Wochen standen die Leute um diese Zeit schon dicht gedrängt vor der Tribüne. Endlich schlug die Kirchturmuhr fünf Mal. Wie aus dem Nichts stand Marco auf dem Podest und klopfte mit dem Finger ans Mikrofon. Das Pochen war erstaunlich gut zu hören, ebenso seine Stimme. Gunda griff zur Kamera und schoss an diesem Tag das erste Foto vom Gründer der Pro-Endlager-Gruppe. Sie ging zwischen den Leuten nach vorn, ohne jemandem auf die Füße zu treten oder anzuecken. Denn es gab noch reichlich Freiraum. Marco Schäfer begrüßte die Versammelten und sagte, dass er sich freue, dass so viele bei diesem schönen Wetter gekommen seien. Gunda fühlte sich persönlich angesprochen, als er das schöne Wetter erwähnte und ihr dabei zuzwinkerte. Sie fühlte, wie ihre Ohren erglühten. Doch das konnte niemand sehen. Denn ihre kupferne Lockenpracht verdeckte beide Ohrmuscheln vollständig. Von Schönwetter konnte nicht die Rede sein. Weil der Himmel grau verhangen war und ein kühler Wind durch die Gassen von Kegelbergen pfiff. Immerhin, es regnete nicht. Für Gunda Schönwetter erschien es eindeutig, dass Marco die Formulierung gebraucht hatte, um ihr zu sagen, dass er sie erspäht hatte. Kein Wunder, bei den wenigen Bürgern auf dem Marktplatz. Gunda sah sich um und bemerkte erst jetzt das gewaltige Polizeiaufgebot rund um den Platz. Offenbar hatte der Polizeipräsident mit mehr und vor allem aggressivem Publikum gerechnet. Sie schätzte, dass etwa sechzig bis siebzig Bürger vor dem erhöhten Marco standen und stumm seiner Rede lauschten. Mindestens doppelt so viele, wenn nicht gar mehr Polizisten hatten sich mit ernstem Gesicht vor den Häusern ringsum postiert. Offenbar entschlossen, jederzeit einzugreifen, beobachteten sie die Versammelten. Gunda schmunzelte: »Mehr Bewacher als Demonstranten.«

Marcos Rede hatte sachlich begonnen, wurde dann aber hörbar leidenschaftlicher. In eine Atempause brüllte ein Bürger: »Alles Blödsinn! Wir wollen keinen Atommüll!«

Gunda rannte in Richtung der Stimme, um den Mann zu fotografieren. Vor ihr standen abweisende Gesichter und sie konnte den Zwischenrufer nicht ausmachen. Marco ging nicht auf den Rufer ein und beschwor die Bürger, ein leuchtendes Beispiel zu sein, eine Stadt, die sich für das Wohl der Allgemeinheit und der ganzen Bundesrepublik einsetzt. Nein, noch mehr. Für die ganze Welt würde Kegelbergen ein Vorbild werden. Den hier in Kegelbergen würde man sich für das strahlende Erbe einsetzen und es nicht auf eine künftige Generation abwälzen.

Unter dem Publikum entdeckte Gunda die Leiterin des Touristikbüros, Frau Knörle. Mit verbissenem Gesicht stand sie da, als hätte sie soeben eine fette Kröte verschluckt. Offenbar sah sie ihr Tätigkeitsfeld gefährdet. Gunda hatte sich gerade von ihr abgewendet, als sie schrie: »Ja, Blödsinn! Niemand wird mehr in unser schönes Kegelbergen kommen, wenn der verseuchte Müll hierher gekarrt wird!«

»Ganz im Gegenteil!«, konterte Marco spontan. »Der Atommüll, unser *strahlendes Erbe*, wird so sicher gelagert, dass alle Welt hier anreisen wird, um zu sehen, wie wir das gemacht haben. Ihr Büro wird überrannt werden, Frau Knörle.«

»Wer's glaubt wird selig!«, kreischte Frau Knörle

zurück, stampfte mit dem Fuß auf und schritt wütend davon.

Sachlich und ruhig setzte Marco seine Rede fort. Dieses Mal hatte Gunda rechtzeitig auf den Auslöser ihrer Kamera gedrückt. Frau Knörle war im Kasten. Die Stimmen von zwei weiteren Bürgern erschallten aus den Zuhörern. Der erste Zwischenrufer im Camouflage-Parka verhöhnte Marcos Argumente.

»Alles Unfug! Bockmist! Besitzt du überhaupt ein Gehirn?! Du Lackaffe! Leute, der ist doch gekauft!«

Die zweite Stimme kam von einem stattlichen Mann in dunkelblauem Übergangsmantel in Gundas Nähe. Sie fotografierte ihn sofort, als er zur Ruhe aufrief.

»Ich bitte Sie. Lassen sie den Mann doch ausreden! Wie sollen wir uns denn entscheiden, wenn wir nicht alle Argumente kennen?«

Schweigend drehten sich einige Leute zu dem großen Mann um.

»Aha, Sie wollen den Atommüll hierherholen. Ist Ihr Garten groß genug? Sie hoffen wohl ebenfalls, geschmiert zu werden. Haben Sie die zu erwartenden Millionen schon ausgegeben!«, brüllte der Typ in der tarnfarbenen Jacke zurück.

»Klappe!«, donnerte eine Bassstimme aus der Menge. Alles schwieg.

Gunda schaute sich um. Wo stand der Bauarbeiter mit der bärigen Stimme? Bei ihrem Rundblick sah sie einen jungen Mann mit fransigem Kinnbart, der einen faustgroßen Stein in der Hand des herabhängenden Armes hielt. Von dem konnte unmöglich die furchteinflößende Stimme kommen. Aber als er bemerkte, dass Gunda ihre Kamera hob, um ihn zu fotografieren, drehte er sich um und verdrückte sich hinter einer Zuschauergruppe. Sie versuchte, ihm zu folgen. Doch der erahnte Steinwerfer ward nicht mehr gesehen. Ob er in einen Gully gesprungen war und anschließend den Deckel hinter sich drauf geschoben hatte? Gunda kehrte zu dem stattlichen Mann im Übergangsmantel zurück mit der Absicht, ihn nach Marcos Ansprache anzusprechen. Sie kannte ihn nicht, vermutete jedoch eine besonnene Persönlichkeit. Unter den Menschen auf dem Marktplatz erblickte sie niemanden von der örtlichen Prominenz, auch keine überörtliche Kapazität. Weder der Bürgermeister noch ein Stadtrat war zur Kundgebung gekommen, außer Frau Knörle, die wutentbrannt vor Schluss davon stiefelte.

Nach seiner Ansprache rief Marco zum Marsch durch die Stadt auf. Er setzte sich an die Spitze des Zuges, wo Gunda ihn unbedingt fotografieren wollte. Sie drängelte sich nach vorn. Fast die ganze versammelte Volksmenge folgte Marco. Die Polizisten verließen ihre Posten und schlossen sich ebenfalls an. Ein kleiner Polizei-PKW fuhr im Schritttempo voraus. Gunda schob sich rechts durch die Mitbürger, passierte die Polizistenreihe und rannte neben der Menschenmenge und der Häuserfront an die Spitze der Protestler. Marco winkte ihr lächelnd zu, als sie ihn fotografierte. Anschließend hastete sie weiter vor und stellte sich auf die Brunneneinfassung. Von dort sah sie von oben den gesamten Demonstrationszug auf sich zukommen. Überdeutlich registrierte sie noch einmal, dass die wenigen Demonstranten von etwa zwei übermächtigen Polizeihundertschaften umgeben waren, die gutgelaunt mitmarschierten. Irgendwer hatte einen Slogan formuliert und die Menge stimmte ein: »Für eine sichere Welt – Kegelbergen!« »Für eine sichere Welt – Kegelbergen!«

Gunda schaute zu den Fenstern links und rechts der Straße hinauf, fast alle geschlossen. Es war kein Sommer und der kühle Wind pfiff immer noch durch die Gassen.

Doch etliche Gardinen waren zur Seite geschoben und die Gesichter hinter Glas blickten auf die Demonstration. Da wurde ein Fenster im ersten Stock des hellgrünen Hauses nach innen geöffnet. Gunda zückte ihre Kamera, um den oder die Neugierigen zu fotografieren, falls sie sich hinauslehnten. Nicht nur ein Kopf, gleichfalls ein ausgestreckter Arm erschien im Fensterrahmen. Gunda drückte auf den Auslöser. Im selben Augenblick begriff sie, dass die Person nicht aus dem Fenster winkte, sondern etwas warf. Auf dem Foto konnte sie später deutlich das Gesicht des Werfers und den Stein erkennen. Er traf Marco am Kopf, der in die Knie sank. Ein Aufschrei ging durch die Menge. Polizisten schubsten Demonstranten zur Seite. Eine uniformierte Traube mit gesenkten Köpfen postierte sich dort, wo eben noch Marco gestanden hatte. Ohrenbetäubende Martinshörner zerrissen die bis dahin friedliche Luft. Blaulichter blitzten auf. Ein Krankenwagen bahnte sich vorsichtig seinen Weg durch die Menschen. Gunda versuchte, zu Marco vorzudringen. Polizisten hielten sie zurück. Ihr Presseausweis wurde nicht beachtet. Sie sah wie Marco auf einer Bahre liegend, in den Rettungswagen geschoben wurde. Sanitäter in rotgelben Schutzanzügen schlossen die Türen hinter ihm. Andrea durfte an der Seite einsteigen. Keine Ahnung, mit welcher Lüge sie sich Zugang verschafft hatte. Das Auto fuhr davon. Die Menschenmenge löste sich auf.

28

Im Haus ihrer Eltern wollte Gunda sich nur schnell verabschieden und dann ins Krankenhaus nach Singen fahren. Ein Polizist hatte ihr gesagt, dass man Marco dorthin gebracht hätte. Doch sie traf nicht nur ihre Eltern an, sondern auch den Bruder ihrer Mutter, Simon Wächter, der gleichzeitig Bürgermeister von Kegelbergen ist. Und der wollte genau wissen, wie die Demonstration verlaufen sei.

»Du hättest ja selber hinkommen können«, fauchte Gunda ihren Onkel an. »Dann hättest du alles miterlebt. Ich habe jetzt leider keine Zeit.«

»Moment«, knurrte Simon Wächter. »Wer hat dich über Marco Schäfer informiert?«

Gunda stöhnte kurz auf und ließ sich in einen Sessel im Wohnzimmer fallen. »Schon gut. Was willst du wissen?«

»Alles.«

Drei Augenpaare richteten sich auf die Journalistin und lauschten aufmerksam ihrem kurzen Bericht. »So, jetzt wisst ihr Bescheid. Marco Schäfer setzt sich dafür ein, dass das *strahlende Erbe* sicher deponiert wird. Kegelbergen kann dabei nur gewinnen. Und ich muss nun schnellstens ins Krankenhaus nach Singen, um Marco Schäfer zu besuchen. Denn mein Artikel ohne Aussage über seinen Gesundheitszustand wäre total unvollständig. Das seht ihr doch ein?«

»Ich habe da noch eine Frage.« Bürgermeister Wächter strich sich mit Daumen und Zeigefinger seinen weißen Bart von den Wangen zum Kinn. »Hat man den Steinewerfer verhaftet?«

»Das weiß ich nicht. Nach dem Anschlag war so ein Durcheinander. Überall wimmelte es von Menschen und

Polizisten. Aber gut, dass du danach fragst. Ich hab den Typ ja fotografiert. Und falls die Polizei ihn nicht erwischt hat, könnte mein Foto eine gute Hilfe sein, um ihn zu ermitteln. Da werde ich nach dem Krankenhausbesuch gleich mal nachfragen.«

»Warum rufst du nicht sofort die Polizei an?«, hakte Gundas Vater nach. »Das ist doch schnell getan. *Man sollte nie so viel zu tun haben, dass man zum Nachdenken keine Zeit mehr hat.*«

Gunda ignorierte das schon oft von ihrem Vater gehörte Zitat von Georg Christoph Lichtenberg. »Von wegen. Bis man zum zuständigen Beamten durchgestellt wird, das kann dauern. Vermutlich ist der noch am Tatort und nicht in seinem Büro, und die Polizisten in der Zentrale haben keine Ahnung. Ich muss jetzt wirklich los.«

»Se isch verliebd«, mischte sich Gundas Mutter ein, die bisher schweigend zugehört hatte.

Gunda erhob sich schnell: »Quatsch! Wie kommst du denn darauf?«

»I hon do Glotzbebbel im Kobf«, lächelte ihre Mutter sie an, wobei sie ihr zuzwinkerte, als wüsste sie bereits alles über die Gefühle ihrer Tochter zu Marco.

Erleichtert atmete Gunda aus, als sie in ihrem Auto saß und den Motor startete. Ihre Mutter hätte sicher gerne weitergebohrt und nach dem Hochzeitstermin gefragt. Ein wenig fühlte sie sich schuldig, weil sie ihren Onkel, den Bürgermeister, so knapp abgefertigt hatte. Das sollte sie unbedingt gutmachen. Denn bestimmt würde sie ihn irgendwann mal wieder brauchen. Gunda nahm sich vor, ihn noch am Abend anzurufen und ausführlicher über die Tagesereignisse zu berichten. Mit einem Auge stets auf dem Tachometer raste sie Richtung Singen. Wo die stationären Blitzer neben der Straße standen, wusste sie. Doch immer wieder postierten sich Beamte mit ihren mobilen Geschwindigkeitsmessgeräten an neuen Stellen. Sie hatte bereits zwei Punkte in Flensburg. Einen weiteren würde sie zwar verkraften, aber dass Bußgeld und ein eventuelles Fahrverbot konnten sie empfindlich treffen. Deshalb hielt sie sich trotz Eile gewissenhaft an die vorgeschriebene Geschwindigkeit. Wie Verbündete schienen alle Ampeln auf Rot zu schalten, sobald sie sich näherte. Es wäre superb, wenn ich jetzt ein Blaulicht auf meinen Wagen setzen könnte, wie die zivilen Beamten in ihren unauffälligen Autos in den Krimis, dachte Gunda. Aber sie hatte nicht einmal einen Knopf, um das Martinshorn einzuschalten. Journalistinnen sollten über eine derartige Ausstattung verfügen, schoss es ihr durch den Kopf. Denn heutzutage musste man schnell sein. Die Welt wollte nicht über Ereignisse vor einer Stunde informiert werden, sondern live dabei sein.

Endlich erreichte sie das Krankenhaus, stellte das Auto ab und stürmte zum Empfangsschalter. Dort war Marco Schäfer noch nicht registriert.

»Wo werden Unfallopfer hingebracht?«

»Zuerst in die Notaufnahme und dann ...«

Gunda war bereits davongerannt, als die Dame ihren Satz beendete. Sie kannte das Krankenhaus und wusste, wo die Notaufnahme ist. Von dort sei Marco bereits in ein Zimmer verlegt worden, sagte ihr eine Krankenschwester und nannte ihr auch Stockwerk und Zimmernummer. Etwas außer Atem stand Gunda vor der Tür des Krankenzimmers. Sie klopfte. Nichts. Entschlossen drückte sie auf die Klinke und trat ein. Nur ein Bett des Dreibett-Zimmers war am Fenster belegt. Hinter dem Bett schaute Andrea von einem Stuhl auf. Marco wandte sich von ihr ab und sah zu Gunda. Er winkte ihr näher zu kommen.

»Aha, die Presse ist auch schon da«, sagte er fast vergnügt.

»Hallo. Schön, dass Sie den Anschlag überlebt haben«, erwiderte Gunda. »Das sah bös aus. Man ließ mich leider nicht zu Ihnen vor. Ich sah nur das viele Blut an Ihrem Kopf aus der Ferne und befürchtete das Schlimmste. Wie geht es Ihnen?«

»Nun ja, Platzwunden am Kopf bluten halt ein wenig. Alles halb so schlimm.«

»Aber der Verband ist gewaltig«, Gunda deutete mit der Hand auf Marcos Kopf.

Um seine Stirn und den Hinterkopf hatte man eine weiße Bandage gewickelt, die eben noch die Augen frei ließ.

»Ich bin okay und wollte sofort wieder nach Hause. Aber die lassen mich nicht. Der Arzt will mich für mindestens eine Nacht hierbehalten, zur Beobachtung.«

»Auf dem Röntgenbild wurde keine Schädelfraktur bemerkt«, meldete sich Andrea. »Aber möglicherweise gibt es einen Haarriss, der sich erst später zeigt. Außerdem könnte er eine massive Gehirnerschütterung haben.«

»Glaub ich nicht«, sagte Marco. »Ich fühl mich mopsfidel. Der Stein hat mich doch nur gestreift. Alles nur leichte Abschürfungen.«

»Haben Sie Schmerzen?«, fragte Gunda.

»Nein, überhaupt nicht, mir geht es gut.«

»Sie haben ihm was gespritzt«, sagte Andrea. »Wenn die Wirkung des Mittels nachlässt, werden sich gewiss Schmerzen einstellen.«

Andrea machte keine Anstalten, Marco und Gunda allein im Zimmer zu lassen.

»Kann ich etwas für Sie tun, Herr Schäfer?«, fragte Gunda.

»Danke für das Angebot. Und Dankeschön für den äußerst gelungenen und objektiven Artikel in den Zeitungen und im Internet. Sie haben mein Anliegen und das der

Gruppe, die sich inzwischen gebildet hat, optimal dargestellt. Heute auf dem Marktplatz und beim anschließenden Zug durch die Stadt waren geschätzt doppelt so viele dabei als bei der ersten Demo. Das führe ich auf Ihre großartige Berichterstattung zurück. Ich würde mich freuen, wenn Sie weiterhin in dieser Weise über unsere Aktivitäten schreiben.«

»Dankeschön«, erwiderte Gunda schlicht. Innerlich triumphierte sie über das verbale *summa cum laude.* Sie mochte es aber nicht zeigen und machte nur ein ernstes Gesicht. »Hier ist meine Karte, rufen Sie mich bitte an, falls sich Ihr Gesundheitszustand verschlechtert, oder Ihnen noch etwas Wichtiges einfällt. Wir sollten in Kontakt bleiben. Als Journalistin muss ich zwar objektiv berichten, persönlich bin ich auf Ihrer Seite.«

Gunda verabschiedete sich mit besten Wünschen zur baldigen Genesung. Andrea bedachte sie mit einem kurzen Nicken und verließ das Krankenzimmer. Im geräumigen Eingangsbereich des Krankenhauses standen einige Sitzgruppen, in denen um diese späte Abendstunde niemand saß. Gunda setzte sich auf einen Sessel hinter einer Pflanze, von dem sie den Haupteingang im Blick hatte, selbst aber nicht sogleich gesehen wurde. Aus ihrer Tasche zog sie einen Schreibblock und begann, ihren Artikel über die Demonstration zu schreiben. Dabei blickte sie ständig auf, um jede Person zu erfassen, die das Haus verließ. Auf die Hereinkommenden achtete sie weniger, aber bei jedem Schatten in Eingangsnähe wanderten ihre Augen blitzschnell über den Rand des Schreibblocks. Nach einer halben Stunde sah sie Andrea, die an der Empfangsdame vorbei das Krankenhaus verließ, ohne sich umzudrehen. Na also, dachte Gunda, packte Stift und Notizblock ein und erhob sich. Im Fahrstuhl überlegte sie noch einmal, wie sie ihren erneuten

Besuch begründen könnte. Als sie das Krankenzimmer betrat, sah sie auf dem Stuhl, auf dem zuvor Andrea gesessen hatte, einen Mann in Marcos Alter. Etwas konsterniert schaute Gunda den schwarzen Lockenkopf mit Vollbart an.

»Guten Abend, ich bin ...«

»Ich weiß, die Journalistin«, fiel ihr der strubbelige Lockenkopf ins Wort. »Super Artikel, vor ein paar Tagen.«

»Dankeschön.«

Marco sah Gunda mit erhobenen Augenbrauen an. »Und, etwas vergessen?«

In Gundas Kopf kreisten die Gedanken, ohne an ein Ziel zu gelangen. War Marco schwul? Nein, das konnte nicht sein. Da gab es doch Andrea mit ihrer Hand auf seinem Knie.

»Entschuldigung«, grätsche Marco in ihre diffusen Überlegungen. »Das ist Benjamin, genannt Benni, ein Kollege von der Schule. Er hat mir ein paar Sachen aus meiner Wohnung gebracht. Was man halt so braucht im Krankenhaus. Bei ihm habe ich meinen Reserveschlüssel deponiert. Falls ich mich mal aussperre und vor verschlossener Tür stehe. Er wohnt eine Straße weiter. Die Leute in meinem Haus sind alle so furchtbar neugierig. Denen mochte ich keinen Schlüssel anvertrauen.«

»Sehr vernünftig«, lächelte Gunda. »Ja, ich hätte da noch ein paar Fragen.«

Der Lockenkopf erhob sich. »Nehmen Sie doch hier Platz. Ich muss dann auch wieder«, sagte er zu Gunda und zu Marco: »Ruf mich an, falls sie dich länger hierbehalten und du noch etwas brauchst. Hoffentlich explodiert in dieser Nacht nicht dein Schädel.«

Marco grinste: »Morgen bin ich wieder zu Hause.«

Benjamin verabschiedete sich und schloss die Krankenzimmertür hinter sich, die jedoch gleich von Neuem geöffnet wurde.

»Guten Abend. Ich bin die Nachtschwester. Ist alles in Ordnung? Brauchen Sie etwas?«

Marco schüttelte den Kopf. »Nein danke.«

»Es ist schon spät, um diese Zeit sehen wir Besucher nicht so gerne«, sagte die Krankenschwester, wobei sie die Journalistin streng ansah. Sie war vermutlich doppelt so alt als Gunda und würde wahrscheinlich demnächst in den Ruhestand gehen. »Der Patient braucht Ruhe.«

»Ja gut«, antwortete Gunda. »Nur noch zehn Minuten.«

Die Nachtschwester sah auf ihre Armbanduhr und verließ das Krankenzimmer.

Endlich allein, dachte Gunda und sah Marco mit blanken Augen an. Womit hatte sie ihren erneuten Besuch noch begründen wollen? Es fiel ihr nicht mehr ein.

»Und warum sind Sie wirklich gekommen?«, sagte Marco sanft und sah sie durchdringend an.

»Das weißt du doch«, hauchte Gunda und ergriff seine Hand.

Marco stieß sie nicht weg, sondern packte kräftig zu und zog Gunda zu sich.

29

Nach einem kurzen, aber erholsamen Schlaf schwang Gunda sich am Sonntagnachmittag in ihr Auto und passierte bei Schaffhausen die Grenze in die Schweiz. In den letzten vierundzwanzig Stunden hatte sie viel erlebt. Eine Demonstration mit brutalem Anschlag und anschließendem Krankenhausbesuch. Sie hatte sich in Marco nicht getäuscht. Er hatte ihre Annäherung ohne viele Worte erwidert. Gunda fühlte sich glücklich, wie schon lange nicht mehr. Er hatte um Geduld gebeten, weil er die Beziehung mit Andrea so friedlich wie möglich beenden wolle. Deshalb beschloss sie, am Sonntag nicht gleich wieder zu ihm zu fahren, obwohl ihr das schwerfiel. Marco hatte sich sehr zufrieden mit ihrer Entscheidung gezeigt. Die Absicht, Roy zu besuchen und nach dem Stand seiner Erfindung zu sehen, war eine willkommene Abwechslung. Sie hatte es ohnehin geplant gehabt. Vor der Abfahrt hatte sie noch schnell versucht, Roy anzurufen, aber er war nicht erreichbar gewesen. Macht nichts, dachte Gunda, er weiß ja, dass ich komme.

Die Ereignisse der letzten Nacht gingen ihr durch den Kopf, während ihr kleines Auto gemächlich mit 120 Stundenkilometer oder weniger über die Schweizer Autobahn rollte.

Nach dem Krankenhausbesuch hatte sie von ihrer Wohnung die Polizei angerufen. Sie wurde gleich mit dem leitenden Ermittler verbunden, nachdem sie gesagt hatte, worum es ging und wunderte sich, dass der noch so spät in seinem Büro war. Zunächst wollte er sie gedankenverloren abwimmeln. Und sagte nur knapp, dass der Steinewerfer noch nicht gefasst wurde. Die Ermittlungen liefen, man sei dran. Als Gunda allerdings damit herauskam, dass sie den Täter fotografiert habe, wurde er gesprächig. Sie müsse das Foto umgehend der Polizei zur Verfügung stellen, sonst könne sie sich wegen Behinderung strafbar machen, hatte er behauptet. Gunda schickte ihre Aufnahme sogleich per E-Mail an den Kriminalkommissar und bat, informiert zu werden, sobald der Täter gefasst worden sei. Auf ihre Frage, weshalb man den Steinewerfer noch nicht festgenommen habe, berichtete der Kommissar, dass die Bewohner und Eigentümer des Hauses verreist seien. Der mutmaßliche Täter habe sich offenbar unrechtmäßig Zugang verschafft, worauf eindeutige Einbruchsspuren an der Hintertüre hinwiesen. Durch jenen Ausgang habe er sich vermutlich nach dem Anschlag aus dem Staube gemacht, bevor die Polizei die Haustüre an der Straßenseite gewaltsam öffnete.

Anschließend hatte Gunda ihren Onkel angerufen, den Bürgermeister. Denn sie fühlte sich unbehaglich, nachdem sie ihn bei ihren Eltern so barsch abgewimmelt hatte. Jetzt war sie freudiger Stimmung und hatte Zeit.

»Entschuldige, wenn ich so spät noch anrufe, aber ich dachte, du würdest bestimmt gerne aus erster Hand informiert werden.«

»Schön, dass du dich noch an mich erinnerst. Ich dachte schon, ich sei bei dir abgeschrieben«, brummte Simon Wächter.

»Habe ich dich geweckt?«

»Nein, aber ich schlüpfte soeben in mein Nachtgewand. Also, was gibt es Neues.«

Gunda hatte von ihrem Besuch im Krankenhaus berichtet und dass Marco Schäfer nur leicht verletzt sei. Dass sie ihn umarmt und geküsst hatte, erwähnte sie nicht. Den Steinewerfer habe man noch nicht gefasst, was der Bürgermeister aber schon aus anderer Quelle wusste.

»Hat der Kommissar bei dir angerufen?«

»Nein, wieso? Ich habe ihn angerufen.«

»Ich hatte der Polizei deine Telefonnummer gegeben. Schlamperei.«

»Alles ist gut. Ich habe dem ermittelnden Kommissar das Foto geschickt.«

Nach den Anrufen bei der Polizei und bei ihrem Onkel hatte Gunda in aller Eile den Artikel über die Demonstration getippt. Das ging ihr schnell von der Hand in den Computer, weil sie den Text schon im Krankenhaus verfasst hatte, und nur noch ein wenig überarbeiten musste. Artikel und Foto schickte sie an drei Zeitungsredaktionen, bei denen sie bekannt war. Vergnügt hatte sie sich vorgestellt, wie man in den Redaktionen im Dreieck sprang. Denn sicherlich war die nächste Ausgabe schon druckfertig vorbereitet, weil jemand anders über die Demo berichtet hatte, allerdings ohne Täterfoto. Und das würde jeder Chefredakteur unbedingt bringen wollen. Was bedeutete, neuer Seitenumbruch, Foto einfügen, Text aktualisieren und so weiter. Der Kriminalkommissar hatte bestätig, dass es außer Gundas Schnappschuss kein weiteres Foto vom Steinewerfer gab. Später sah Gunda, dass die Zeitungsverlage noch in derselben Nacht reagiert hatten und ihr Foto sofort online stellten, beziehungsweise in der nächsten Ausgabe publizierten.

Aus einem hellen Grau am Himmel wurde ein dunkles Grau, als Gunda auf der Autobahn gen Süden an Zürich und Bern vorbei rollte. Sie näherte sich Lausanne, der Himmel verdunkelte sich noch mehr. Aber es fiel kein Tropfen aus den Wolken. Es herrschte eine gespenstische Stille, als sie in Chevry aus dem Auto stieg. Roy begrüßte sie freudig, aber mit betrübter Miene.

»Du bist zu früh, ich habe leider nichts vorzuweisen. Denn ich wollte nicht auf dich warten und machte gestern schon den entscheidenden Versuch.«

»Macht nichts, ich bin trotzdem neugierig zu sehen,

was du geschafft hast«, überspielte Gunda ihre Enttäuschung.

Roy ging voraus in die Garage. Sie staunte, denn es standen etliche neue Geräte auf der Werkbank, deren Bedeutung sie nicht zuordnen konnte.

»Nun ja, ganz erfolglos war mein letzter Versuch nicht. Für eine knappe Minute erzeugte die neue Energiequelle elektrischen Strom. Ich bin also auf dem richtigen Weg. Leider ließ sich das Experiment mit den vorhandenen Werkstoffen nicht wiederholen.« Roy kniff seine Lippen zusammen. »Ich muss für den nächsten Test neues Material bestellen.«

»Dafür kann ich berichten, was sich in Kegelbergen getan hat«, sagte Gunda und erzählte beim gemeinsamen Abendessen von der Demonstration. »Ein wunderbarer Mann, dieser Marco Schäfer. Er setzt sich dafür ein, dass das strahlende Erbe möglichst schnell und sicher in der Tiefe deponiert wird. Alle anderen protestieren, jammern und palavern nur rum.«

»Wenn meine Erfindung ausgereift ist, braucht niemand mehr den Atommüll verbuddeln«, kommentierte Roy ihre Ausführungen.

»Wie das? Sag schon!«

»Heute nicht.« Roy tippte mit dem ausgestreckten Zeigefinger auf seine geschlossenen Lippen und rollte die Augen in jene Richtung, wo eine Abhörwanze im Regal steckte.

Gunda verstand, dass Spione immer noch mithörten. »Gut, dann morgen«, sagte sie und wechselte das Thema. »Was für ein Sternzeichen hast du, Roy? Löwe?«

»Nein, Krebs«, erwiderte Roy.

»Ich verstehe, deshalb bist du so interessant und geheimnisvoll. Das ist typisch für Krebse, behaupten die Astrologen.«

»Alles Unfug«, murmelte Roy und gabelte nach einer Käsescheibe, die er auf seine Brotscheibe legte.

»Wirklich?«, fragte Gunda grinsend. »Krebse werden stark vom Mond beeinflusst, sagen die ...«

»Willst du mir mein Abendessen madigmachen und meine Laune trüben?« Roy sah sie ernst an.

»Pardon. Natürlich nicht. Ich wollte nur wissen, wie du die Astrologie einschätzt und ob du den heutigen Tag astrologisch gewählt hast. Es soll Könige gegeben haben, die sich regelmäßig von Sterndeutern beraten ließen und nur in eine Schlacht zogen, wenn die Sterne günstig standen.«

»Wer daran glaubt, ist selber schuld«, winkte Roy das Thema ab.

»Ich bin auch müde«, sagte Gunda. »Die letzte Nacht war kurz und dann die Fahrt hierher. Das hat mich alles geschlaucht.«

Draußen stürmte und regnete es heftig.

30

Am nächsten Morgen waren alle Wolken entschwunden und die Sonne schien.

»Herrlich!«, sagte Roy zu Gunda nach dem Frühstück beim Blick aus dem Fenster. »Lass uns ins Mühlental gehen. Der Bach dort wird jetzt Hochwasser führen. Es regnete letzte Nacht heftig. Ich habe heute Spätschicht. Da genieße ich gerne den herbstlichen Sonnenschein vor Dienstbeginn.«

Gunda stimmte zu und zog sich dennoch warm an.

Nachdem Roy sein Auto am Waldrand abgestellt hatte und sie zum Tal hinunter gingen, sagte er: »Ich werde dir heute ein Geheimnis verraten.«

Gunda blieb stehen und sah ihn mit großen Augen an: »Nein.«

»Doch. Ich habe mir überlegt, dass mir etwas zustoßen könnte. Wir wollen zwar nicht an das Schlimmste denken. Aber wer weiß schon, was morgen passiert. Und da wäre es fatal, wenn niemand weiß, wo meine Aufzeichnungen verborgen sind. Normalerweise hätte ich meine Frau eingeweiht. Aber die ist ja auf und davon, wird sich noch in den Hintern beißen, wenn das große Geld fließt.«

Gunda grinste Roy breit an. »Du machst es aber spannend.«

»Erinnerst du dich noch an deinen ersten Besuch bei mir, speziell an den Sonntag?«

»Klar wir waren in der Kirche und sind anschließend nach Genf gefahren.«

»Richtig. Merke dir also *Kirche, See, Sisi*. Alles klar? Diese Begriffe sind das jeweilige Benutzerwort für drei verschiedene Dateien in dieser Reihenfolge, die ich *eins, zwei, drei* benannt habe. Wir sind zuerst in die Kirche gegangen. Anschließend fuhren wir zum Genfer See. Dort zeigte ich dir die Statue von Elisabeth der Kaiserin von Österreich und Königin von Ungarn, genannt Sisi. Diese drei Begriffe sind auch Teil des Passwortes, um die verschlüsselten Dateien zu öffnen. Hinzu kommt noch ein Sternchen und danach eine Zahlenreihe.«

»Im Merken von Zahlen bin ich mangelhaft«, wandte Gunda ein. »Die muss ich mir immer aufschreiben.«

»Kein Problem«, sagte Roy. »Es sind Zahlen, die du im Internet ermitteln kannst, falls du sie vergisst. Das erste Passwort lautet *Kirche*04041830*. Die Zahl steht für das Gründungsdatum der Kirche Jesu Christi der Heiligen der Letzten Tage, nämlich der 4. April 1830. Ganz einfach. Findest du leicht im Internet und in guten Lexika. Auch für *See* und *Sisi* gibt es eine simple Eselsbrücke.«

»Ist das nicht etwas zu einfach?«, fragte Gunda. »Ich habe gehört, dass es Programme gibt, die so etwas in Sekunden knacken.«

»Stimmt. Aber ich bin noch nicht fertig. Nachdem du das erste Benutzerwort und das erste Passwort eingegeben hast, wirst du erneut aufgefordert, entsprechende Wörter einzugeben. Danach noch einmal, erst wenn du dreimal die geforderten Benutzer- und Passwörter eingegeben hast, öffnet sich die Datei und du kannst alles darin sehen und lesen. Auch die anderen beiden Dateien werden auf diese Weise geöffnet. Alle Schlüsselwörter drehen sich um *Kirche, See und Sisi*. Du musst dir allerdings auch die wechselnde Reihenfolge merken.«

Roy erklärte ihr, welche Reihenfolge sie einzuhalten hatte. Gunda kam ins Schwitzen. Einerseits klang es ganz einfach, andererseits sollte sie sich alles merken und keinesfalls irgendwo aufschreiben.

»Moment Mal«, wandte Gunda ein. »Du sagtest eben,

dass ich mit den richtigen Schlüsselwörtern alle Ordner öffnen und die darin enthaltenen Dateien sehen kann. Früher erklärtest du mir doch, dass es nichts nütze, wenn man die Dateien hat, weil das Entscheidende in deinem Kopf stecken würde.«

»Ja stimmt«, erwiderte Roy. »So hatte ich einmal alles angelegt. Aber dann wurden die Informationen und Berechnungen so umfangreich, dass ich die Sicherheitsmethode ändern musste. Jetzt ist in den Dateien alles unverschlüsselt lesbar. Jedenfalls für einen Fachmann.«

»Ich könnte also nichts damit anfangen?«

»Es sei denn, du studierst intensiv Physik, Chemie und Elektrotechnik.«

»Ach du heiliger Kegelberg«, entfuhr es Gunda. »Möge mir das erspart bleiben.«

»Und noch etwas ist wichtig«, nahm Roy seine Instruktion wieder auf. »Für das Öffnen einer Datei hast du genau sechs Minuten. Falls du länger herumprobierst, setzt ein Zerstörungsmechanismus ein und die gesamte Datei ist futsch. Die anderen beiden Dateien nützen dann nichts mehr, weil man alle drei Dateien braucht, um Aufbau und Funktionsweise der neuen Energiekonserve zu verstehen.«

»Wow!«, sagte Gunda mit offenem Mund. »Auch noch Zeitdruck. Schlagen dann Flammen aus der Festplatte und das Gerät fliegt mir um die Ohren?«

»Nein, es gibt keine Explosion, nicht einmal kleine Flämmchen. Ein Programm sorgt dafür, dass die Dateien in sekundenschnelle gelöscht und mit zufälligen Zahlenreihen überschrieben werden. Das geschieht mehrfach und verhindert, dass die ursprünglich gespeicherten Daten wiederhergestellt werden können.«

»Wie merke ich denn, dass ich mich vertippt habe?«, wollte Gunda wissen.

»Unter den beiden Eingabefeldern erscheint dann eine entsprechende Meldung. Du darfst es dann aber nicht gleich noch einmal in denselben Feldern versuchen. Damit würdest du die Selbstzerstörung auslösen. Die Zerstörung verhinderst du, indem du in beide Felder über der Fehlermeldung jeweils sechsmal die Sechs eintippst. Es erscheint dann der erste Bildschirm und du kannst von vorn beginnen.«

»Bei jeder Datei?«

»Ja. Wir werden das nachher im Auto üben. Ich habe einen Laptop und eine externe Festplatte dabei.«

»Hast du die Dateien auf deinem PC zu Hause auf die gleiche Weise geschützt?«, wollte Gunda wissen.

»Nein, auf keinen Fall. Die Dateien auf meinem Computer sind wesentlich raffinierter verschlüsselt. Die kann man nicht so leicht öffnen. Auch nicht die Sicherheitsdateien, die ich im Arbeitszimmer aufbewahre. Ich gehe davon aus, dass die Spione als erstes meinen Computer an sich reißen, wenn sie mitbekommen haben, dass meine Erfindung funktioniert und serienreif ist. Aber daran werden sie sich die Zähne ausbeißen.« Roy schmunzelte vergnügt vor sich hin.

»Du hast die Dateien demnach so gut verschlüsselt, dass niemand sie öffnen kann?«

»Nein so gut nun auch wieder nicht. Ich denke, das kann niemand. Denn was Menschen verschlüsseln, kann auch von Menschen entschlüsselt werden. Da gab es die Enigma, eine Rotor-Schlüsselmaschine, die im Zweiten Weltkrieg zur Verschlüsselung des Nachrichtenverkehrs der Wehrmacht, den Geheimdiensten und anderen Organisationen von den Nazis verwendet wurde. Die damit verschlüsselten Nachrichten und Befehle galten als sicher. Franzosen und Briten gelang es nicht, in den Code einzubrechen, und stuften die Verschlüsselungsmethode als *unknackbar* ein. Aber ein polnischer Mathematiker kam der deutschen Erfindung auf die Spur. Zusammen mit einem britischen Codeknacker gelang es den beiden, nach einigen Jahren mit aufwendigem Personal und maschineller Hilfe, die verschlüsselten Texte zu lesen. Etwa ab 1940 blieben den Alliierten die gefunkten Absichten der Deutschen nicht mehr verborgen. Historiker sind der Meinung, dass der Zweite Weltkrieg erheblich länger gedauert hätte, wenn es nicht gelungen wäre, die mit der Enigma verschlüsselten Nachrichten zu entziffern.«

»Alle Achtung, du bist gut informiert«, versuchte Gunda ein Kompliment anzubringen.

»Wie ich schon sagte«, kommentierte Roy nüchtern, »was Menschen verschlüsselt haben, können Menschen auch entschlüsseln. Aber wenn die Verschlüsselung ein Meisterwerk ist, brauchen Codeknacker manchmal Jahre, um das Geheimnis zu lüften. Jetzt lass uns erst einmal die sprudelnde Quelle anschauen.«

Roy marschierte mit langen Schritten voraus. Gunda hielt ihn zurück, weil sie wissen wollte, wo sie die externe Festplatte finden würde.

»Nicht so laut«, sagte Roy. »Den Ort zeige ich dir noch. Also komm.«

Schweigend marschierten sie bis zur Quelle des Mühlenbachs. Ein mächtiger Wasserstrom donnerte aus dem Quellbecken durch die Lücke der eingerissenen Sperrmauer. Anschließend floss es im Bach talwärts. Das klare und leicht hellgrüne Wasser war so laut, dass sie sich vor der Mauer anschreien mussten, um einander zu verstehen. Gunda kletterte auf den rechten Teil der Sperrmauer und sah von dort, wie das Wasser aus der Felsspalte schoss. Die Spalte im Felsen, die Quelle, glich einem riesigen geöffneten Wasserhahn. Wasser strömte auch von der Böschung links neben der Quelle über kleine und größere Felsbrocken. Dort gurgelte und sprudelte es ebenfalls laut. Als Gunda zum ersten Mal an der Quelle gestanden hatte, bot sich die Böschung völlig trocken dar. Lediglich das grüne Moos auf den Felsbrocken verriet, dass die Steine gelegentlich feucht wurden. Auch das Felsenloch, aus dem es nun unaufhörlich und wuchtig strömte, war trocken gewesen bis auf etwas Feuchtigkeit am Boden. Ergriffen von der Naturgewalt stand Gunda still und staunte, gebannt auf die Wassermassen schauend. Als sie dann in die Runde blickte, sah sie Roy in einiger Entfernung stehen, der ihr winkte zu kommen.

»Beeindruckend, nicht wahr«, sagte Roy, nachdem sie zu ihm gekommen war.

»Ich bin fasziniert«, erwiderte Gunda. »Die trockene Quelle beeindruckte mich nicht. Und als du mir sagtest, dass daraus Wasser sprudelt, dachte ich, ja und? Aber jetzt. Wow! – Wo kommt das Wasser eigentlich her?«

»Oben aus den Bergen. Setzen wir uns kurz da drüben auf die steinerne Bank. Die Sonne wird sie ein wenig angewärmt haben. Ich will dir das Prinzip der Energiekonserve verraten. Falls ein Spion in der Nähe ist, wird sein Empfang mittels Richtmikrofon durch das rauschende Wasser empfindlich gestört.«

»Wie, du willst mir alles erzählen, ohne notariell beglaubigtes Stillschweigeabkommen? Das wolltest du doch vorbereiten.«

»Ich vertraue dir«, sagte Roy mit einem tiefen Blick in ihre blauen Augen.

»Dankeschön«, Gunda war tief gerührt und merkte, wie ihre Augen feucht wurden.

»Das Prinzip ist einfach«, begann Roy seine Ausführungen. »In einer Box befinden sich drei Elemente nebeneinander. Das Element in der Mitte sendet radioaktive

Strahlen aus und wirkt auf die beiden Elemente daneben ein. Das eine habe ich Plus-E genannt, das andere Minus-E. Das strahlende Element in der Mitte ist der Kern. Treffen nun die radioaktiven Strahlen auf die beiden Elemente, entsteht zwischen ihnen eine elektrische Spannung. Die kann man dann wie aus einer normalen Batterie verwenden. Weil die radioaktive Strahlung Jahrtausende andauert, liefert die Energiekonserve für lange Zeit Strom, der dann beispielsweise in Elektroautos für den Antrieb verwendet werden kann. Aber auch ganze Häuser wird man damit versorgen können. Für den Kern gibt es reichlich Material, zum Beispiel den Atommüll, der unter der Erdoberfläche verbuddelt werden soll. Die Problematik besteht darin, die richtigen Elemente für Plus-E und Minus-E zu finden. In der Natur gibt es sie nicht. Sie bestehen aus einer Mischung verschiedener Metalle in unterschiedlicher Menge und Zusammensetzung. Die Bestandteile beider Pole sind grundverschieden. Dafür musste ich Legierungen in meinem Brennofen herstellen, den du ja schon kennst. Den strahlenden Kern zwischen den Polen kaufte ich im Darknet. Wie ich schon berichtete, hatte man mich mit der ersten Lieferung reingelegt. Es war einfach nur Eisenschrott. Die zweite Lieferung strahlte. Dennoch funktionierte meine Versuchsanordnung am Samstag nur für einige Sekunden. Es sind also weitere Forschungen mit neu dosierten Legierungen notwendig. Über den Versuchsaufbau habe ich ausführliche Aufzeichnungen angelegt. Irgendwelche Fragen?«

»Du hantierst mit radioaktivem Material? Das ist doch gefährlich!«

»Ja, es ist gefährlich. Die Nobelpreisträgerin Marie Curie entdeckte vor über hundert Jahren die Radioaktivität und soll daran gestorben sein. Im Gegensatz zu heute wusste man damals noch nicht viel über die Wirkung der

Strahlung. Heute weiß man, wie man sich schützen kann, was ich bei meinen Experimenten sorgfältig tue. Denn ich will ja nicht vor Abschluss meiner gebrauchsfähigen Erfindung das Zeitliche segnen.«

»Wie bist du denn auf die Idee gekommen?«, wollte Gunda wissen und strich ihre kupferglänzenden Locken hinter die Ohren, als könne sie so besser hören.

»Du erinnerst dich an unser erstes Treffen in der Bretagne?«

»Wie könnte ich das vergessen.«

»Da hatte ich am Strand die bahnbrechende Eingebung. Absichtslos hatte ich daran gedacht, wie Menschen nach Unfällen in Atomreaktoren starben, zum Beispiel in Fukushima. Die freigesetzte Strahlung ist Energie, die so mächtig ist, dass sie den menschlichen Körper schädigt und sogar tötet. Und das nicht nur für ein paar Minuten, sondern über Jahrtausende. Diese Energie müsste man doch nutzen können. Und wie aus dem Nichts sah ich vor meinem geistigen Auge die Energiekonserve. Gleichzeitig wusste ich, dass mich keine Fata Morgana täuscht, sondern das es machbar ist. Ich musste lediglich die richtige Zusammensetzung für die Elemente Plus-E und Minus-E finden.«

»Ja aber«, wandte Gunda ein, »die Energiekonserve ist doch gerade mal so groß wie eine Autobatterie. Kommt da die radioaktive Strahlung nicht locker raus und verstrahlt die ganze Umgebung?«

»Nein«, sagte Roy trocken. »Die Elemente sind mit Glas, Blei und Stahl ummantelt. Ich habs gemessen, da kommt nichts raus.«

»*Energiekonserve* klingt nach Erbsen oder Sardinen«, sagte Gunda. »Hast du schon an einen knackigeren Begriff gedacht?«

»Nein, ich denke *Energie* und *Konserve* bezeichnen genau, worum es geht.«

»Wie wäre es mit *Enerkon*?«, schlug Gunda vor. »Es sind die ersten Wortteile von Energie und Konserve. Das ist kürzer, griffig und geht locker über die Lippen. Mal schauen, ob es das schon gibt.«

Gunda zog ihr Smartphone hervor und googelte den Begriff. »Mist! Gibt es schon: *Enerkon Solar International*. Das können wir nicht nehmen. Es muss ein Begriff sein, den es noch nicht gibt. Dein Produkt ist doch exklusiv. Mal schauen, was Google zu *Enekon* sagt, ohne r. – Verdammt! Gibt es auch schon.«

Gunda legte ihre Stirn in Falten und sah gen Himmel. »Wir wäre es, wenn wir *Energie* durch *Power* ersetzen?« Sofort tippte sie in ihr Smartphone und blickte enttäuscht auf. »Nichts zu machen. Mit Power gibt es unendliche viele Kombinationen. Erstaunlich, wo überall Power drin steckt.« Erneut tippte sie in ihr Smartphone. Immer wieder.

Roy sah ihren Bemühungen lächelnd zu.

Plötzlich sah sie strahlen auf: »Ich habs: *Droemerpower*! Den Begriff gibt es weltweit noch nicht, laut Google. *Droemerbox* wäre auch eine Möglichkeit. Aber das klingt nach Fast Food. Wie gefällt dir *Droemerpower*, Drömer geschrieben mit oe? Da steck dein Name drin und Power, ergo Kraft.«

Roy legte seine linke Hand auf Kinn und Mund. »Hm. Habe ich noch nie gehört. Aber du hast recht. *Droemerpower* klingt gut. Der *Droemerpower*, die *Droemerpower* oder das *Droemerpower*? Die *Droemerpower* erscheint mir sinnvoll. Wie beispielsweise, die Atomenergie. Den Begriff können vermutlich auch die Englisch Sprechenden mühelos artikulieren. *The Droemerpower*, die sprechen das *oe* womöglich wie *o* aus. Macht nichts.« Er sah Gunda an: »Also, künftig die *Droemerpower*. Glückwunsch, du *Droemerpower*-Erfinderin.«

Gunda strahlte und erhob sich. »Ich habe nun die in der steinernen Bank gespeicherte Wärme vollkommen aufgenommen. Es kommt nur noch Kälte an meinen Po. Ich muss mich bewegen.«

»Gute Idee, dann gehen wir jetzt zur Ruine der *Moulin de Crozet* weiter unten im Tal. Dort zeige ich dir, wo ich meinen externen Sicherheitsspeicher versteckt habe, eine SSD. Es wäre doch nicht klug, sie zu Hause aufzubewahren. Das Gebäude könnte in die Luft fliegen oder niederbrennen. Dann blieben, wenn überhaupt, nur noch verkohlte Reste übrig. Oder ein Erdbeben verschüttet alles. Beton fällt auf die Festplatte und macht sie total unbrauchbar. Eine elementare Datensicherung muss außerhalb des Arbeitsplatzes deponiert werden. Ich überlege sogar, ob ich ein zweites Depot einrichten soll.«

»Und wo?«

»Vielleicht oben in den Bergen«, sagte Roy. »Es ist gar nicht so einfach, eine Stelle zu finden, wo nicht zufällig jemand in den nächsten Tagen gräbt oder baggert. Die Stelle müsste von dichten Bäumen oder Felsen verdeckt sein. Denn die Satelliten oben fotografieren jeden Zentimeter. Und schon sind Spione unterwegs, um nachzusehen, was ich da vergraben habe.«

»Ich muss dir etwas gestehen«, begann Gunda mit leiser Stimme, als müsse sie eine letzte Beichte ablegen. »Ich habe einen neuen Freund.«

Roy flüsterte zurück: »Erzähle, wenn du magst.«

»Ich spreche nicht von dir.«

»Das habe ich befürchtet«, antwortete Roy, drückte sie an sich und küsste sie flüchtig auf die Stirn.

31

Am Sonntagmorgen untersuchte ein Arzt im Krankenhaus Marco. Er entfernte den Kopfverband und betrachtete die genähte Platzwunde über der linken Schläfe genau. Der Mediziner zeigte sich zu frieden, legte einen neuen Verband an und entschied nach einem Blick auf die Röntgenbilder, dass der Patient das Krankenhaus verlassen dürfe. Er müsse den Verband täglich wechseln; nach drei Tagen würde wahrscheinlich ein Heftpflaster ausreichen. Wenn alles gut verheile und es keine weiteren Beschwerden gäbe, sagte der Arzt, solle er in ein paar Tagen die Fäden ziehen lassen. Das könne auch sein Hausarzt vornehmen.

Zufrieden ging Marco auf sein Krankenzimmer und packte seine Sachen zusammen. Er rief Benni an, um ihn um Abholung zu bitten. Doch Benni war nicht erreichbar, nur die Sprachbox meldete sich. Mit dem Taxi würde die Heimfahrt teuer werden. Gunda war in Frankreich. Sollte er Andrea noch einmal bitten? Kaum hatte er daran gedacht, da klopfte es an der Zimmertür und Andrea trat ein. Sie brachte ihn nach Hause und wollte den restlichen Tag bei ihm bleiben. Doch Marco überredete sie, ihn allein zu lassen, weil er letzte Nacht schlecht geschlafen habe und er sich hinlegen wolle. Unwillig verließ Andrea die Wohnung.

»Aber du rufst mich sofort an«, sagte sie zum Abschied, »wenn du Hilfe brauchst.« Sie küsste ihn. Er ließ es geschehen.

Kaum hatte Andrea die Wohnungstür hinter sich geschlossen, da kramte Marco die Visitenkarte von Gunda hervor und wählte ihre Nummer. Sie hob nicht ab, die Sprachbox sprang an. Marco legte enttäuscht auf und schaute in den Kühlschrank, weil er plötzlich Hunger bekam. Er entdeckte noch etwas Kartoffelsalat und Wiener Würstchen im Kühlschrank. Die Würstchen steckte er in die Mikrowelle und warf die Verpackung in den Mülleimer. Der Eimer war randvoll. Marco bückte sich und wollte den stinkenden Abfall hinunter in die Tonne vor dem Haus bringen, als sein Handy klingelte. Er klappte den Mülleimer wieder zu und hechtete zum Smartphone im Wohnzimmer. Gunda meldete sich.

»Tut mir leid, dass ich nicht gleich drangegangen bin. Meine Freisprecheinrichtung hat eine Macke. Ich musste erst auf einen Parkplatz fahren. Ich bin auf der Rückfahrt. Gleich werde ich auf der Autobahn an Lausanne vorbeikommen. Wie geht es dir?«

»Gut, ich bin zu Hause. Der Arzt im Krankenhaus sah keinen Grund, mich dort weiter zu behalten.«

»Das freut mich. Wie bist du nach Hause gekommen? Ich hätte dich gerne abgeholt.«

»Andrea hat mich heimgefahren. Ich hatte sie gar nicht darum gebeten. Plötzlich stand sie im Krankenzimmer, als ich gerade meine Sachen zusammengepackt hatte. Da mochte ich sie nicht wegschicken.«

»Hast du es ihr gesagt? Ich meine von uns.«

»Sie war so fürsorglich«, rechtfertigte Marco sich. »Da brachte ich es nicht übers Herz. Sie wollte mir sogar noch ein Mittagessen kochen. Aber ich wimmelte sie ab. Sie ist gerade eben gegangen.«

Gunda schluckte und schwieg einen Augenblick. »Wann wirst du es ihr sagen?«

»So bald wie möglich. Heute war es ungünstig.«

Gunda schwieg erneut und sagte dann: »Ich fahre jetzt wieder los. In etwa vier bis fünf Stunden bin ich bei dir. In der Schweiz darf man leider nicht so aufs Gas drücken. Wenn die Polizei einen erwischt, behalten die manchmal sogar an Ort und Stelle nicht nur den Führerschein, sondern auch das Auto und man kann zusehen, wie man weiterkommt. Ich freu mich auf dich. Bis bald.«

Marco sagte, dass er sich ebenfalls freue, sie noch heute Abend in die Arme schließen zu können. Bevor beide auflegten, schmatzte jeder einen Kuss ins Telefon.

Marco lächelte zufrieden. Aus der Mikrowelle dufteten die Wiener Würstchen. Er stellte sie auf den Tisch und verspeiste Kartoffelsalat und Würstchen wie ein Löwe, der eine Woche lang erfolglos gejagt hatte. Danach fühlte er sich wirklich müde und legte sich für einen kurzen Schlummer auf die Couch. Das war jedenfalls seine Absicht. Doch als er wieder erwachte, war es draußen schon dunkel. Er sah auf seine Armbanduhr. In etwa einer Stunde könnte Gunda eintreffen.

Vor dem Mehrfamilienhaus am Stadtrand von Kegelbergen, in dem Marco im dritten Stock wohnte, fuhr langsam eine dunkle Limousine der Mittelklasse vorbei. Marco sah den Wagen kurz durchs Fenster auf der Straße. Er ging in die Küche. Sein Blick fiel auf den vollen Mülleimer. Er zog den Plastikbeutel heraus und knüpfte ihn zusammen. Im Treppenhaus verwickelte Frau Booth ihn in ein Gespräch, als sie den Kopfverband sah. Marco hatte Mühe, ihren Wissenshunger kurz und knapp zu befriedigen. Nachdem Frau Booth ihre Wohnungstür hinter sich geschlossen hatte, stieg Marco die letzte Treppe hinab und trat vor das Haus. Er ging zur Nische, in der die Mülltonnen standen. Eine dunkle Limousine stoppte auf der Straße nur wenige Meter von ihm entfernt. In der Fahrertür wurde die Scheibe heruntergelassen. Marco konnte das Gesicht des Fahrers in der Dunkelheit nicht erkennen. Er vermutete, dass der Mann oder die Frau hinter dem Lenkrad nach dem Weg fragen wolle. Er warf den Müllbeutel in die Tonne und ging auf das Auto zu. Noch bevor er es erreichte, blitzte es im Seitenfenster des

Autos kurz hintereinander zweimal auf. Der Wagen fuhr schnell, aber nicht mit quietschenden Reifen davon. Marco brach zusammen und stürzte auf den Fußweg zum Haus. Wenige Minuten später kam ein alter Mann gebeugt an ihm vorbei, der seinen Dackel gassiführte. Er sah den reglosen Marco am Boden und sprach ihn an. Als der nicht antwortete und sich nicht rührte, zog der Alte sein Handy aus der Tasche und rief die Polizei an.

Die Polizei traf wenige Minuten später ein, ebenso ein Rettungswagen des Roten Kreuzes. Im Nu war eine Volksmenge aus den umliegenden Häusern zusammengelaufen. Die Rettungswagenhelfer schoben den regungslos auf der Trage liegenden Marco Schäfer in ihr Auto und rasten mit Blaulicht und Martinshorn davon. Die Polizei begann die Anwohner zu befragen. Niemand hatte etwas gehört oder gesehen bis auf einen Teenager im Nachbarhaus. Sie hatte am geöffneten Fenster geraucht und sagte, dass sie zwei Schüsse gehört habe. Zunächst hätte sie nicht gedacht, dass es Schüsse sein könnten. Aber als dann die Polizei vorfuhr, habe sie es geschnallt. Sie habe auch zehn Minuten zuvor ein schwarzes Auto langsam durch die Siedlung schleichen sehen. Doch sie konnte weder Angaben zum Autotyp noch zum Nummernschild machen.

Am Tag darauf entdeckte die Spurensicherung bei Tageslicht eine Kugel im hölzernen Rahmen der Haustür. Das zweite Projektil war in Marcos Oberkörper ganz links eingedrungen und am Rücken herausgekommen. Ein Durchschuss. Trotz gründlicher Suche fanden die Spezialisten die Kugel vor dem Haus nicht.

Nachdem die Polizei den Tatort verlassen hatte, gingen auch die letzten Anwohner in ihre Wohnung und es kehrte Ruhe ein. Da fuhr Gunda mit ihrem Auto vor. Nachdem sich auf ihr Klingeln nichts rührte, drückte sie wahllos auf einen anderen Klingelknopf. Im ersten Stock öffnete sich ein Fenster.

»Entschuldigung, dass ich bei Ihnen geklingelt habe«, rief Gunda hinauf. »Ich bin mit Marco Schäfer verabredet, aber der öffnet nicht. Wissen Sie, wo er ist?«

»Der ist im Krankenhaus«, antwortete die füllige Frau in roter Kittelschürze, die sich aus dem Fenster gelehnt hatte.

»Ja, da war er. Aber er wurde heute Morgen entlassen und sollte jetzt wieder zu Hause sein.«

»Ja, ja. Aber nun ist er wieder im Krankenhaus. Vor einer Dreiviertelstunde haben sie ihn weggebracht.«

»Was ist passiert?«

Die Frau begann ausführlich zu berichten. Doch als Gunda erfasst hatte, dass auf Marco geschossen worden war, wollte sie nur noch wissen, in welches Krankenhaus man ihn gebracht habe. Blitzschnell sprang Gunda in ihr Auto und jagte nach Singen. Marco lag auf der Intensivstation. Die Krankenschwester hinter der verschlossenen Tür wollte sie nicht einlassen.

»Ich bin seine Verlobte«, sagte Gunda.

»Das kann jede behaupten.«

»Fragen Sie ihn.«

»Das geht nicht.«

Gunda fühlte, wie ihre Augen feucht wurden und sah die Frau verzweifelt an.

»Na gut«, sagte die Krankenschwester. »Aber nur kurz. Sie können ohnehin nicht mit ihm sprechen. Er liegt im künstlichen Koma.«

»Wie schlimm ist es?«

»Darüber müssen Sie mit dem Arzt sprechen. Ich weiß nur, dass er angeschossen wurde und dass seine Lunge etwas abbekommen hat.«

Gunda trat an Marcos Krankenbett und sah still auf ihn

hinab. Mit geschlossenen Augen und einem Beatmungs-
gerät auf Mund und Nase lag er regungslos im Bett. Etliche Schläuche und Kabel führten von ihm zu einem
Geräteturm neben seiner Bettstelle. Unübersehbare
Lämpchen leuchteten dort und grüne Kurven zogen langsam über einige der kleinen Monitore. Überall Tasten,
Schalter und Drehknöpfe an den elektronischen Geräten.
Auf zwei größeren Bildschirmen wurden Daten, Balken
und Kurven angezeigt, deren Bedeutung Gunda nur ver-
muten konnte. Vorsichtig berührte sie Marcos Finger der
linken Hand und strich sanft mit dem Daumen darüber. In
seinem Handrücken steckte eine Nadel, von der ein
durchsichtiger Schlauch wegführte, in dem sie eine klare
Flüssigkeit erkannte. Stumm stand sie da und starrte auf
Marcos Gesicht. Sein Brustkorb hob und senkte sich
leicht und rhythmisch unter der dünnen Bettdecke.

»Sie müssen jetzt gehen«, sagte leise hinter ihr die
Schwester, die sie hereingelassen hatte. »Ich weiß nicht,
ob Sie wirklich seine Verlobte sind. Denn draußen steht
eine weitere Verlobte und will zu ihm.«

»Mit der hat er Schluss gemacht«, antwortete Gunda
kühl, ohne den Blick von Marco zu lassen.

»Wie dem auch sei, wir bringen ihn jetzt in die OP.«

Unverhofft war Gunda von Krankenschwestern und
Pflegern umzingelt. Sie sah weiterhin zu Marco und
rührte sich nicht von der Stelle. Zwei kräftige Kranken-
pfleger griffen links und rechts unter ihren Arm und
würden sie wohl auch hinausgetragen haben, wenn sie
nicht selber Fuß vor Fuß gesetzt hätte. Sie führten Gunda
aus dem Raum und zum Ausgang der Intensivstation.
Hinter der gläsernen Tür stand Andrea mit blitzenden
Augen und finsterem Gesichtsausdruck.

32

»Ich brauche deine Hilfe«, sagte Wanda Maurer, Gundas Mutter, am Telefon.

»Was ist denn passiert?«

»Ähm, noch nichts. Das heißt eigentlich doch. Mein Laptop springt nicht an. Gerade jetzt, wo ich im Internet nach einem Rezept sehen will. Und da dachte ich, dass du vielleicht in der Nähe bist und kurz vorbeischauen könntest.«

»Nein, ich bin nicht in der Nähe, sondern zu Hause in Singen und beschäftigt.«

»Achso«, klang Wandas Stimme enttäuscht.

»Was für ein Rezept brauchst du denn?«

»Ich will Labskaus für Gustav machen.«

»Aber das steht doch sicher in deinen Kochbüchern«, wandte Gunda ein.

»Ja schon. Aber da stehen nur die üblichen Rezepte für Labskaus. Als wir letztes Jahr in Hamburg waren, wurde uns in einem Restaurant ein Labskaus serviert, von dem Gustav noch Monate danach schwärmte. Ich fragte den Koch damals nach dem Rezept. Er hat es mir auch gesagt. Aber dann habe ich es vergessen. Und ich dachte, im Internet kann man das spezielle Labskaus-Rezept bestimmt finden, vielleicht auf der Webseite des Restaurants. An den Namen erinnere ich mich. Es war in einer Nebengasse der Mönckebergstraße. Und nun tut mein Laptop nicht.«

»Kann Papa dir nicht helfen?«

»Der ist doch unterwegs. Und es soll eine Überraschung für ihn werden.«

»Okay«, antwortete Gunda, »ich muss noch einen Anruf machen und komme dann rüber.«

»Du bist ein Schatz«, jubilierte ihre Mutter.

Gunda rief im Krankenhaus an und erfuhr, dass die Operation gut verlaufen sei. Marco befinde sich nicht mehr in Lebensgefahr, sei aber frühestens am nächsten Tag ansprechbar. Dann würde er voraussichtlich von der Intensivstation in ein normales Krankenzimmer verlegt werden können. Ein Besuch im Krankenhaus wäre demnach gegenwärtig wenig sinnvoll, sagte man Gunda.

Sie nahm sich aber vor, am Abend Marco dennoch zu besuchen, auch wenn er immer noch schlafend daläge.

Als Gunda in Kegelbergen eintraf, strahlte Wanda Maurer und schloss ihre Tochter in die Arme, als hätte sie sie seit hundert Jahre nicht mehr gesehen. »Schön, dass du gleich kommen konntest. Der blöde Computer steht auf meinem Schreibtisch und tut keinen Muckser.«

Gunda stieg die Treppe in den ersten Stock hinauf, wo ihre Mutter sich ein kleines Arbeitszimmer eingerichtet hatte. Sie versuchte, den Laptop zu starten. Aber der Rechner fuhr nicht hoch. Das Kontrolllämpchen zeigte an, dass er unter Strom stand. Doch der Bildschirm blieb schwarz und aus dem Lautsprecher kam kein Ton. Nach mehreren Versuchen gab Gunda auf.

»Tut mir leid, Mama«, sagte sie zu ihrer Mutter. »Ich fürchte, der ist hin. Papa soll ihn sich noch einmal vornehmen. Der versteht mehr davon. Ich war davon ausgegangen, dass es nur eine Kleinigkeit sei. Wenn ich geahnt hätte ... dann hätte ich meinen Laptop mitgebracht. Was ist mit Papas Computer?«

»Das hat er nicht gerne, wenn da jemand dran geht. Ich hab es dort noch nicht versucht«, sagte Wanda Maurer.

»Du musst es ihm ja nicht erzählen«, wandte Gunda ein. »Los, komm schon.«

Sie gingen in das häusliche Arbeitszimmer ihres Vaters und Gunda setzte sich dort an den Computer. Der Rechner sprang an und fuhr hoch. Aber auf dem Bildschirm wurde ein Benutzer- und ein Passwort verlangt.

»Mist«, stöhnte Gunda. »Kennst du die Zugangsdaten?«

Ihre Mutter schüttelte den Kopf. »Keine Ahnung. Wie gesagt, ich war da noch nie dran.«

»Und er hat dir nicht die Zugangsdaten gesagt?«

»Nein, die brauchte ich bisher auch nicht. Ich habe ja meinen eigenen Computer.«

Gunda sah sich auf dem Schreibtisch um. Womöglich hatte ihr Vater die geforderten Kennwörter an irgendeinem Ort notiert. Auf den ersten Blick konnte sie nichts entdecken. Sie hob die Schreibunterlage hoch und sah darunter. Doch da lag kein Zettel mit zwei Wörtern, wie sie gehofft hatte. Die Schreibtischuhr zeigte zehn Uhr fünfunddreißig. Sie nahm den elektronischen Wecker in die Hand und sah darunter. Unter dem Fuß hatte jemand mit Filzstift geschrieben: *Windrad-2010, Wanda*loben*. Gundas Augen blitzten auf. Sie tippte die beiden Buchstabenfolgen ein, das Eingabefenster verschwand und sie konnte den Browser aufrufen. Nach wenigen Versuchen hatte sie das spezielle Labskaus-Rezept gefunden und ausgedruckt. Ihre Mutter war überaus glücklich und eilte hinab in die Küche.

»Ich komme gleich«, rief Gunda ihr hinterher. »Muss nur noch den Computer ordentlich herunterfahren.« Neugierig öffnete sie den Explorer und schaute, was ihr Vater dort alles gespeichert hatte. Sie fand private Fotos und Dokumente. In etlichen Ordnern steckten Unterlagen aus seiner Tätigkeit als Elektroingenieur. Fotos von unzähligen Windrädern, beziehungsweise, Windkraftanlagen, nahmen viel Raum ein. Offensichtlich hatte er maßgeblich an deren Errichtung mitgewirkt. Schon wollte Gunda den Rechner herunterfahren, als sie einen Ordner mit der

Bezeichnung *Müll* sah. Sie klickte darauf. Doch statt sich zu öffnen, wie alle anderen Dateiverzeichnisse, erschien ein Fenster und forderte ein Benutzer- und ein Passwort. Sie tippte dieselben Kennwörter ein, die sie unter der Schreibtischuhr gefunden hatte. Eine Fehlermeldung poppte auf.

»Na warte«, flüsterte Gunda und fingerte in ihrer Handtasche, bis sie den erwünschten USB-Stick ertastete, den sie immer bei sich hatte. Auf den kleinen Datenspeicher kopierte sie die verschlüsselte Datei und fuhr den Rechner herunter. Als sie in die Küche kam, stellte ihre Mutter engagiert die Zutaten für das spezielle Labskaus zusammen.

»Ich muss einkaufen gehen«, sagte sie zu Gunda. »Ein Gewürz, der Fisch und Bacon fehlen mir noch.«

»Soll ich dich hinfahren?«

»Nein nicht nötig. Ein bisschen Bewegung tut mir gut.«

Während Wanda Maurer zum Supermarkt stiefelte, fuhr Gunda nach Hause. Dort steckte sie den USB-Stick mit der verschlüsselten Datei sofort in ihren Laptop. Sie versuchte, mit allen denkbaren Kennwörtern die geheimnisvolle Datei zu öffnen. Nach einer Stunde fiel ihr nichts Sinnvolles mehr ein und sie gab auf.

33

»Wie viele Verlobte hat der Herr Schäfer eigentlich?«, fragte die Krankenschwester schnippisch, die Gunda schon vom Abend zuvor kannte.

Gunda sah sie ernst und mit senkrechter Stirnfalte zwischen den Augen an. Aber nur ganz kurz, dann lächelte sie so geheimnisvoll, als wolle sie Leonardo da Vincis Mona Lisa Konkurrenz machen.

»Pardon«, sagte die Krankenschwester. »Geht mich nichts an. Es ist nur so, die Vorschriften ...«

»Falls meine Nebenbuhlerin noch einmal auftaucht, schmeißen Sie sie raus«, fiel Gunda der Krankenschwester ins Wort.

Die Krankenpflegerin grinste. »War nicht nötig. Sie ist vor zehn Minuten gegangen. Morgen kommt Herr Schäfer auf die normale Station, falls es diese Nacht keine Komplikationen gibt.«

Nachdem Gunda einen Stuhl neben Marcos Bett gestellt und sich gesetzt hatte, öffnete er die Augen und sah sie strahlend an.

»Schön, dass du da bist.«

»Seit wann bist du wach«, Gunda ergriff Marcos Hand.

»Keine Ahnung.«

»Andrea war da, hast du sie gesehen?«

»Nein«, erwiderte Marco mit einem Augenzwinkern. »Da musste ich noch schlafen.«

»Wie geht es dir?«, wollte Gunda wissen.

»Nicht so schlimm, wie man anfangs befürchtet hatte«, erwiderte Marco und berichtete, was ihm der Arzt über seine Schussverletzung gesagt hatte. Die Kugel habe ihn zwischen zwei Rippenknochen getroffen und touchierte eine der hinteren Rippen, bevor sie seinen Körper wieder verließ. Dabei sei der Knochen angebrochen. Das Projektil habe auch die äußere Lungenhaut gestreift, dass Organ aber nur leicht verletzt. Anfangs hatte man angenommen, dass die Lunge stark beschädigt worden sei, was sich dann nach gründlicher Untersuchung nicht bestätigte. »Und reiß bitte keine Witze«, schloss Marco seine Schilderung. »Lachen, Husten und körperliche Aktivitäten, bei denen der Brustkorb belastet wird, verursacht unangenehme Schmerzen. Man bot mir Pillen gegen die Beschwerden an, die ich aber ablehnte, wegen der Nebenwirkungen.«

»Wie ist es mit einem Küsschen?«, wollte Gunda wissen.

Marco spitzte die Lippen und sah Gunda schmachtend an. Sie erhob sich augenblicklich und presste ihre Lippen auf seinen Mund, bis er die Hand hob und auf ihren Oberarm pochte.

Nachdem sie von ihm ließ, atmete er durch und sagte: »Tut mir leid, aber tiefes Einatmen verursacht auch Schmerzen.«

»Oh, mir tut es leid. Entschuldige«, erwiderte Gunda. »Ich vergaß und hätte dich so gern an mich gedrückt.«

Danach folgten nur noch winzige Küsschen und intensives Händchenhalten. Gunda berichtete von ihrem Besuch bei Roy und dass seine Erfindung nicht so funktionierte, wie er es sich ausgedacht und berechnet hatte. Marco bat sie, sich von der Krankenschwester seinen Haus- und Wohnungsschlüssel geben zu lassen, damit sie ihm frische Kleidung und das Handy bringen könnte.

»Die Krankenschwester ist misstrauisch«, gab Gunda zu bedenken. »Andrea hat sich auch als deine Verlobte ausgegeben.«

»Wir sind also verlobt?«

»Ja«, druckste Gunda. »Sonst hätten die mich nicht zu dir gelassen. Die Vorschriften. Nur nahe Verwandte, et cetera. Und als Pastorin wollte ich mich nicht ausgeben. Womöglich hätten die einen Ausweis sehen wollen.«

»Ja, gefällt mir«, strahlte Marco. »Wir sind also verlobt. Den Kniefall musst du dir nun leider denken.«

Gunda lachte.

»Bitte nicht lachen«, ertönte die Stimme der Krankenschwester hinter Gunda. »Das stört die Genesung. Sie müssen gehen, Herr Schäfer braucht Ruhe.«

»Einen Moment noch«, sagte Marco. »Sie haben doch meine Klamotten irgendwo verstaut. In meiner rechten Hosentasche steckt mein Wohnungsschlüssel. Bitte geben sie den meiner Verlobten.«

»Sind Sie sicher?« Die Krankenschwester sah ernst auf ihn herab. »Die andere Verlobte fragte auch schon nach dem Schlüssel.«

»Wo muss ich unterschreiben?« Marco hob den rechten Arm, als hätte er einen Kugelschreiber in der Hand, und zeichnete seine Unterschrift in die Luft.

»Ich merke, es geht Ihnen schon erstaunlich gut. Nur nicht übertreiben, Herr Schäfer.« Zu Gunda gewandt, sagte sie: »Verabschieden Sie sich jetzt bitte und kommen dann zu mir.«

Gunda gab Marco einen letzten Kuss. »Kurz genug?«

Marco lächelte.

»Dann bis morgen.«

34

Marco musste weitere Tage im Krankenhaus bleiben. Erst am Freitag entließ man ihn. Gunda holte ihn ab und fuhr ihn nach Hause. Schon unterwegs bemerkte sie, dass Marco durch den Krankenhausaufenthalt und das tagelange Liegen geschwächt war. Er mochte es zwar nicht zugeben, ging jedoch sehr bedacht und langsam die Treppen hinauf, wobei seine rechte Hand sich ans Treppengeländer klammerte. In seinem Wohnzimmer setzte er sich sofort auf die Couch und atmete, als habe er den Mount Everest bestiegen. Er versuchte zu lächeln, was nicht recht gelang wegen der Schmerzen im Brustkorb.

»Morgen ist wieder eine Demo in der Stadt«, sagte Gunda, um ihn etwas abzulenken. »Schade, dass du nicht mitkommen kannst.«

»Wieso nicht? Natürlich komme ich mit.«

»Nein, das riskieren wir besser nicht. Es werden viele Atommüllgegner erwartet. Wenn dich jemand erkennt und angreift. Nicht auszudenken, mit deiner gebrochenen Rippe. Die ist noch lange nicht verheilt, was noch einige Zeit dauern wird, sagte der Arzt. Du musst dich unbedingt schonen.«

»Angebrochene Rippe, nicht gebrochen«, protestierte Marco.

»Das macht es nicht besser«, erwiderte Gunda. »Ich seh doch, wie sie dich plagt. Ich werde zur Demo gehen und dir ausführlich berichten.«

Früher als erwartet kam sie am Samstag von der Demo zu Marco in die Wohnung und setzte sich außer Atem neben ihn.

»Das glaubst du nicht«, sagte sie, nach dem Begrüßungskuss.

»Was glaub ich nicht? Ist die Demo schon zu Ende?«

»Sie war zu Ende, bevor sie richtig angefangen hatte.«

»Nun machs nicht so spannend, was ist passiert?«

»Stell dir vor, Andrea, deine Andrea.« Gunda hielt inne.

»Meine verflossene Andrea«, verbesserte Marco, bei dem der Lehrer regelmäßig die Oberhand gewann. »Was ist mit ihr?«

Gunda holte tief Luft: »Sie sprang ans Rednerpult und hielt Thomas Stamm, der gerade seine Ansprache begonnen hatte, ein Messer an die Kehle.«

»Wie bitte, Andrea?«

»Ja, du hast richtig gehört. Andrea hielt dem Vorsitzenden der Gruppe gegen den Atommüll ein blitzendes Küchenmesser an die Kehle. Mit schriller Stimme verlangte sie, dass er bekennen solle, auf dich geschossen zu haben.«

Marco lehnte sich zurück und sah Gunda starr an. »Und was passierte dann?«

Gunda berichtete, dass Polizisten Andrea das Messer entrissen, als sie sich erneut ans Mikrofon beugte und dabei die Klinge etwas von Thomas Stamms Hals entfernt habe. Im Nu sei sie von Polizisten umringt gewesen. In Handschellen habe man sie abgeführt. Lautstark hätte Andrea protestiert, dass man den Mörder und nicht sie verhaften solle. Danach sei ein Polizist ans Mikrofon getreten, hätte die Kundgebung für beendet erklärt und die Leute nach Hause geschickt. Etliche Personen hätten zwar gemault, aber die Polizeipräsenz sei so stark aufgetreten, dass den Versammelten nichts anderes übrig geblieben sei, als sich zu trollen.

Still saß Marco da und starrte vor sich hin.

»Bist du geschockt«, fragte Gunda ihn.

»Warum hat sie das gemacht? Sie ist noch nie gewalttätig geworden. Wir hatten Gewaltfreiheit vereinbart, in unserer Gruppe. Was ist in sie gefahren?«

»Ich vermute«, versuchte Gunda eine Erklärung, »dass sie nach wie vor sehr verliebt in dich ist. Einerseits wollte sie dich rächen, andererseits Eindruck schinden, um dich zurückzugewinnen.«

»Aber doch nicht so«, entrüstete Marco sich. »Damit entfernt sie sich schlicht und einfach noch weiter von mir. Wie kann sie annehmen, mich mit Gewalt zu gewinnen? Gab es Beweise, dass Thomas Stamm auf mich geschossen hat?«

»Offensichtlich nicht, denn der wurde nicht in Handschellen abgeführt.«

Marco schüttelte den Kopf. »Ich kann es nicht fassen.«

»Menschen tun manchmal verrückte Sachen«, antwortete Gunda und zog ihr Handy hervor, das gesurrt hatte. »Entschuldige bitte. Es ist Roy. Da muss ich dran gehen.«

Roy berichtete, dass für Montag eine neue Lieferung angekündigt worden sei. Er habe die Berechnungen aktualisiert, die Box überarbeitet und werde dann einen neuen Versuch durchführen. Gunda bat, nicht vor ihrem Eintreffen zu beginnen. Sie wolle unbedingt dabei sein.

»Darf ich mitkommen«, fragte Marco, nachdem Gunda das Gespräch beendet hatte.

»Im Prinzip gerne. Aber mit deiner gebrochenen Rippe? Die stundenlange Autofahrt? Nein, das kann ich nicht verantworten. Du brauchst Ruhe. Wenn du wieder ganz gesund bist, fahren wir zusammen nach Chevry. Bevor ich es vergesse, verstehst Du etwas von verschlüsselten Dateien. Weißt du, wie man die öffnet?«

»In der Schule bin ich als zweiter Lehrer für den Computerraum zuständig. Da habe ich mal an einer Schulung teilgenommen. Es ging hauptsächlich darum, die Schulcomputer vor Schadsoftware zu schützen. Aber es gab auch eine Unterweisung, wie man verschlüsselte Dateien öffnet, falls ein Schüler so etwas unerlaubt hochlädt. Warum fragst du?«

»Ich habe da eine Datei, bei der ein Kenn- und Passwort verlangt wird. Meine Versuche misslangen allesamt, sie zu öffnen.«

Marco erhob sich. »Auf meinem Laptop ist ein Programm, mit dessen Hilfe sich Passwörter herausfinden lassen. Schauen wir mal.«

Marco und Gunda setzten sich vor seinen Computer und er steckte ihren USB-Stick ein. Dann startete er ein ihr unbekanntes Programm.

»Das kann jetzt ein paar Minuten dauern« sagte Marco. »Ich koche uns in der Zwischenzeit einen Kaffee.«

»Ne, ne. Das mach' ich schnell«, drückte Gunda ihn auf den Stuhl. »Bleib du nur sitzen.«

Wenig später poppte ein Fenster auf dem Bildschirm auf und Marco strahlte: »Voilà! Ich hatte schon befürchtet, das Programm wäre zu alt für die Verschlüsselung. Schau, da haben wir den geöffneten Ordner mit den Dateien. Wow, ganz schön viele. Etliche Audiodateien im MP3-Format und mindestens genauso viele Videodateien im MP4-Format. Welche willst du sehen?«

»Die große da, dritte von oben.«

Marco öffnete die Videodatei und beide sahen gespannt auf den Bildschirm. Ein Mann und eine Frau traten ins Bild.

»He!,« staunte Gunda nach den ersten Bildern. »Das bin ja ich. Und Roy, in seiner Garage.« Mit offenem Mund verfolgte sie das Geschehen auf dem Bildschirm. Auch ihre und Roys Stimme war deutlich zu hören.

»Das ist die Situation, als wir die Spione verarschen, mit Feuersteinen und ... Wie kommt mein Vater an die

Aufnahmen? Das ist nicht die Aufzeichnung von Roys Spionageauge im Beutel. Der Mitschnitt muss von der Kamera der Spione an der Werkzeugwand sein.«

Sie sahen sich weitere Videos und Tonaufnahmen an. Kein Zweifel, alle Aufnahmen stammten von den versteckten Kameras und den Abhörwanzen in Roys Haus. Sie fanden auch das Video, auf dem zu sehen war, wie Soeur Maloux zu Tode kam, Roys Putzfrau.

»Mist, auch auf diesen Aufnahmen kann man den Spion nicht erkennen«, sagte Gunda. »Durch den schwarzen Strumpf, oder was auch immer, über dem Kopf kann man ihn nicht identifizieren. Aber wie ist mein Vater an die Aufzeichnungen gekommen?«

»Du hattest mir im Krankenhaus erzählt, dass Roy herausgefunden hatte, dass die Ton- und Bildaufnahmen via Funk versendet werden. Jeder, der die Frequenz kennt, konnte die Dateien empfangen. Vielleicht hat dein Vater den Kanal des sendenden Geräts herausgefunden.«

»Das geht?«

»Ja, mit entsprechenden Geräten in der Nähe des Senders. Dein Vater ist doch Elektroingenieur.«

»Roy hat nicht erzählt, dass er ihn jemals besucht hätte.«

»Möglicherweise reichte es, wenn er sich in der Nähe des Hauses aufhielt. Du erzähltest doch, dass das Gebäude außerhalb des Ortes steht. Da ist es einfacher, einen Sender zu lokalisieren.«

»Willst du damit sagen, dass Gustav hinter der Spionage steckt, mein Stiefvater?«

»Nicht unbedingt. Es könnte sein, dass er sich nur drangehängt hat. So wie manche Leute den Polizeifunk abhören.«

»Roy hatte hinter der Spionage irgendwelche Konzerne vermutet, die ihm seine Erfindung klauen wollen«, sagte Gunda.

»Du kannst deinen Stiefvater fragen«, schlug Marco unbekümmert vor.

»Nachdem ich heimlich die Dateien von seinem Computer kopiert habe? – Aber warum? Warum ist er daran interessiert, was Roy tut? Mit keinem Wörtchen hat er irgendetwas auch nur angedeutet. Nur so nebenbei hat er gelegentlich gefragt, wie es Roy geht.«

»Roy hat doch schon in der Bretagne von seiner Weltneuheit geschwärmt. Vielleicht hat dein Stiefvater irgendetwas spitz gekriegt und will ihn im geeigneten Moment schützen.«

»Schön, dass du das Gute zu sehen versuchst«, Gunda küsste ihn.

35

Kaum hatte Gunda den Motor ihres Autos vor dem Haus in Chevry abgestellt, da öffnete Roy auch schon die Haustür und wartete, bis sie die Treppe hinaufgestiegen war. Mit den Worten, »es ist alles bereit«, begrüßte er Gunda.

»Ich bring nur schnell meine Sachen ins Gästezimmer ...«

»Später«, fiel Roy ihr ins Wort. »Entschuldige, aber ich warte schon eine Stunde und bin etwas ungeduldig. Schnapp dir deine Kamera und komm.«

Er eilte im Haus die Treppe hinab in die Garage, wohin Gunda ihm schnell folgte. Auf der Werkbank schien sich nichts verändert zu haben, seit ihrem letzten Besuch. Lediglich ein dunkler Plastikkasten von der Größe zwei übereinandergestapelter Schuhkartons stand neben dem Schraubstock. Roy griff nach einer Schürze und reichte Gunda ebenfalls eine.

»Zieh über. Für den kurzen Augenblick sollte die Strahlung zwar keine bleibenden Schäden verursachen, aber sicher ist sicher. Und vor's Gesicht bitte diese gläserne Abdeckung.«

Die Schürze war schwer und bedeckte Gunda vom Hals bis zu den Waden. Die gläserne Abdeckung entsprach einem Helm mit großem Sichtfenster und grauen Abschirmungen, die weit über die Schultern fielen.

Roy schlitzte mit einem Cutter das Klebeband am Rand des Deckels auf, nahm ihn von der dunklen Plastikkiste ab und legte ihn beiseite. Mit der behandschuhten Hand griff er hinein und hob eine schwarze Platte heraus. Er fasste noch einmal hinein und hob einen wie Glas glänzenden Deckel hervor, den er wie schon die schwarze

Abdeckung in den Brennofen legte und dessen Tür verschloss.

»Nun kommt das Kernstück«, sagte Roy ruhig.

Er ergriff eine Flachzange, mit deren Hilfe er ein dunkles Werkstück von der Größe einer kleinen Zwiebelwurst aus der Verpackung hob. Das matte, dunkelbraune, fast schwarze Element schob er sogleich in die für sein Experiment bereitstehende Box, die er schnell verschloss. Dann nahm er einen Geigerzähler und bewegte ihn über die Box, als auch über der Plastikkiste. Über der Lieferverpackung knatterte das Messinstrument ein wenig. Roy sah auf die Skala.

»Okay, unbedenklich«, sagte er. »Wir können Helm und Schürze jetzt abnehmen.«

Nachdem beide die Schürze weggehängt hatten, steckte Roy zwei Bananenstecker in die dafür vorgesehenen Buchsen an der Box. Ein Blitz flammte auf. Gunda hatte auf den Auslöser ihrer Kamera gedrückt, um den entscheidenden Moment festzuhalten.

Roy grinste: »Zu früh. Wenn ich auf diesen Schalter drücke, sehen wir, ob *Droemerpower* funktioniert. Aber bitte ohne Blitzlicht, damit man sieht, ob die Lampe hier leuchtet.« Er hatte den Zeigefinger auf den Druckschalter einer kleinen Tischlampe mit dunkelgrauem Fuß gelegt, von der der Lampenschirm entfernt worden war. In der Fassung steckte eine haushaltsübliche Lampe aus klarem Glas. Die LED-Leuchtelemente waren deutlich zu sehen.

Gunda hielt die Kamera in Augenhöhe und Roy drückte auf den weißen Schalter. Die Lampe erstrahlte.

»Wow, du hast es geschafft!«, entfuhr es Gunda und fotografierte den strahlenden Leuchtkörper.

Roy hob einhalt gebietend die Hand. Das Licht der Lampe wurde schwächer, als hätte er mit seiner Armbewegung einen Dimmer ausgelöst. Beide starrten gebannt auf die Lampe und sahen, wie ihr Licht schwächer und schwächer wurde und schließlich erlosch. Gunda hielt den Atem an. Roy zog die beiden Bananenstecker aus der Box und steckte die spitzen Stifte eines Kabels ein, an dessen Ende ein Messinstrument hing.

»Verdammt, wieder nichts!«, fluchte er in den Raum. »Kein Strom mehr. Null Volt.« Und zu Gunda gewandt sagte er: »Tut mir leid. Es hat wieder nicht geklappt. Du bist umsonst gekommen.«

Gunda sah Roy an und versuchte, ihn aufzumuntern. »Mir tut es auch leid. Aber du darfst nicht aufgeben. Denk an Thomas Alva Edison. Irgendwo habe ich gelesen, dass er über hundert Versuche machte, bis die Glühlampe endlich richtig funktionierte.«

»Ja, und dann machte ihm jemand die Erfindung streitig«, sagte Roy mit leiser Stimme. »Aber die ungebetenen Gäste sind jetzt entsorgt.«

Gunda sah ihn fragend an: »Was meinst du?«

»Alle Wanzen und Kameras habe ich vernichtet«, er zeigte auf die Werkzeugtafel, in der einst eine Spionagekamera gesteckt hatte. »Die gingen mir auf den Wecker. Ständig umsichtig und vorsichtig. Das hält doch niemand aus.«

»Und? Hast du herausgefunden, wer dahinter steckt?«

»Nein. Komm wir gehen nach oben. Da ist es gemütlicher.«

Oben ließ Roy sich auf die Couch fallen, streckte sich aus und sah zur Decke. Gunda war Zeuge, wie es in seinem Gehirn arbeitete, obwohl es im Zimmer völlig ruhig war. Würden aktive Gehirnzellen poltern, gäbe es sicher einen Höllenlärm, den man in der Schweiz, vielleicht sogar in Deutschland hören könnte, überlegte Gunda schmunzelnd. Sie ging in die Küche, wo sie suchte und die Packung mit Kamillentee aufspürte. Mit zwei heißen Tassen auf einem kleinen Tablett betrat sie kurz darauf das Wohnzimmer, wo Roy immer noch zur Decke starrte.

»Ich habe Kamillentee gemacht, der beruhigt und wird dir guttun.«

Roy rührte sich nicht und schien in einer anderen Welt zu sein. Gunda wollte ihn nicht bedrängen, setzte sich auf einen Sessel und trank still ihren Tee.

»Was ist eigentlich mit dem strahlenden Element?«, fragte sie in die Stille. »Strahlt das immer noch?«

Roy hob langsam den Kopf und richtete sich auf. »Nein, ich glaube nicht.«

»Wenn das nicht mehr strahlt, dann ... «, sie ließ den Satz unvollendet. »Was hast du mit dem Element aus dem zurückliegenden Versuch gemacht?«

»Das liegt in der Garage.«

»Und das strahlt auch nicht mehr?«

»So ist es.«

»Hast du nachgemessen?«

»Gunda, ich bitte dich. Ich lass doch nicht strahlendes Material offen umherliegen.«

»Roy! Dann hast du ja doch etwas erfunden!«

Roy kniff die Lippen zusammen, zog die Augenbrauen herunter, sah sie von unten her an und griff zur Teetasse.

»Roy, ich glaube, du siehst den Wald vor lauter Bäumen nicht, wie man zu sagen pflegt.«

»Aha, und was habe ich erfunden? Eine Box, die nur wenige Sekunden elektrischen Strom liefert und dann tot ist. Schöne Erfindung. Ich hätte die Spionagekamera in der Garage nicht herausreißen sollen, damit die Spitzel etwas zum Lachen haben.«

»Mensch Roy, die ganze Welt sucht nach Möglichkeiten, wie sie den Atommüll entsorgen kann. Man will ihn tief unter der Erde verbuddeln. Was ein Heidengeld verschluckt. Und du hast hier eine Einrichtung gebaut, mit der man das strahlende Material unschädlich macht. Komm, das muss ich sehen, ob in deiner Experimentierbox wirklich nichts mehr strahlt.«

Sie stiegen hinab in die Garage. Roy öffnete die Box und glitt mit dem Geigerzähler darüber. Das Gerät gab keinen Muckser von sich.

»Und nun über die Versandpackung«, forderte Gunda.

Roy tat wie erwünscht. Von dort zeigte das Messgerät leichte radioaktive Strahlung, die auch mit ein paar kaum hörbaren knarrenden Geräuschen bestätigt wurden.

»Was hab ich gesagt«, stellte Roy fest. »Keine, oder fast keine, Radioaktivität.« Er wedelte noch einmal mit dem Geigerzähler über die Plastikkiste, in der das strahlende Element geliefert worden war. »Völlig unbedenklich. Harmlos.«

»Mensch Roy, hast du es immer noch nicht geschnallt? Das ist die Erfindung des Jahrhunderts. Deine Box neutralisiert die radioaktive Strahlung. Sie saugt sie auf wie ein Schwamm. In nur wenigen Sekunden wurde die lebensfeindliche, Krankheit und Tod verursachende Radioaktivität absorbiert. Keine Ahnung, wie das funktioniert. Doch das Ergebnis steht hier vor uns.«

»Aber die Box liefert keinen brauchbaren elektrischen Strom«, erwiderte Roy trocken. »Darum geht es bei meiner Erfindung. Die Umwandlung von radioaktiven Strahlen in Strom.«

Gunda schüttelte lachend den Kopf. »Roy, mach die Augen auf! Du hast etwas Wichtiges erfunden. In Kegelbergen schlagen sich die Leute den Kopf ein, weil sie den Atommüll nicht haben wollen. Und du hast hier die Lösung zur Entsorgung des radioaktiven Abfalls ohne tiefe Schächte in den Boden buddeln zu müssen.«

»Ja, vielleicht hast du recht.« Roy griff sich mit der

Hand an den Hinterkopf und grabbelte in den Haaren. »Meine Anlage hat aber nur bei einer kleinen Menge funktioniert. Ob das auch mit großen Teilen klappt, muss noch erst getestet werden.«

»Na endlich, du hast es«, sagte Gunda erleichtert. »Und nun baust du eine große Anlage und wirst ein berühmter Mann. Der Nobelpreis ist dir sicher.«

»Langsam, langsam.«

»Du bist nicht der erste Erfinder, bei dessen Experimenten etwas Unerwartetes herauskam. Denk an Viagra. Die Chemiker forschten nach einem neuen Mittel gegen erkrankte Herzkranzgefäße. Die Tests zeigten nicht das erhoffte Resultat. Stattdessen bemerkten männliche Probanden, dass sie öfters eine Erektion hatten. Per Zufall wurde Viagra erfunden. Bei der Erfindung des Penicillins half Kollege Zufall ebenfalls mit.«

»Ja, ja. Die Geschichten kenne ich«, wiegelte Roy Gundas Argumente ab. »Aber hier geht es nicht um Pillen.«

»Na und? Du glaubst doch an göttliche Eingebungen. Vielleicht solltest du gar nicht eine neue Stromquelle erfinden, sondern die Menschheit von dem *strahlenden Erbe* befreien, dem Atommüll. Komm, das muss gefeiert werden. Ich lade dich ein.« An der Hand zog Gunda den widerstrebenden Roy aus der Garage, der den Blick nicht von seiner Box, mit der unbeabsichtigten Erfindung, lassen mochte.

36

Freudig und in gehobener Stimmung kehrten Gunda und Roy vom Mittagessen zurück nach Chevry.

»Ich mach mich mal eben etwas frisch«, sagte Gunda, als sie aus dem Auto gestiegen war. Sie ging zur Giebelseite des Gebäudes zum Nebeneingang, wo sich das Gästezimmer befand.

Roy stieg die Treppe zum Haupteingang hinauf. Er schloss die Tür auf und ging hinein. Im Hausflur blieb er kurz stehen und lauschte. Dann wandte er sich nach links und betrat das Wohnzimmer. Er ließ sich auf die Couch fallen und schickte sich an, die Schuhe auszuziehen.

»Wo ist Gunda?«, fragte eine Stimme vom Esstisch.

Roy fuhr hoch. Gustav Maurer, sein ehemaliger Studienkollege und Gundas Stiefvater kam auf ihn zu.

»Gustav! Wo kommst du denn her? Wie bist du hereingekommen?«

»Die Tür stand offen. Da staunst du, was? Wo ist Gunda?«

»Unten. Die wollte sich frisch machen.«

»Wann kommt sie hoch?«

»Wahrscheinlich gleich. Wieso?«

»Gut so«, sagte Gustav. Blitzschnell zog er einen Elektroschocker aus der Hosentasche und hielt ihn an Roys Hals. Der sackte wieder auf die Couch, von der er sich erhoben hatte. Starr und mit geschlossenen Augen blieb er sitzen.

»Was ist denn hier los?«, fragte Gunda von der Wohnzimmertür.

Gustav fuhr herum: »Ich glaube, Roy fühlt sich unwohl. Das geht sicher gleich vorüber.«

»Und wo kommst du so plötzlich her, Papa? Ich hab

dein Auto gar nicht vorm Haus gesehen. Lass mich bitte mal vorbei.«

Gunda versuchte, ihren Vater beiseitezuschieben, um nach Roy zu sehen. Doch der hob seine Hand, in der er immer noch den Elektroschocker hielt und drückte ihn an Gundas Hals. Sie sackte augenblicklich zusammen und wäre auf den Boden gestürzt, wenn Gustav Maurer sie nicht aufgefangen hätte. Er zog die leblos wirkende Gunda in den hinteren Teil des Wohnzimmers, zog einen Stuhl vom Esstisch in den Raum und setzte sie darauf. Damit sie nicht vom Stuhl fiel, hielt er sie mit einer Hand an der Schulter fest, während er mit der anderen Hand nach einem kräftigen Kabelbinder auf dem Tisch fingerte. Mehrere Kabelbinder lagen dort nebeneinander aufgereiht. Er schlang den Binder aus hellgrauem Kunststoff um Gundas Handgelenk und fixierte den Arm an der äußeren Säule der Rückenlehne. Das gleiche tat er mit dem anderen Arm. Dann kniete Gustav sich nieder und fesselte Gundas Fußgelenke an die vorderen Stuhlbeine. Mit nach vorn gebeugtem Oberkörper und herabhängendem Kopf saß Gunda regungslos auf ihrem Stuhl. Ernst, aber mit einem grimmigen Grinsen betrachtete Gustav sein Werk. Dann ging er zu Roy, zog dessen Hände nach vorn und machte sich daran zu schaffen.

Unvermittelt stöhnte Gunda, hob ihren Kopf und öffnete die Augen. Sie versuchte, sich zu bewegen, was aber nicht gelang und lallte Unverständliches. Nach einigen Versuchen brachte sie deutliche Worte heraus und sah ihren Vater mit großen Augen an.

»Was ist passiert? Papa! Binde mich los. Wer hat mich hier gefesselt?«

»Das ist zu deiner Sicherheit«, antwortete Gustav kühl.

»Wie bitte? Zu meiner Sicherheit? Was soll das? Binde

mich sofort los!« Gunda zerrte vergeblich an den Fesseln. Die stabilen Kabelbinder gaben keinen Millimeter nach.

»Wir warten jetzt, bis Roy zu sich gekommen ist. Dann sollt ihr alles erfahren.«

Gunda sah zu Roy hinüber, der leblos auf der Couch saß und sich nicht bewegte. Seine Hände lagen gefesselt im Schoß, mit einem kräftigen Kabelbinder um den Handgelenken.

»Was hast du mit ihm gemacht!?«, schrie Gunda, die nun wieder voll bei Bewusstsein war.

»Dasselbe wie mit dir«, sagte Gustav kühl. »Nur etwas intensiver. Ich habe den Elektroschocker ein wenig manipuliert. Die Handelsüblichen sind doch Spielkram. Deshalb und weil er auch etwas älter ist als du, braucht er länger, um aufzuwachen.«

»Papa, was ist mit dir? Bist du das wirklich? Ich erkenne dich nicht wieder. Weiß Mama, was du hier treibst?«

Von der Couch erklang ein Röcheln.

»Ah, er kommt zu sich«, Gustav schritt hinüber und setzte sich auf die Lehne des linken Sessels. Den Elektroschocker hielt er wieder in der Hand, steckte ihn dann jedoch in die Jackentasche und zog daraus ein Opinel mit dunkelbraunem Holzgriff hervor. Er klappte eine sehr schlanke und äußerst spitz zulaufende Klinge von etwa zehn Zentimetern länge aus. Das spiegelglatte Metall blitzte im Licht auf, als er durch Drehen des Metallrings am hölzernen Griff die Klinge fixierte.

Gustav hob den Kopf und brabbelte unverständliche Wörter. Nach einiger Zeit gelang ihm ein ganzer Satz.

»Gustav, was soll das? Was hast du vor?«

»Warten wir noch ein wenig, bis du wieder voll da bist. Und komm nicht auf dumme Gedanken. Oder willst du noch einmal den Elektroschocker erleben?«

Roy sah Gustav mit offenem Mund und weit aufgerissenen Augen an. Er hob seine gefesselten Hände und zerrte daran.

»Zu Sicherheit«, Gustav fuchtelte vor Roy mit dem Messer herum. »Das macht ganz hässliche Löcher. Bleib also schön sitzen und rühr dich nicht vom Fleck.«

»Ich versteh nicht«, sagte Roy, in dessen Gesicht nun wieder Farbe eingekehrt war. »Worum geht es? Warum hast du Gunda an den Stuhl gefesselt?«

»Die würde hier sonst doch umherspringen und brutal stören. Deshalb.«

»Darauf kannst du Gift nehmen!«, schimpfte Gunda aus der anderen Ecke des Wohnzimmers.

»Und warum hast du mich gefesselt?«

»Wie ich schon sagte, zur Sicherheit. Wenn ihr wissen wollt, wieso ich hier bin, dann hört ihr mir jetzt beide zu, ohne zu unterbrechen!«

Gunda und Roy schwiegen und sahen zu Gustav, der immer noch auf der Sessellehne saß, von der er beide etwas erhöht im Blick hatte.

»Vor dreißig Jahren, du warst gerade geboren Gunda, gehörtest aber noch nicht zu Familie. Das ergab sich erst später. Vor dreißig Jahren hatte ich die Frau meines Lebens kennengelernt. Wir waren ein wunderbares Paar und schmiedeten Zukunftspläne. Ich hatte schon einen Verlobungsring gekauft. Da überredete Roy, dieser Schürzenjäger, sie zu einem Ausflug nach Bad Segeberg. Und weil Elisabeth sich sehr für Indianer und deren Geschichte interessierte und dort die Karl-May-Festspiele liefen, sagte sie leichtsinnigerweise zu. Wenn ich damals ein Auto gehabt hätte, wäre ich mit ihr zur Freilichtbühne gefahren. Doch ich hatte kein Auto und fand auch keinen Kumpel, der mir eines leihen wollte. Dieser Halunke Roy war schneller und lieh sich den Käfer von einem

Kommilitonen. Damit beeindruckte er Elisabeth. Auf der Rückreise hat er sie dann umgebracht. Meine geliebte Elisabeth, gnadenlos totgefahren.«

»Das war ein Unfall!«, protestierte Roy.

»Von wegen Unfall! Du hast es so hingedreht. Du hast mir Elisabeth nicht gegönnt. Sie wusste von deinen vielen Liebschaften und hat dich nicht wirklich ernst genommen. Es war dir ja auch nicht ernst. Du warst immer nur auf Abenteuer aus.«

»Stimm das?«, meldete Gunda sich.

»Natürlich stimmt das«, sagte Gustav, ohne Roy antworten zu lassen. »Und anschließend hat er den Heiligen markiert. Stimmts? Das war für mich der Beweis, dass er den Unfall absichtlich herbeigeführt hat. Vorsätzlich hat er den Käfer so gegen den Baum gelenkt, dass sie sterben musste und er mit einem Kratzer davonkam.«

»Roy, was sagst du dazu?«, meldete Gunda sich erneut.

»Dass ich in meiner Jugend ein Schürzenjäger war, stimmt wohl. Aber dass ich den Unfall absichtlich gebaut habe, um Elisabeth umzubringen, das ist absoluter Schwachsinn. Ich fühlte mich ...«

»Schuldig!«, fiel Gustav ihm ins Wort. »Sag ich doch, er war der Schuldige.«

»Nein! Nicht so, wie du es darstellst!«, protestierte Roy. »Ich fühlte mich mies. Elisabeth war gestorben. Ich hatte zwar keine Schuld an dem Unfall, was auch einwandfrei von der Polizei festgestellt wurde. Aber mir war schlagartig klar geworden, wie vergänglich das Leben ist und dass es jeden Augenblick zu Ende sein kann. Ich hatte das Leben auf die leichte Schulter genommen, zugegeben. Ich ließ keine Feier aus und machte jedem Mädel schöne Augen. Zugegeben. Doch das Leben ist nicht nur Ponyhof. Das hatte ich übersehen. Deshalb habe ich mich für Religion interessiert.«

»Merkst du's, Gunda«, schaltete Gustav sich wieder ein. »Er will es nicht wahrhaben? Er versucht immer noch, sich herauszureden.«

»Und was nun?«, fragte Gunda ungeduldig. »Warum hast du mich gefesselt und kommst jetzt mit einer Geschichte von vor dreißig Jahren?«

»Damit du verstehst, was Roy angerichtet hat. Dem Richter ist er entgangen, aber meinem Urteil entgeht er nun nicht mehr. Gerechtigkeit muss sein. Ich will Gerechtigkeit. Darum geht es. Ich habe versucht, die Sache mit Elisabeth zu vergessen. Ich habe deine Mutter geheiratet. Ich habe mit sinnigen und oft witzigen Sprüchen meine Gefühle zugedeckt. Über die Jahre verblasste die Wut. Aber als ich euch zufällig in der Bretagne traf, da wurde die alte Wunde wieder aufgerissen und ich spürte ganz deutlich die Vorsehung. Ich bin ausersehen, für Gerechtigkeit zu sorgen!«

»Du willst mich also umbringen?«, fragte Roy.

»Nein, so einfach will ich es dir nicht machen. Du sollst für den Rest deines Lebens leiden, wie ich gelitten habe. Zuerst hatte ich den Gedanken, deine Frau qualvoll sterben zu lassen. Aber dann bekam ich mit, dass sie dir davongelaufen war. Ihr Tod würde dich also vermutlich überhaupt nicht berühren. Deshalb musste ich mehr über dein Leben und deine Gewohnheiten erfahren, um dich empfindlich treffen zu können. Ich war es, der hier die Wanzen und Kameras installiert hat. Nicht die Spione eines großen Konzerns, wie du vermutet hast. Die wissen noch gar nichts von deiner Tüftelei.«

»Du warst das!«, schrie Gunda. »Dann hast du auch die Putzfrau getötet?«

»Kollateralschaden«, erwiderte Gustav kalt.

»Ich kann's nicht glauben. Mein Vater, nein Stiefvater, ein Mörder.« Gunda starrte in an.

»Ja. Und du hast mich nun gezwungen, schneller als geplant zu handeln. Oder denkst du, ich hätte nicht mitbekommen, dass du heimlich die verschlüsselte Datei auf meinem Computer kopiert hast. Als Elektroingenieur kenne ich mich auch mit Überwachungsprogrammen aus. In jeder modernen Windkraftanlage steckt so eine Software. Auch auf meinem Rechner arbeitet ein entsprechendes Programm, dass jeden Tastenanschlag aufzeichnet.«

»Spuck's aus. Was hast du dir für mich ausgedacht?«, fragte Roy mit herabgezogenen Augenbrauen.

»Und dann hat Roy auch noch die Abhörwanzen und den Sender vernichtet«, fuhr Gustav fort, ohne auf Roys Frage zu antworten. »Mir blieb nichts anderes übrig als schnell zu handeln, bevor«, er sah zu Gunda, »bevor du mit den Aufzeichnungen an die Öffentlichkeit gehst. Auch deshalb musste ich dich ruhig stellen. Du hast die Datei hoffentlich noch nicht deinem neuen Liebhaber gezeigt, sonst ...«

»Bist du verrückt!«, protestierte Gunda. »Papa, ich erkenn dich nicht wieder. Du bist total gestört. Du musst zu einem Psychiater ...«

»Ja, ja, dass du damit kommst, habe ich mir gedacht, meine liebe Gunda. Aber ich bin nicht krank, sondern ganz klar im Kopf. Also Roy, ich werde deinen Computer mitnehmen und mir deine Tüfteleien genau ansehen. Du bringst es mit deiner Idee doch zu nichts. Ich werde die Erfindung vollenden und du darfst zusehen, wie ich die Lorbeeren einkassiere.«

»Und du glaubst, ich seh einfach zu?«, fragte Roy.

»Aber sicher. Du wirst in einer Art Koma liegen, alles um dich herum mitbekommen, dich aber nicht mitteilen können. Nicht einmal dich selbst umbringen kannst du, nachdem ich dich geimpft habe.«

»Papa! Hör auf!« Gunda zerrte an ihren Fesseln, die ihr in die Haut schnitten. »Mach dich nicht unglücklich. Damit wird Elisabeth auch nicht mehr lebendig.«

Gustav fasste mit der linken Hand in die Innentasche seines Jacketts und zog ein schlankes Futteral hervor. »Hältst du still, oder muss ich den Elektroschocker einsetzen?« Er hatte dem Etui eine gläserne Ampulle entnommen und hielt sie mit zwei Fingern der linken Hand an den schmalen Enden in den Raum.

Roy sprang auf, hob die gefesselten Hände und stürzte sich auf Gustav. Der griff hastig nach dem spitzen Taschenmesser, dem Opinel, welches er kurz neben sich auf den Couchtisch gelegt hatte, und rammte es Roy in die Brust. Roy hatte offenbar noch nicht bemerkt, dass das schmale Messer in seiner Brust steckte. Er schnappte mit den Händen nach der Ampulle und entriss sie Gustav. In hohem Bogen warf er sie von sich. Der kleine Glasbehälter klatschte auf den steinernen Boden, zerplatzte und die Flüssigkeit ergoss sich auf den dunkelroten Fliesen. Dann schnappte Roy hörbar nach Luft, sank zurück, fiel rücklings auf die Couch, hielt sich noch zwei Sekunden in sitzender Position und sank dann zur Seite, wo sein Kopf auf der Armlehne zu liegen kam. Seine aufgerissenen Augen starrten Gustav an. Er schloss die Augen, schlug sie wieder auf und schloss sie erneut. Sein Brustkorb hob und senkte sich schwach. Aus dem geöffneten Mund röchelte er. Auf Roys grauem T-Shirt klaffte ein kleines Loch, durch das ein wenig Blut sickerte. Gustav betrachtete die blutverschmierte Klinge des Opinels in seiner Hand.

37

»Du hast es selber gesehen!«, schrie Gustav Maurer. »Er ist mir ins Messer gelaufen. So ein Idiot. Ich wollte doch nur die Aufzeichnungen über seine Forschung. Aber ich werde sie schon finden, auf dem Computer.«

Gunda hatte vom Stuhl aufspringen wollen. Doch die Kabelbinder um Hand- und Fußgelenke schnitten in ihr Fleisch. Sie vermochte nicht, sich zu erheben.

»Wie konntest du nur!«, schrie Gunda und sah zur Couch, auf die Roy Drömer gesunken war und aus dessen Brust es blutete. »Von wegen, ins Messer gelaufen. Ich hab genau gesehen, wie du zugestochen hast.«

Die Augen verdrehend schloss Roy sie, rang nach Luft und hustete. Noch hob und senkte sich sein Brustkorb ein wenig. Starr sah Gustav auf den Sterbenden. Dann war es still. Roy hustete nicht mehr. Gustav sah wieder auf sein blutverschmiertes Messer in der Hand und ging in die Küche. Dort spülte er die Klinge unter dem fließenden Wasser ab. Anschließend kam er wieder ins Wohnzimmer, sah kurz zu Roy und mit kalten Augen zu Gunda. Die Klinge des Messers in seiner Hand blitzte auf.

»Glaub mir, ich wollte ihn nicht umbringen, aber er ließ mir keine Wahl.«

Gunda schwieg und wandte den Blick von ihrem Stiefvater ab.

»Was mach ich jetzt mit dir?«, fragte Roy. Er setzte sich auf den Sessel und schien nachzudenken. »Roy hat doch bestimmt noch eine Sicherheitskopie irgendwo außerhalb des Hauses deponiert. Weißt du wo?«

Gunda spürte, wie sich eine Gänsehaut auf ihrem Körper bildete. Sie sah nicht auf und sagte kein Wort.

»Selbst, wenn du es wüsstest, würdest du es mir nicht verraten. Stimmts?«

Gunda schwieg. Hatte sie das eben alles wirklich erlebt, oder träumte sie? Das war nicht mehr ihr Stiefvater, zu dem sie bewundernd aufgeschaut hatte. Der Mann war zum Monster mutiert. Seit seinem Erscheinen in Chevry hatte er nicht einen einzigen seiner oft lustigen Sprüche zitiert. Alles nur wegen eines Autounfalls vor dreißig Jahren?

»Okay, dann war's das also mit der Erfindung.« Gustav erhob sich und stellte sich vor Gunda. »Wahrscheinlich würde seine Energiebox ohnehin nicht funktionieren. Ich bring's nicht übers Herz, dich auch zu töten, obwohl ich dass nun eigentlich müsste, du Mordzeugin. Gut, dass ich bei meinen Besuchen hier, und auch heute, stets Handschuhe getragen habe.«

Gustav hob seine Hände, die in fleischfarbenen Schutzhandschuhen aus dünnem Latex steckten. Langsam drehte er den Metallring des Opinels aus seiner Arretierung, klappte die lange und spitze Klinge in den dunkelbraunen Holzgriff und steckte das Messer in die Hosentasche.

»Man wird dir nicht glauben, dass ich ihn getötet habe. Es gibt hier keine Spuren, nicht einmal Fingerabdrücke von mir im ganzen Haus. Okay, man wird nach der Mordwaffe suchen. Können sie haben.«

Gustav ging in die Küche und kam mit einem schmalen Küchenmesser zurück. Das steckte er bis zum Griff in Roys blutende Wunde und zog es sogleich wieder heraus. Ein Blutstropfen fiel auf den Teppich vor der Couch. Dann stieg er hinab zur Garage und kam ohne das Messer zurück.

»Das findet so schnell niemand«, sagte Roy grinsend. »Aber die Polizei hat Spezialisten. Die werden es finden.

Keine Sorge, falls deine Fingerabdrücke auf dem Griff sind. Ich habe es sorgfältig abgewischt, damit sie dich nicht sofort einsperren. Um genügend Vorsprung zu haben, bleibst du gefesselt auf dem Stuhl. Bis zur Schweizer Grenze ist es ja nicht weit. Falls es dir nicht gelingt, dich selber zu befreien, wird dich schon jemand finden. Deshalb schließe ich die Haustüre auch nicht ab. Wenn du klug bist, machst du dich ebenfalls heimlich aus dem Staub. Zwar wird man dich verdächtigen, aber mit einem guten Anwalt ...«

»Man wird dein Alibi überprüfen«, sagte Gunda mit ernstem Gesichtsausdruck. »Und dann ...«

»Kein Problem«, grinste Gustav. »Wie schon bei meinen früheren Besuchen habe ich natürlich vorgesorgt. Da gibt es keine Lücken. Ade!«

Gustav ging in Roys Arbeitszimmer, riss den schlanken Desktop vom Schreibtisch und eilte mit ihm unter dem Arm die Kellertreppe hinunter. Er verließ das Haus durch den Seiteneingang am Giebel.

Es war still im Haus. Gunda sah zu Roy hinüber. War er wirklich tot? Sie zerrte an den Fesseln. Die saßen stramm und fest. Es gab nichts in Reichweite, womit Gunda sich hätte befreien können. Sie neigte ihren Oberkörper vorsichtig nach rechts, bis sich die linken Stuhlbeine hoben. Dann versuchte sie es in die entgegengesetzte Richtung und erreichte, dass sich auch die rechten Stuhlbeine leicht erhoben. Ihre Füße berührten den Boden. Mit Kippeln und geschickten Fußbewegungen gelang es, dass sie sich mit dem Stuhl ein paar Zentimeter nach vorn bewegte. Ungeduldig kippelte sie wie verrückt. Plötzlich kippte der Stuhl um und schlug krachend auf den mit Steinplatten ausgelegten Fußboden. In letzter Sekunde erhob Gunda den Kopf, damit er nicht ebenfalls auf die Platten prallte. Sie lag seitlich auf dem Boden und versuchte zu erkennen, was sie angerichtet hatte. Erstaunt stellte sie fest, dass sich das rechte vordere Stuhlbein beim Sturz gelockert hatte. Sie zerrte mit dem Bein daran. Es gab nach und sie konnte ihr Bein mit dem daran gefesselten Stuhlbein ausstrecken. Das Holz war aus der Verleimung gebrochen. Das Stuhlbein abzuschütteln gelang nicht. Aber sie konnte sich aufrichten und auf dem rechten Bein hüpfend vorankommen. Nach wenigen Minuten stand sie in Roys Arbeitszimmer und mühte sich ab, die erste Schublade des Schreibtisches aufzuziehen. Das erwies sich als kompliziert, weil der Stuhl immer noch an sie gefesselt war. Die Mühe wurde belohnt. Gleich im ersten Schubfach erblickte sie den erhofften kleinen Seitenschneider, den sie dort früher einmal gesehen hatte. Sie riss die Schublade heraus, deren Inhalt sich auf dem Boden verteilte. Schweiß tropfte von Gundas Stirn, als sie endlich am Boden liegend das Werkzeug erreicht und mit akrobatischem Geschick einen Kabelbinder am handgelenkt durchgeknipst hatte. Sogleich war der Arm frei. Hastig durchtrennte sie die übrigen Fesseln. Sie eilte ins Wohnzimmer, ergriff Roys Arm und fühlte den Puls. Nichts. Er war tot und saß mit geschlossenen Augen schräg da, von Rücken- und Armlehne gestützt.

Abrupt drehte Gunda sich um, rannte die Kellertreppe hinunter und in das Gästezimmer. Ihr Handy lag noch auf dem kleinen Tisch. Sie rief Marco an.

»Wie geht es dir?«, wollte er wissen. »War das Experiment erfolgreich?«

»Nein. Aber ich muss hier so schnell wie möglich weg. Roy ist tot.«

»Ist Roys Versuch explodiert? Steht das Haus in Flammen?«

»Nein, schlimmer. Das glaubst du nicht, was ich eben erlebt habe. Ich komme so schnell wie möglich zu dir.«

»Fahr vorsichtig.«

»Ja, ich liebe dich.«

»Ich dich auch.«

Hastig warf Gunda Ihre Sachen in den kleinen Koffer, schnappte ihre Handtasche, warf einen prüfenden Blick in die Runde und eilte zu ihrem Auto vor dem Haus. Kaum hatte sie die Sachen in den Kofferraum geworfen und den Motor gestartet, als der Nachbar mit seinem Wagen den schmalen Weg herauf kam. Sie winkte, grüßte ihn lächelnd und lenkte ihr Auto zur Hauptstraße. Dort bog sie rechts ab und nahm den Weg nach Naz-Dessous. Am Waldrand oben parkte sie ihr Auto und ging zum Abgang ins Mühlental. Sie bemühte sich, nicht hastig zu wirken, obwohl sie es eilig hatte. Es war zwar weit und breit niemand zu sehen, aber man wusste nie, hinter welchem Gebüsch jemand stecken konnte. Im Tal angekommen schritt sie direkt zum Versteck der Sicherheitsfestplatte, das ihr Roy gezeigt hatte. Sie kippte den schweren Stein zur Seite, scharrte mit bloßen Händen etwas Erde aus der Mulde und ergriff die darunter verborgene dunkelblaue Plastikbox. Sie öffnete die Box und sah die externe Festplatte, eingehüllt in einen durchsichtigen und verschlossenen Gefrierbeutel. Schnell schloss sie die Plastikschachtel und richtete sich auf.

»Dachte ich es mir doch!«, ertönte eine laute und bekannte Stimme hinter Gunda. Sie drehte sich aufgeschreckt um und sah Gustav nur wenige Meter entfernt stehen. In seiner Hand blitzte die Klinge seines ausgeklappten Messers.

»Gib schon her! Du kannst eh nichts damit anfangen«, befahl er lauter als erforderlich.

Wie eingefroren schaute Gunda ihren Stiefvater an.

Als er einen Schritt auf sie zumachte, ergriff sie die Flucht und rannte links ins Tal, obwohl der Ausgang rechts war. Aber dort stand der Mann mit der blanken Klinge in der Hand.

»Was soll das? Ich krieg dich doch!«, brüllte Gustav hinter ihr her.

So schnell sie konnte, rannte Gunda auf den befestigten Weg und Richtung Quelle. Als sie an den Ruinen vorbei an der kleinen Staumauer ankam, blickte sie sich um. Gustav hatte aufgeholt und stand japsend etwa zwanzig Meter entfernt. Auf der Informationstafel hatte Gunda gesehen, dass zwei weitere Ausgänge aus dem Tal eingezeichnet waren. Der eine musste ganz in der Nähe sein. Aber wo? Roy hatte ihn nicht gezeigt und sie hatte nicht danach gesucht. Links und rechts des Tales ragten steile und bewaldete Böschungen hinauf, vor sich die Quelle und einen Geröllabhang, über den Wasser spritzte und brodelte. Verzweifelt stieg sie auf die massive etwa einen halben Meter breite Staumauer. Von oben sah sie, wie Gustav ihr hartnäckig folgte. Er rief irgendetwas. Sie konnte es nicht verstehen. Denn aus der Quelle schoss laut brausend ein mächtiger Wasserstrahl ins Staubecken, welches sich durch das Loch in der eingerissenen Staumauer rauschend ins Tal ergoss. Gunda wich vor der Lücke in der Mauer zurück, rannte dann darauf zu und sprang mit einem riesigen Satz darüber. Sie landete mit den Füßen auf dem gegenüberliegenden Mauerteil, kippte dann allerdings nach vorn auf die Hände. Dabei rutschte die Plastikbox mit der externen Festplatte aus ihrer rechten Hand und platschte ins dunkelgrüne Wasser des Staubeckens, wo sie ihrem Blick entschwand. Sie verschwendete keine Zeit, sondern rappelte sich augenblicklich auf und rannte ans Ende der Mauer und links die Böschung hinunter. Sie versuchte, auf den großen Steinen trockenen

Fußes den Wildbach zu überqueren, rutschte zweimal ins flache Wasser und erreichte den Parkweg, auf dem sie gekommen war. Nach etwa dreißig Metern schaute sie im Laufen zurück. Gustav war nicht auf der Staumauer zu sehen; auch nicht links und rechts des Weges. Sie blieb stehen. Ob er ins Staubecken gesprungen war, um die Festplatte zu retten? In der Senke unterhalb des Wasserfalls am Fuß der Mauer sah sie einen dunklen Schatten. Neugierig und vorsichtig ging sie ein paar Schritte zurück und stellte sich auf einen Stein am Wegesrand. Von dort konnte sie besser an den Ursprung des Wildbachs sehen. Deutlich erkannte sie eine Schuhspitze, die aus dem Wasser ragte. War Gustav ins Wasser gefallen? Langsam und immer wieder das Umfeld im Auge behaltend, ging sie den Weg zurück. Als Gunda sich bis auf fünf Meter genähert hatte, gab es keine Zweifel mehr. Gustav lag ausgestreckt im seichten Wasser vor dem rauschenden Wasserfall und bewegte sich nicht. Gunda trat näher. Er lag auf dem Rücken. Seine braunen Augen starrten weit aufgerissen in den Himmel. An der Stirn klaffte eine tiefe Wunde, aus der das reißende Wasser ein rotes Blutrinnsal spülte. Gunda setzte einen Fuß ins eiskalte Wasser und ergriff Gustavs linken Arm. Sie fühlte den Puls und ließ den toten Arm nach kurzer Zeit wieder ins Wasser fallen.

ENDE

Der Autor

 Reinhard Staubach, 1947 in Polen geboren, lebt gegenwärtig in Oberschwaben. Nach dem Besuch der Volksschule absolvierte er eine Handwerkerlehre. Er fuhr zur See und erwarb das Abitur auf dem zweiten Bildungsweg. Anschließend studierte er Germanistik und Erziehungswissenschaft. Während zwei Jahrzehnten Berufstätigkeit im Führungsmanagement, lebte er für kurze Zeit in Frankreich.

Weitere Bücher von Reinhard Staubach

Mönch, Melinda und Moneten

Roman

Der wohlhabende Markus Baumann ergreift die Möglichkeit, seine Identität zu wechseln. Er nimmt den Platz des verstorbenen Mönchs Lazarus eine. Doch dann verliebt sich der unerfahrene Ordensbruder in die Organistin Melinda. Obendrein holen ihn die Schatten der Vergangenheit ein. Das neue Dasein des Klosterbruders ist bedroht. Es gibt Tote. Verzweifelt sucht er nach einem Ausweg.

ISBN 978-3-7519-6680-1

Ein Jahr und zehn Tage

Roman

Noah, der zehnte Urvater nach Adam, wurde von Gott auserwählt, durch den Bau der Arche die Sintflut zu überleben. Seine Familie sowie viele Tiere wurden vor der Vernichtung bewahrt. Laut Bibel verließen alle nach einem Jahr und zehn Tagen die Arche und bevölkerten die Erde neu. Was geschah während der Zeit in der Arche? Darüber steht in der Bibel - nichts. Studienrat Karl Schmidt zweifelt an seinen Sinnen, als ihm ein sprechender Rabe von den unbekannten Ereignissen in der Arche berichtet.

ISBN 978-3-7347-0591-5

Schlummernde Leben

Roman

Der Student Bernd verliebt sich in die Kommilitonin Martina. Über die junge Liebe schwebt ein störender Schatten. Denn Martina ist davon überzeugt, schon mehrmals in anderen Körpern auf der Erde gelebt zu haben. Für Bernd sind Martinas Schilderungen nicht glaubwürdig. Er hält die Seelenwanderung für Unfug und will ihr das durch eine Rückführung unter Hypnose beweisen. Dabei tauchen unvermutete Fakten auf, die Martinas Leben bedrohen.

ISBN 978-3-7481-2835-9

Ermunterung ist steuerfrei
und andere Geschichten

Was tun, wenn sich ein riesiger schwarzer Hund anschickt, einem das Steak vom Teller zu fischen? Kann man etwas von Spatz lernen? Schmecken gependelte Schnitzel tatsächlich besser? Was würden Sie empfinden, wenn Sie herausfänden, dass Ihr Ur-Ur-Ur-Großvater ein Sklavenhändler war? – Geschichten zum Schmunzeln und manchmal auch zum Nachdenken.

ISBN 978-3-7448-1771-4

Starnitz
Eine Reise nach Pommern und Ostpreußen

Im Juni 2002 reiste Reinhard Staubach mit Verwandten nach Polen. Er berichtet über die Reise und seine Kindheit in dem unter polnischer Verwaltung stehenden Hinterpommern. In Starnitz fanden sich seine Eltern. Dort endete 1945 für die Mitreisenden die Flucht vor der Roten Armee. Rathsdamnitz, Stolp, Stolpmünde, Mützenow, Kosemühl, Brausberg, Starnitz andere Orte wurden besucht. Eine Reisereportage mit 60 Fotos.

ISBN 978-3-7386-3261-3

Wiedersehen in Lissabon
Erzählungen

Erzählungen, die die Wechselfälle des Lebens aufs Korn nehmen. Wenn der Zeitgenosse gegen sein Schicksal anrennt, so entsteht nicht Tragik, sondern Komik. Liebevoll werden die tauglichen und untauglichen Versuche vorgeführt, ein wenig Glück an Land zu ziehen. Der Leser verfolgt mit Spannung, wie der Autor seine Szenen auf die Spitze treibt oder seine Personen wie bunte Schmetterlinge im Netz seiner Pointen gefangen setzt.

ISBN 3-933292-66-2

Possierliche Verse
63 Staubericks

Fünf-Zeiler, oft heiter, aber auch besinnlich und bisweilen bizarr. Alle Gedichte sind mit Auftakt nach dem Reimschema aa bb a geschrieben (Limerick). Illustrationen des Autors bereichern den Inhalt.

ISBN 978-3-7431-1733-4

Ein Kiesel zum Verlieben
Gedichte

»Seine Gedichte über einen Weidezaun, den Stein Davids gegen Goliath und über die bösen Buben lösten allgemeine Heiterkeit aus. Reinhard Staubach zeigte durch seine mit schauspielerischem Talent gehaltene Lesung, dass Literatur nicht immer eine ernste Angelegenheit sein muss. Die humoristischen Musikeinlagen mit einem Kuhhorn taten ihr Übriges dazu.« - *Schwäbische Zeitung*

ISBN 978-3-7357-1958-4

Das Fledermaus-Sportfest
Illustrierte Erzählungen aus dem Reich der Fabeln

Wer wird beim Fledermaus-Sportfest siegen? Wird die schöne Elisabeth auf Schmeicheleien hereinfallen? Warum will ein Murmeltier im Winter nicht schlafen? Weshalb erhält Paule täglich drei Eicheln? – Vor diesen und anderen Herausforderungen stehen Fledermäuse, Murmeltiere, Frösche und weitere Tiere in Wald und Flur.

ISBN 978-3-7392-0894-7

Dem Licht entgegen

Spirituelle Erlebnisse

Herausgegeben von Reinhard Staubach mit Beiträgen von:
Tycho Siebke, Wilfried T.H. Vogt, Michael Panitsch, August
Schubert, Dr. Lothar Peters, Dietrich von Rauchhaupt, Hermann C. Sievers, Prof. Dieter Berndt, Georg R. Schwarz,
Marianne Schmidt, Udo Lange, Baldur Stoltenberg, Margot
Szalla-Köhler, Fredy Lopper, Johannes P. Hopfe, Erich Konietz, Rudolf W. Neideck, Heinrich Stilger, Heinz Staubach,
Johannes E.P. Kindt

ISBN 978-3-7357-8030-0

Alle Bücher sind auch als E-Book erhältlich.

www.staubach.biz